T0031981

Enredos de amor en Miami

VANESSA COHEN

Enredos de amor en Miami

Grijalbo

El papel utilizado para la impresión de este libro ha sido fabricado a partir de madera
procedente de bosques y plantaciones gestionadas con los más altos estándares ambientales,
garantizando una explotación de los recursos sostenible con el medio ambiente y beneficiosa para las personas.

Enredos de amor en Miami

Primera edición: marzo, 2022

D. R. © 2021, Vanessa Cohen

D. R. © 2022, derechos de edición mundiales en lengua castellana:
Penguin Random House Grupo Editorial, S. A. de C. V.
Blvd. Miguel de Cervantes Saavedra núm. 301, 1er piso,
colonia Granada, alcaldía Miguel Hidalgo, C. P. 11520,
Ciudad de México

penguinlibros.com

ISBN: 978-607-381-117-0

Impreso en México – *Printed in Mexico*

1

—¡RENUNCIOOOO, CABRÓN! ¡RENUNCIOOOOOOOOO! ¡Renunciooooooo! Así como lo oyes, no me interesa no poder pagar la renta del próximo mes, tener que comer *fast food* un año entero y, aunque no me creas, no comprar un par de zapatos caros durante los próximos tres meses por haberme gastado hasta el último centavo que tengo en abogados. Todo con tal de no dejarte ganar con tus estúpidos chantajes y ridículas amenazas de demandas, pero principalmente por gozar el placer de no volverte a ver la cara ni una sola vez más en mi vida. Tú, que eres tan perspicaz, adivina por dónde te puedes meter tu preciosísimo contrato.

Me volteé con el último gramo de dignidad que me quedaba, si es que quedaba algo, y me dirigí a la salida, cuando sentí su brazo, por desgracia muy bien conocido, detenerme en la puerta.

—Para tu suerte, te conozco demasiado bien, y estoy familiarizado con tus desequilibrios hormonales. Por eso voy a regalarte veinticuatro horas de amnesia y voy a hacer como si esta escena de niña berrinchuda y caprichosa no hubiera sucedido. Tienes hasta mañana a las nueve de la mañana para presentarte en esta oficina con una disculpa en la boca y el contrato firmado en la mano. Que tengas buen día, Vanessa.

Salí de la oficina con las rodillas temblando, la vena yugular a punto de explotar y un instinto asesino que no sabía que tenía hasta ese momento. Me fui a mi departamento con la única persona que tenía la capacidad de calmarme en las situaciones más críticas, aunque en este caso parecía tarea imposible.

Por suerte, cuando llegué, Irina seguía ahí: estaba acabando uno de sus diseños, acomodada en el piso y embobada en su trabajo, como si no existiera nada más en el mundo. Verla transmitía tranquilidad, y no solo a mí, era un don que tenía, nadie cerca de ella podía mantenerse enojado por más de cinco minutos. Estar a su lado era como tomar dos whiskys y un Tafil juntos; Irina era mi prima y mi mejor amiga, yo era la afortunada que vivía con mi antidepresivo y mi generador de alegría incluido en la misma persona.

—Te lo dije, Irina, te lo dije —entré gritando, como si algo se quemara—. Te dije que salir con esa bestia y trabajar para su familia era una pésima idea, ¡pero se acabó!, ni un solo día más. Lo odio, esa es la palabra, odio, y no sé qué vamos a hacer porque a partir de hace cuarenta y seis minutos, para ser exactos, soy una desempleada viviendo en Miami.

Creo que mi último comentario causó cierto efecto en Irina, porque logré que quitara los ojos del espectacular vestido que estaba por terminar y se dirigió a la cocina por un té y un arsenal de comida, mientras decía:

—Para ser completamente honestas, corazón, si no mal recuerdo, tú no paraste de explicar por qué esto no iba a ser un problema, y que cualquier cosa valía por esos besos.

De antemano les aviso, para que no se emocionen, que definitivamente no lo valía; claro que cuando dije eso no sabía que estaba tratando con un psicópata bipolar, que solamente era capaz de estar relajado bajo anestesia general. Irina tenía razón, pero no era fácil aceptar que había pasado por un lapso de brutalidad crónica que me llevó hasta el desastre en el que ahora estaba metida. No es lo mismo tener una relación con el hijo del jefe que con una bestia egoísta y controladora, que maneja tu sueldo y tu vida. Claro que quién pensó en eso al momento en que el idiota me dio el discurso de: "Tienes un don para la gente, no dejes pasar una oportunidad de trabajo por una noche sin importancia". Definitivamente yo no.

¿Qué clase de comentario es ese? "Un don para la gente"... de verdad que cuando uno está enamorado mata la mitad de sus neuronas. ¿Desde cuándo hablar con las personas es un don? Porque, hasta donde yo tenía entendido, es la capacidad de los seres humanos para comunicarse con otros; claro que, si para ese entonces yo hubiera sabido que, en efecto, él no entraba en esta especie, hubiera entendido con claridad por qué le sorprendía tanto que yo sí pudiera comunicarme. Comprenderán que trabajar organizando eventos en un bar no era precisamente mi vocación, pero como la mayoría, entre sueldo y vocación, ¿adivinen qué escogí?

Antes de tomar la tan inapropiada decisión de aceptar la propuesta de trabajo que me tiene donde estoy, trabajaba en lo que más me gusta: era maestra de kínder. Y la verdad es que no podía disfrutarlo más, tenía un grupo de alumnos de cuatro años que amaba y una jefa que hasta la fecha es una de mis mejores amigas. El problema era que mi sueldo no alcanzaba ni para pagar la cuarta parte del departamento en el que ahora vivo y, como tanta gente, tuve que cambiar lo que más me gusta por lo que más deja.

Seamos realistas, ¿quién se hace millonaria siguiendo su vocación? ¿Te gusta la jardinería? Tienes de dos: o te dedicas a eso y llenas tu minúsculo departamento de 4 × 4 de macetas que se desbordan por la ventana, o estudias finanzas, trabajas en una oficina ocho horas diarias y te mandas a hacer un jardín espectacular con lo más extravagante que se te ocurra. ¿Te gusta cantar? Estudia negocios y cómprate un karaoke. ¿Te gusta la pintura? Cómprate un cuaderno de colorear y trabaja duro para adquirir arte. Así me puedo seguir, no es la teoría más positiva, de acuerdo, pero es bajo la cual vivimos la mayoría.

Pero bueno, les platico cómo llegué hasta el punto de desempleo en el que me encontraba. Todo empezó hace un año, en un momento de desesperación por mi precario sueldo como maestra. Estaba a la mitad de mi día de trabajo, enseñando a los niños por quinceava vez que el cero era el gordito, el uno era el palito y el dos el patito, cuando me marcó Irina para decirme que ahora sí no teníamos ni tres ni dos ni un dólar ahorrado y que nos quedaban cinco días para pagar la renta del departamento. La consecuencia más grave de esto no era salirse a dormir a la calle, mucho peor, era tener que hablarle a mis papás para decirles que, efectivamente, su hija era una mimada y su plan de mudarse a Miami era un berrinche que les iba a costar a ellos. Por tanto, cuando colgué con mi prima cualquier cosa parecía mejor que tener que hacer esa llamada, básicamente podía considerar cualquier trabajo, desde bailarina exótica hasta contadora, con tal de mejorar mi sueldo. Lástima que en ese momento nadie me ofrecía ninguno de los dos.

Dejé a los niños aventándose crayolas en la clase y me salí al patio trasero a fumar un cigarro a escondidas y considerar mis opciones, que variaban entre aventarme a las vías del tren o asaltar un banco. Estaba en mi momento autista cuando salió de la dirección el hombre más divino que había visto en la vida. Cuando se acercó tuve la muy avispada idea de meterme el cigarro prendido en la bolsa de los jeans, así, ni más ni menos que en la bolsa de los jeans, todo por la maldita costumbre de esconder a las prisas mi cigarro cuando alguien salía de esa oficina.

—¿Estás tratando de hacer magia o ahí acostumbras a guardar tus cigarros prendidos?

Era el maldito colmo, la primera cosa bonita que aparecía en mi día y yo portándome como una desequilibrada mental.

—No creo que haya explicación válida que me haga quedar menos neurótica después de la escena que acabas de presenciar, pero fue un sutil intento por esconder mi cigarro de la directora, quien claramente no eres. Ahora, si me disculpas, voy a sacarme el cigarro de la pierna porque, aunque no lo creas, me sigue quemando, y después voy a ir a buscar algún balcón de donde aventarme.

—¿Crees que me podrías decir tu nombre antes de aventarte? —me dijo con una media sonrisa que dejaba claro que, aunque intentaba disimular, seguía burlándose de mi elegantísimo acto.

—Vanessa, miss de kínder II, mucho gusto. ¿Eres papá de alguno de los alumnos? No te había visto por aquí.

—Bendito Dios, todavía papá de nadie. Soy fundador de la escuela, me da gusto conocer a algunas de las maestras, por lo menos ya sé que el dinero está bien invertido.

El sarcasmo en su voz era más amigable que burlón, de todas formas sentí que una explicación no venía de más:

—Por favor, no creas que acostumbramos a fumar en los patios, o a perder el tiempo a la mitad del día, es que en verdad estoy teniendo un día en que era esto o pegarle a los niños... mmm, no es que yo algún día le pegaría a los niños, nunca, es solo un decir... —Vanessa, cállate, para de hablar, ahora no solo cree que estás loca, también que probablemente le pegas a tus alumnos y si no te callas seguro que todavía lo puedes empeorar.

—Te agradezco mucho la aclaración, es bueno saber que en caso de crisis fumas y te guardas los cigarros en el pantalón, pero no pegas, eso es lo importante.

Por alguna razón, el hecho de que se burlara de mí me puso de buenas en vez de irritarme, me dieron ganas de abrazarlo y echarme a llorar en su hombro, pero me las iba a aguantar porque todo tenía un límite, y definitivamente eso no sería lo más apropiado.

—¿Me quieres platicar por qué ha sido tan trágico tu día? Así te desahogas y, a lo mejor, evitamos que alguno de tus niños salga dañado.

Aunque parecería evidente que no era la mejor idea desahogar mis problemas con el dueño de la escuela y quejarme del precario sueldo de las maestras, me dejé ir como gorda en tobogán, al grado que acabé moqueando en el hombro de su camisa rosa.

—Primero que nada, y prometo que no es por excusarme, los sueldos de la escuela no los manejo yo —explicó él tras mi monólogo—. Aunque siendo realistas, no escogiste precisamente una profesión que lleve directo a los millones. Ya que tú te desahogaste conmigo siendo completos desconocidos, te cuento que en el jardín del vecino no todo es más verde, mi sueldo es bastante más decente que el tuyo, pero mi trabajo es más aburrido que recibir tickets en una caseta de estacionamiento. Daría todo por pasar los días tocando la guitarra en diferentes bares por el país, pero aquí me ves, vestido con una corbata que me sofoca, conservando la fortuna familiar. Este es mi secreto más grande, así que si algún día lo confiesas, me tocaría matarte. En segundo lugar, puedo ofrecerte un trabajo donde estoy seguro que el sueldo no te hará llorar. Ahorita me tengo que ir a una cita —era comprensible, pues llevaba treinta y seis minutos oyendo mi crisis—, pero aquí está mi tarjeta, nos vemos mañana a las doce y media en mi oficina para una entrevista.

Posiblemente se me iba a cumplir lo de la bailarina exótica, porque no entendía qué otro potencial pudo haber visto en mí durante la media hora de tan extravagante convivio, pero yo estaba igual de emocionada que si me acabaran de ofrecer acciones en la Bolsa.

—¡Nos vamos de fiesta! ¿Cómo la ves? —entré gritando al departamento como una loca.

—Ya sabes que conmigo cuentas, pero ¿se puede saber por qué el entusiasmo? —me respondió Irina sin levantar los ojos del vestido en el cual trabajaba.

—Conocí al tipo más espectacular de la Tierra ¡y me ofreció trabajo! No tengo ni la menor idea de qué es, así que ni preguntes, pero estoy casi segura de que no es un asesino.

—Faltaba más, si estás casi segura es más que suficiente. Dame media hora para acabar esto y nos vamos.

Eso es lo que amo de Irina, que nunca me quita la emoción por más idiotas que sean mis ideas. Habíamos crecido como hermanas y me conocía mejor que yo misma, y aunque ella es tres años menor, siempre ha sido mucho más centrada y desde siempre me ha impulsado en absolutamente todo.

—¿Te late mi helado de cereza con caramelo, chispas de chocolate y gomitas de sabores?

—Sí, se ve delicioso, pero yo voy a comer el de vainilla con chocolate.

—¿Te gustan mis trencitas con mariposas de colores para peinarme en la tardeada?

—¡Te ves hermosa!

—¿No está guapísimo el pelirrojo de lentes, el de allá, de los brackets?

—Totalmente, y se ve que es un tipazo.

Así desde que éramos niñas. Esa había sido la tónica de mi vida desde entonces, Irina era la única que nunca me juzgaba y cuando las decisiones que tomaba me pegaban en la cara, ella estaba ahí para darme la mitad de su helado. Aunque piensen que no suena muy sano, déjenme decirles que están equivocados: todos tenemos un millón de personas alrededor que nos hacen ser realistas, nunca falta gente para avisarte que te estás equivocando o señalarte cuando tomas una mala decisión; pero todos merecemos al menos a una persona que te dé esa total seguridad de que lo estás haciendo bien, que tu juicio es el correcto, que tu decisión es la acertada, y si no, igual van a estar ahí para ayudarte a resolver cualquier situación en la que te hayas metido. Eso era mi prima para mí y así es como podía atreverme a todo.

2

—JAIMITO, ESTAMOS DE FIESTA, ASÍ QUE ÁBRETE UNA DE tequila y, aunque no lo creas, a lo mejor va a ser la última que nos fías.

Jaime era lo más parecido que teníamos a un papá en Miami. Mis abuelos iban a su bar de música latina cada vacación desde hacía cuarenta años, luego se les sumaron nuestros papás y nosotras que, por la herencia, podíamos entrar desde los 16, eso sí, sin una gota de alcohol, pero nos daba refrescos en copa para hacernos sentir grandes. Cuando mis abuelos lo conocieron era ayudante del bar, después de muchos años había pasado a ser el dueño. El lugar no había cambiado en lo absoluto desde la primera vez que entramos, no era un local extravagante, estaba en la calle 8, donde viven absolutamente todos los cubanos de Miami. Tenía pocas mesas, había un pequeño escenario, donde los viernes venían cantantes locales, y Jaime siempre se enorgullecía de que muchos de los grandes artistas habían empezado ahí, incluyendo a Amaury Gutiérrez. Tenía una barra de madera al centro y un letrero neón en la parte de atrás que decía: "Cervezas más frías que el corazón de tu ex", el cual casi siempre tenía por lo menos un foco fundido. Era un lugar para locales, hasta ese momento seguía sin entender cómo habían llegado mis abuelos años atrás, y Jaime nunca había tenido la intención de convertirlo en una atracción turística. Ese bar era su casa y los clientes, su familia. Tenía sesenta años, pero era un roble, de un tamaño que asustaba a cualquiera, pero con la mirada más tierna del mundo, por lo menos con nosotras. Según él, su salud estaba intacta por el whisky que tomaba diario.

—No creo que a estas alturas se me haga el milagro, después de un año que les he dado de tomar gratis, ya perdí cualquier esperanza de recuperar mi dinero algún día. Si me pagaran con intereses, como prometieron el primer día que me sacaron una botella gratis, mañana vendo el bar y me retiro a una casa en la playa. Mi única esperanza es que se casen con millonarios que me salden sus deudas, aunque si eso significa que mi Irina tenga que hacer el sacrificio y casarse con el payaso de Steve, prefiero quedarme pobre y seguirles financiando toda la eternidad.

—En eso estamos de acuerdo, Jaimito, brindemos por que esta niña se despierte y mande a ese pedazo de inútil que tiene por novio a donde se lo merece —respondí sonriendo—, ¡salud!

Así empezó la noche que me llevó a una mañana deplorable...

No tenía la menor idea de qué había pasado, y como no lograba abrir los ojos, por más que lo intentaba, no estaba ni cerca de averiguarlo. ¿Qué es ese maldito sonido? ¿Por qué no se calla? ¿Qué hice para merecer este dolor de cabeza?

Traté de estirar el brazo para ver si alcanzaba el escandaloso aparato, pero mi mano chocó contra un bulto enorme, definitivamente no se sentía como ningún aparato, era más fuerte que una pared. Empezaba a desesperarme, el ruido seguía penetrando mis oídos y todavía no podía abrir los ojos para ver qué porquería tenía al lado. Toqué poco a poco el bulto que estaba a mi derecha; tardé diez minutos más en lograr despertarme por completo. Cuando por fin logré abrir los ojos, deseé con todas mis fuerzas no haberlo hecho: el bulto que tenía junto a mí era algo muy parecido a un cuerpo humano y estaba tapado con la colcha.

Por favor, que sea Irina, que sea una bolsa de basura con ropa, un muñeco inflable, un muerto... lo que sea menos el desconocido de ayer en el bar que por alguna razón me está viniendo a la mente. El bulto hizo un movimiento brusco y me agarró de la cintura, lo cual, por desgracia, descartaba al muerto o a todos los objetos que esperaba tener metidos en mi cama.

Es él, no puede ser, no pude haber sido capaz. Me le quedé viendo fijamente para cerciorarme de que era cierto. El susodicho era más guapo de lo que me acordaba, aunque pareciera difícil de creer; dormía tranquilamente, como si fuera la cosa más normal del mundo. Me vino a la mente el momento en que, inocentemente, festejé que me había ligado al hombre más guapo del lugar, ganándole a las tres mujeres de la mesa de al lado, quienes, con poca discreción, se habían subido la falda que ya de por sí era mucho más parecida a un cinturón, pero lo que tenía a mi lado estaba muy lejos de parecer una victoria.

Traté de zafarme sigilosamente para no despertarlo, pero apenas me moví, me volvió a jalar de la cintura. En definitiva no estaba de humor para ser delicada: le agarré el brazo y lo lancé hacia el otro lado de la cama. Él suspiró escandalosamente, pero volvió a dormirse, como si no se hubiera inmutado.

Volteé a ver el reloj, 11:45 a. m. El ruido venía de dos teléfonos diferentes. Primero, apagué mi alarma, que a esas alturas ya se escuchaba como un tractor, pero el otro maldito teléfono no se callaba. Agarré el celular del desconocido de mi buró, cuarenta y dos llamadas perdidas. Con razón me estaba explotando la cabeza con el sonido. Cuando iba a apagar el teléfono, entró un mensaje de texto: "Osito, ¿de verdad no me vas a contestar? Fue una pelea sin importancia, te amo. Estoy camino al departamento para que hablemos, ¡te amo, te amo, te amo!".

Perfecto, lo único que me faltaba: probablemente me había metido con un hombre casado y, al parecer, con una mujer que tenía tiempo suficiente para hacer cuarenta y dos llamadas, por lo tanto, con toda seguridad también tendría tiempo de investigar con quién había dormido su marido. Bueno, ya lidiaríamos después con la "osita" si era necesario. Lo importante: me había quedado dormida y faltaban cuarenta y cinco minutos para mi entrevista.

Me vestí más rápido que nunca en mi vida: me puse un vestido blanco arriba de la rodilla, un saquito beige y los únicos zapatos de marca que todavía no tenían el tacón roto. Me hice un chongo semidecente y estuve lista en once minutos, según yo sin hacer ruido, lo cual para mí era todo un récord. Necesitaba escaparme antes de que él se despertara, quería borrar la noche anterior por completo y eso era exactamente lo que iba a hacer: sacarlo de mi sistema como si nunca hubiera sucedido.

Cuando agarraba mi bolsa y me arrastraba a la puerta, escuché la voz del bulto:

—Buenos días, guapa, vas a preparar el desayuno, ¿verdad?

—Buenos días… perdón, pero tengo prisa. Hay café en la cocina, y si tienes hambre puedes agarrar una fruta y cereal de la despensa.

—¿Es mi imaginación o me estás corriendo de tu casa como si tuviera lepra?

—No, para nada, te puedes quedar el tiempo que tú quieras, pero yo tengo prisa y me tengo que ir. Gracias por todo.

Había que reconocer que el casado tenía cara de Dios. Me regaló una sonrisa burlona que me irritó hasta la médula. Quería estrangularlo por estar ahí con su sonrisita babosa, de lo más tranquilo.

—¿Qué te hace tanta gracia?, si se puede saber —le pregunté.

—Que al parecer, vives con prisa, ayer apenas me diste tiempo de quitarme la ropa —contestó sarcásticamente.

—Mira, ayer fue una equivocación, ¿okey? No quiero ni saber ni escuchar qué fue lo que sucedió, así que te vas a tu casa, te olvidas de que nos conocimos y, si tenemos suerte, no tenemos por qué volvernos a ver, así que te deseo una bonita vida. Y ahora, si no te importa, me tengo que ir.

Daniel se quedó sentado viendo la puerta cerrada, sumamente desconcertado. Él era quien les decía a las mujeres dónde estaba el café, el que se salía corriendo del departamento intentando con desesperación ahorrarse la patética escena del abrazo matutino y la pregunta lastimera de siempre: ¿Me vas a hablar?

¿Qué le pasaba a esta mujer? Nunca lo habían humillado así. ¿Por qué no le rogaba que no se fuera? ¿Por qué no le traía el desayuno a la cama y le pedía que pasaran juntos el día? Por eso no le gustaba meterse con niñitas. A sus 37 años, para que considerara a una mujer, estas debían ser pasaditas de treinta, y si podía escoger, prefería las de cuarenta sobre las de veinte. Esta mocosa, que parecía rozar los 25, le había salido completamente desequilibrada, como era de esperarse.

La noche anterior, Daniel había llegado al bar con el fin de emborracharse y no hablar con nadie que no fuera el bartender. Estaba harto de los berrinches de Samantha y de su obsesión por llevarlo al altar. Le había aguantado mucho porque era buena compañía, elegante y espectacularmente guapa, quizás en algún momento llegó a estar enamorado. Ella lo idolatraba como nadie en el mundo y se dedicaba a complacerlo en todo lo que necesitara; no era precisamente el farol más brillante de la lumbrera, pero tampoco importaba que lo fuera; era una mujer experimentada y le tenía toda la paciencia que él requería, pero últimamente todo había cambiado y estaba harto de escucharla llorar, no conocía a otra mujer que tuviera tantas lágrimas en el cuerpo. Si le levantaba la voz, lloraba; si llegaba tarde, lloraba; si le preguntaba algo que no sabía contestar, lloraba, y, ahora, cada vez que le decía que no se quería casar, lloraba. El día anterior las cosas habían llegado al límite y Daniel la había dejado en medio del restaurante, hecha un mar de lágrimas, mientras ella le aventaba los saleros en la cara, soltando insultos.

El problema no era que quisiera o no casarse, sino el chantaje emocional. Al principio, Samantha se había mostrado como una mujer independiente y segura de sí misma, sabía lo que quería, nunca lo presionaba y con todo estaba de acuerdo. Con el tiempo empezó a exigir cada vez más, y a él eso le gustó cada vez menos.

—Mi amor, ¿por qué nunca quieres salir con mis papás? (Porque tu papá me escupe en la cara cada vez que come, y la última vez que le dio las gracias a una mesera era porque quería agarrarle las nalgas).

—Mi amor, ¿por qué nunca me quieres llevar con tus papás? (Porque mi mamá no te aguanta y está convencida de que solo quieres sacarme dinero, y mi papá es capaz de darte toda la fortuna familiar con tal de no escucharte otra vez hablar sobre la importancia de ser vegana mientras se come su rib-eye).

—¿Por qué no pasamos más tiempo juntos?, ¿por qué no tienes más detalles conmigo?, ¿por qué la mesera te está viendo tanto?

Por impresionante que pareciera, todavía ella se preguntaba por qué no quería casarse. Las cosas iban de mal en peor, hasta que por fin había llegado a su límite. Al entrar al bar, Daniel vio a las tres mujeres que no paraban de mirarlo; en cualquier otro momento, se las hubiera llevado a todas a su casa, pero ese día no tenía paciencia para lidiar con eso. Fue directo a la barra, vio a Jaime que estaba con dos niñas que, de espaldas, se veían bastante lindas. Cuando descubrió que Jaime les sonreía, por poco se desmaya, llevaba diez años yendo al mismo bar y nunca le había visto ni media sonrisa a su dueño. Parecía más raro que si tuviera una mosca en la frente; además, sabía que Jaime sentía especial aberración por las niñitas que se querían "hacer las rudas", tomaban más de lo que podían y acababan devolviendo hasta las tripas en medio de su bar. Daniel iba a sentarse del otro lado de la barra, pero la curiosidad le picó y no se pudo aguantar.

—Hola, Jaimito —saludó Daniel con familiaridad.

—Jaime, no se te ocurra sentármelo aquí —le dijo Vanessa con voz de pánico—. Estoy tratando de cumplir mi promesa de abstinencia de hombres y no me estás ayudando. Yo sé que a ti te conviene, te prometí que si otra vez cometía una estupidez de las que acostumbro no tomaría en un mes, pero no seas marro. ¿Por ahorrarte unas cuantas botellas vas a arruinar a tu consentida?

—¿Tú qué crees? —respondió.

—Bienvenido, Danielito —exclamó Jaime, burlándose abiertamente de Vanessa—. Por favor, siéntate con nosotros, te presento a Vanessa y a Irina, las consentidas del bar.

Daniel quedó muy impresionado con la belleza de las dos mujeres. Había una ley que no fallaba, 99 de 100 veces: cuando conoces a mujeres por par en un bar, generalmente una es espectacular y la otra no tanto, una interesante y la otra un poco boba, una un encanto y la otra rozando en lo insoportable, pero este par lo tenía un poco confundido: una era alta y con facciones hermosas, tenía ojos azules y una sonrisa que en definitiva descartaba que fuera insoportable. La otra tenía el pelo castaño claro por debajo de los hombros, un cuerpo que no pudo acabar de analizar porque se quedó clavado en su escote, y una risa escandalosa que lo sacó de su embobamiento. Sus ojos eran de color entre miel y verde, demasiado expresivos y vivaces, y muy rápido ella se dio cuenta de que la estaba analizando con total concentración, así que dedujo que, al parecer, de tonta no tenía ni un pelo, lo de insoportable ya lo averiguaría.

—¿Crees que ahorita que acabes de estudiar mi escote puedas por favor moverte hacia el otro lado? —dijo Vanessa—. Nada personal, pero estoy en abstinencia y tu mirada fija no me está ayudando mucho.

—Me disculpo, al parecer la discreción no es mi fuerte, y por lo de la abstinencia, estamos iguales, así que despreocúpate. De hecho, me voy a sentar junto a ti, para evitar tentaciones.

Parecería difícil de creer, pero en verdad Daniel no tenía ningún tipo de estrategia con su comentario. Cuando llegó estaba más que decidido a no meterse en otro problema de faldas, en especial con una tipa que, desde antes de cruzar palabra, sabes que puede hacer de tu vida un desastre. Así que se relajó y, por primera vez estando con dos mujeres bastante interesantes, dejó su pose de seductor y se dedicó a tomar de más y a tratar de investigar qué había de raro con ellas: hasta el momento, las dos inteligentes, las dos guapas y las dos completamente locas.

Todo iba de acuerdo a lo planeado hasta que se bebió el cuarto whisky, ahí las cosas ya no se veían tan claras como al principio. Irina se fue a tomar una llamada de Steve que, como siempre muy oportuno, habló para arruinarle la noche y discutir sobre los daños del alcohol a largo plazo, y eso sin mencionar que a una "princesa como ella" le queda muy mal perder el estilo; Jaime desapareció tras la barra, sirviendo a la multitud de clientes, y a él ya no le estaba gustando que Vanessa estuviera tan decidida a no ir más allá.

—Qué lástima que nos conocimos en esta etapa de ayuno, porque estoy seguro de que la pasaríamos muy, muy bien.

—Qué tierno que estés tan seguro de que, si no estuviera en abstinencia, me iría contigo.

Vanessa no podía sonar convencida de lo que decía, veía doble y, por lo tanto, lo veía dos veces más guapo que cuando se había sentado con ellas. ¿En qué momento se le ocurrió decirle que estaba en abstinencia?

—Qué tierna que creas que te voy a creer que no.

—Podemos dar por hecho que no tienes problemas de autoestima.

—Solamente confío en mis capacidades de persistencia.

—Y, al parecer, no en mi inteligencia para reconocer a un mujeriego cuando lo veo.

—No es como que te esté proponiendo matrimonio para que te interese mi historial con las mujeres, solo te debería interesar mi talento, y te aseguro que lo tengo.

—No lo tomes a mal, pero cada vez que me topo con alguno que presume de sus habilidades, está lleno de debilidades y queda en bastante vergüenza, así que yo ya no me arriesgo. De todas formas, gracias por la oferta.

—Con razón estás en abstinencia. Lástima que prometí no meterme en más problemas y evidentemente tú eres uno, así que no podré demostrarte lo contrario —al decir esto, casi rozó el oído de Vanessa, haciendo que todo su cuerpo temblara.

—Pues bueno, yo me lo pierdo, tú te lo ahorras y alguien más se lo gana. Vamos a dejar el tema por la paz. Te dejo porque mañana tengo una cita importante y de por sí ya no estoy en el mejor estado. Un placer conocerte, buenas noches.

Por alguna razón, posiblemente relacionada con el alcohol y con el hecho de que ya había sido bastante clara de que no llevaría las cosas más lejos, a Vanessa le pareció que lo más apropiado era despedirse del desconocido con un rápido beso en la boca, lo más inofensivo del mundo, lo mismo que un apretón de manos, o al menos eso pensó.

Daniel sabía que la noche debía terminar ahí, se tenía que quedar sentado, tomándose el último trago de su cuarto whisky; entonces ¿por qué se estaba parando, por qué estaba caminando detrás de Vanessa, contemplándola como si fuera un helado de chocolate después de haber comido brócoli durante seis meses?

Vanessa, tras percatarse, se tambaleó hacia el baño sin inmutarse, muy orgullosa de su contención. La noche se había acabado y ella se iría a su casa con antojo, pero con dignidad. Se despertaría al otro día con una cruda física insoportable, pero nada de cruda moral ni arrepentimientos mañaneros, como la adulta madura que era. Salió del baño muy borracha, pero muy tranquila.

Daniel todavía podía arrepentirse, no tenía sentido comportarse como quinceañero sin contención, él no era así. Se estaba dando media vuelta para regresar a la barra cuando la vio salir, con una sonrisa de satisfacción que lo descontroló. La jaló del brazo, le agarró la cara, la besó y la pegó contra la puerta del baño. Ella trató de empujarlo con la última gota de resistencia que le quedaba, pero se sentía demasiado bien para seguir luchando, así que lo sujetó del pelo y se derritió con su beso.

Entre el alcohol y la pasión del momento, Vanessa tenía el juicio completamente nublado. Sintió una mordida, pero podía ser su imaginación, llevaba seis meses sin estar con nadie y no sabía si era por eso, pero las rodillas y el cuerpo entero le temblaron. De ahí en adelante todo fueron imágenes borrosas: más besos, sus manos, un taxi, ella rasguñándole la espalda en el camino, el sonido de las llaves, él jalándole el pelo, su brasier volando, ella arrastrándolo al cuarto y hasta ahí llegaron sus recuerdos.

Daniel nunca le iba a confesar que antes de llegar al evento principal de la noche, ella había caído profundamente dormida en el baño del departamento. Le pidió un minuto para lavarse los dientes y quitarse el olor a alcohol, él terminó de desvestirse y la esperó, tres, cuatro, cinco, siete minutos, hasta que decidió entrar a ver que todo estuviera en orden. Evidentemente no lo estaba, la encontró roncando sobre el lavabo, con pasta de dientes en la frente y el cepillo en la mano. La cargó a la cama, le quitó el vestido, que no parecía nada cómodo, y decidió que de ninguna manera iba a pagar un taxi teniendo una cama perfectamente cómoda ahí, así que se metió entre las colchas y se durmió.

Pensaba decirle la verdad cuando despertara, para dejarla tranquila y que supiera que su abstinencia seguía intacta hasta nuevo aviso, pero después de hablar por la mañana con esa escuincla soberbia y neurasténica, no le iba a dar el gusto. De lo que estaba seguro es de que, si hubiera sucedido, ella nunca lo habría olvidado.

3

EL RELOJ MARCABA 12:29 PM, LLEGUÉ RAYANDO A LA
entrevista, pero no quería parecer desesperada (como si pudiera
disimular tras la moqueada del día anterior), así que antes de
bajarme del coche me tomé el tiempo de llamar a la escuela para
decir que me había intoxicado y había pasado toda la noche vomitando, lo cual no era del todo mentira, ya que las náuseas estaban peor cada segundo y la cabeza iba a explotarme, quizás por
eso soné tan convincente. Me respondieron que asumieron que
algo había pasado conmigo porque no acostumbraba faltar, y
menos sin avisar, y que la suplente ya estaba cubriendo a mi grupo. Tuve una punzada de culpa, pero de inmediato fue reemplazada por los nervios cuando me encaminé al local.

Definitivamente no era una oficina, lo bueno es que tampoco
parecía tener tubos, por lo tanto, posiblemente no era un burdel,
con lo cual ya íbamos de gane. El lugar era enorme. Abrí la puerta
principal, la recepción era espectacular: piso de mármol en blanco
y negro y muebles de madera oscura. Me atendió una recepcionista
que intentaba hablar en inglés, pero con un marcado acento cubano,
le calculé no más de tres meses de haber salido de la isla. La oficina
parecía estar cerrada, fuera de la cubana no había nadie más.

—Vengo a una entrevista con el señor Jorge, ¿está? —dije en
español. Ella relajó el semblante.

—Están todos en junta, pero no deben de tardar —me respondió con una sonrisa bastante amable—. Por favor, siéntese.

¿Todos?, ¿quiénes todos? Yo no quería ver a todos. De por sí mi cabeza no estaba preparada para ver a nadie, intentaba hacer un esfuerzo solamente por el desconocido que me daba paz y me había dejado llorarle en la camisa. ¿Qué hago? ¿Me voy? ¿Me cambio? ¿Lloro? ¿Me hago la muertita?

Me imaginé que a la cubana le habrá dado ansiedad verme dar vueltas en su recepción, jalándome el vestido, porque me indicó:

—Por favor, siéntese. ¿Quiere un café?

—No, gracias… o mejor sí te lo acepto, ¿tienes descafeinado? No, perdón, mejor sí con cafeína. No, olvídalo, mejor ya nada.

La cubana se me quedó viendo con cara de compasión, salió, y a los tres minutos regresó con una taza de té de tila.

—Por favor, tómeselo, la va a relajar un poco.

Me senté en un sillón negro de piel, tomé una de las revistas que encontré en la mesa y la empecé a hojear, esperando que alguna historia de la farándula me entretuviera. Evidentemente, en este lugar no eran muy asiduos a los chismes: la revista tenía en la portada la noticia del embarazo de una pareja de Hollywood, y a estas alturas la niña hasta dientes tenía… por tanto, ninguna novedad con la cual entretenerme. En ese momento sonó el teléfono y avisaron que podía pasar.

Seguí a la recepcionista por el pasillo, tratando de observar todo lo que había a mi alrededor: mármol blanco, mesas de billar, sillones de piel. Luego toda mi curiosidad se dirigió a un lugar, mi nuevo lugar favorito; no pude prestar atención a nada más. El bar era lo más bonito que había visto en mi vida. Definitivamente este era el trabajo para mí. La barra era locamente larga; las botellas, de todos los colores, sabores y marcas, acomodadas en vitrinas con luz que iluminaba cada una, dándole su justa importancia. Era tan increíble que me dieron ganas de sentarme, con todo y que todavía tenía el sabor del tequila de la noche anterior en la boca y estaba más cruda que un costal de papas.

—¿Vienes?

La voz de la cubana me sacó del trance. La seguí por un pasillo largo hasta una sala de juntas con una inmensa puerta de madera que se abría con clave. Llamó a la puerta y, cuando se abrió, mis nervios no disminuyeron en lo absoluto. Ahí estaban cuatro hombres sentados, con trajes y corbatas, y yo en ese momento me sentía la más inapropiada del mundo. No ayudaba el hecho de no tener idea de qué estaba haciendo ahí, era como un examen sorpresa de alguna materia que nunca has tomado.

—Por favor, siéntate —indicó el hombre que estaba en la cabecera y quien, asumí, era el dueño del circo.

Me senté, como un pollo asustado, y traté de enfocarme en la única cara conocida. Jorge tenía la misma sonrisa que había visto un día antes; para mostrarme su apoyo moral, me guiñó un ojo, gracias a esto tomé la decisión de no salir corriendo, respiré hondo y puse toda mi atención en la reunión.

El papá de los pollitos me volvió a hablar:

—Mi nombre es Álex, él es mi hermano y socio: Eduardo. Martín es nuestro mánager, y Jorge, mi sobrino, a quien ya conoces. Por favor, platícanos un poco sobre ti, Vanessa.

¿En serio? ¿Platícanos de ti? Qué carajos querían que les platicara. Mi color favorito es el rosa; mi comida, las arepas; música, la salsa; sueño frustrado, actriz de telenovelas; la más chiquita de tres hermanos; mamá venezolana, papá mexicano; estado económico, roto, y, para mi desgracia, gusto por lo caro, ¡gracias!

—Me llamo Vanessa. En estos momentos trabajo en una escuela, donde casualmente conocí a Jorge y me comentó que ustedes son los fundadores. El trabajo me encanta, el único problema es el sueldo —son los fundadores, Vanessa, no critiques el sueldo—… no es que sea malo, para nada, lo único es que gastar en dólares está duro, ¿no?

Podía escuchar el tictac de mi reloj con el silencio, ¿nadie? ¿Nada? ¿Estoy sola en esto? Mejor continuar…

—No es que yo sea una niña consentida, pero eso de pagar renta no es tan fácil como pensé; es que me cobran como si fuera el Palacio de Buckingham, y ni a buen sistema de agua llego, mi regadera tiene bipolaridad y pasa de quemarme a congelarme cada cinco segundos —era un intento de chiste, pero por la cara de Álex, no muy bueno—. Tampoco soy pobre, no crean, ¡pueden ver que estoy bien alimentada! —bien, seguro este vómito de palabras es la clave para el éxito—. Creo que es bueno cambiar de trabajo de vez en cuando, probar algo diferente, pero tampoco cambio de trabajo cada semana, para nada, de hecho, soy una persona muy comprometida y estable, aunque no lo parezca —definitivamente esta entrevista va a salir en YouTube como la peor de la historia.

—Muy bien, muchas gracias —dijo Álex, quien físicamente era Goofy personificado: alto, flaco, orejas largas, ojos saltones. Para verse igual a un personaje de Disney, era bastante intimidante.

Empecé a buscar algún hoyo en el piso donde enterrarme, pero nada. Ahora sí la había cagado en grande, y es que, si Goofy no me interrumpía tan cortante, sin problema me echaba otra ronda de monólogo. Seguro, el trabajo no me lo iba a quedar, pero si me iba en ese momento, a lo mejor no me sacaban también de la escuela por parecer una amenaza para los niños a causa de mi inestabilidad psicológica.

—Qué bueno que, por lo visto, no tienes pánico escénico y evidentemente te gusta hablar, en este trabajo lo vas a necesitar —comentó Eduardo, con una sonrisa medio burlona y medio tierna que reconocí de inmediato, era igualita a la de su hijo. Por primera vez escuchaba su voz y era obvio que se divertía con mi ataque de verborrea crónica. Me dieron ganas de abrazarlo por una hora, por asumir que me iba a quedar con el trabajo. Era canoso, de piel bronceada, parecía que pasaba más tiempo bajo el sol que en la oficina. En ningún momento había quitado su gesto sonriente de la boca, no sabía si porque lo había divertido mi discurso o si era algo habitual en él. Tenía una de las miradas más tiernas que había conocido en mi vida. Si me daban a escoger, pediría trabajar para él: inspiraba respeto pero no intimidaba, y era de esas personas transparentes, a quienes, a los cinco minutos de conocerlos, podías ver de lo que están hechos.

—Voy a ser breve —continuó Álex—. Jorge, mi sobrino, tiene un instinto positivo sobre ti y cree que puedes ser un buen elemento para el trabajo. Por lo tanto, aunque, por lo que entiendo, no tienes experiencia en el campo de las relaciones públicas y la coordinación de eventos, te vamos a dar la oportunidad. En esta empresa lo más importante es que seas una persona de confianza, con ganas y sentido común, lo demás te lo podemos enseñar. Así que bienvenida. Martín te va a entrenar y a enseñar el trabajo mientras regresa mi otro sobrino, que está en un viaje con su novia. Cuando regrese ya hablarás con él sobre tu sueldo. A él le responderás directamente en todo. Un placer conocerte y estamos en contacto.

Estaba viviendo la experiencia como una película, ¿eso era todo? ¿Tenía un trabajo nuevo porque Jorge tuvo un buen instinto? ¿Sería capaz de coordinar eventos en un lugar de ese tamaño cuando ni siquiera podía coordinar una cita en el dentista? ¿Qué tipo de eventos? ¿Cuánto tiempo iba a durar en este trabajo? ¿Qué iba a hacer con la escuela? Lo más importante: ¿podía tomar de su barra?

Tenía un millón de preguntas, pero, al parecer, en ese momento nadie contaba con tiempo para contestármelas. Martín se veía muy poco entusiasmado con la idea de tener que cargar conmigo como mascota, para enseñarme desde cero un trabajo del que no tenía idea, como para además responder mis múltiples dudas. Era de esas personas que si las pones en una playa, con una cerveza y un millón de dólares, siguen pareciendo estresados. Usaba lentes, tenía poco pelo —y me atrevo a decir que lo seguía perdiendo por el estrés— y el color de su piel tiraba a transparente. Si no fuera por esto, podía considerarse aceptablemente guapo, sus ojos verdes le daban un aire bonachón, y tenía un cuerpo decente. Moría por mandarlo a unas camas de bronceado, a que le aplicaran un injerto y luego a emborracharse, a ver si se podía hacer algo con su gesto de irritación. Sin embargo, decidí que no era la mejor manera de ganármelo hablarle sobre el *extreme makeover* que, pensaba, le mejoraría la vida y el carácter.

—Hoy no tengo tiempo, pero el lunes te veo aquí a las nueve de la mañana. No me gusta la impuntualidad, así que, por favor, no llegues tarde; de por sí no tengo mucho tiempo —balbuceó Martín a manera de despedida.

Caminé cabizbaja y mucho más nerviosa de lo que había llegado. Jorge se había ido a otra cita apenas acabamos la junta, no tuve tiempo de agradecerle. Mi nuevo guía turístico no parecía particularmente amable y no había ninguna cara familiar en mi nuevo país. Salí del local con la mirada enterrada en el celular, le escribí un mensaje a Irina sin voltear al frente y, se imaginarán, a esta historia le faltaba la cereza del pastel: me tropecé ni más ni menos que con Eduardo, casi tirándonos a los dos al piso.

—Perdón, perdón, de verdad no te vi —intenté disculparme, muerta de pena.

—Tranquila, te creo. No pareces de las que taclean a su jefe en el primer día de trabajo. Relájate, yo sé que mi hermano parece intimidante, pero es buena persona, o por lo menos eso creo —dijo con una sonrisa sarcástica—. Sobre mis hijos, si pudiste lidiar con los niños en el kínder, no vas a tener ningún problema porque son exactamente lo mismo, solo que nada más son dos, en vez de veinte. Bueno, de hecho son cuatro, pero, para tu suerte, solo tienes que lidiar con este par, los demás no trabajan aquí.

—De verdad, muchísimas gracias por todo, espero no decepcionarlos. Disculpa otra vez por la verborrea, por el empujón y por cualquier otra vergüenza que haya pasado hoy, nos vemos el lunes —añadí con una sonrisa que mostraba mucho más entusiasmo del que realmente sentía.

Es poco decir que la noche de domingo a lunes no dormí. Me estuve meneando en la cama como almeja con limón hasta que las cobijas quedaron como zona de guerra. Nunca había estado tan arrepentida de no pagar un mes de TiVo, ya que me eché todos los infomerciales habidos y por haber. Si no hubiera sido por mi precaria situación económica habría comprado un rodillo para pintar desde tu coche hasta las paredes de tu casa, todo por 29 dólares al mes, sin costo de envío (ofertaza); una máquina para licuar todos los productos existentes, y otra que te hace enflacar sin dietas ni pastillas, con solo media hora de ejercicio, desde la comodidad de tu hogar. Para ser honesta, sí marqué para la máquina de enflacar; para mi suerte, estaba ocupado, porque ya tenía la tarjeta de crédito en la mano, la cual de todas formas muy posiblemente no hubiera pasado por falta de fondos.

4

LUNES, 7:45 A.M., SONÓ EL DESPERTADOR. LO PRIMERO
que hice fue ir a la escuela a hablar con mi todavía jefa y a quien
esperaba seguir considerando mi amiga tras esta conversación.
Por suerte, cuando se enteró de que los dueños me habían ofrecido
una oportunidad en otro de sus negocios, tal y como lo esperé, se
alegró por mí. La suplente que había llegado el mes anterior y
que me había cubierto el día de mi entrevista "intoxicación" era
realmente una buena maestra y estaba más que dispuesta a tomar
una posición de tiempo completo. Al parecer, las estrellas se habían alineado a mi favor.

Después de la reunión, salí corriendo al bar, ya que Martín
parecía bastante serio con lo de la puntualidad. A las diez ya estaba viéndole la cara otra vez a la cubana de la recepción; al juzgar por su sonrisa y atuendo impecable, ella sí había dormido
muy bien. En el local solo estaban ella y Martín, quien ya me esperaba en la oficina. Estuve tres horas aprendiendo algunas cosas
básicas del negocio: los diferentes tipos de eventos que se llevaban
a cabo, los horarios, una pequeña cartera de clientes habituales
con quienes me tenía que poner en contacto y algunas otras cosas
que, para qué les miento, ya no recuerdo, así que seguramente no
eran muy importantes. Me hablaron un poco de los costos de los
productos y de la compañía. En la noche, el lugar era exclusiva-
vamente para adultos, pero durante el día era familiar; me pidieron
que para el final de la semana llevara una propuesta de paquetes

infantiles y corporativos. También me enteré de que a la persona que ocupaba antes mi puesto la habían corrido después de solamente dos semanas de trabajo por ineficiente, así que, por obvias razones, no pregunté nada más respecto a mis tareas y decidí arreglármelas como Dios me diera a entender. Martín me mandó a comer lunch a las 12:30 y me pidió que regresara a las 4:00 para observar el movimiento.

Con las luces encendidas era diferente a todo lo que uno se puede imaginar: una combinación de antro de los ochenta con apartamento minimalista; las luces de diferentes colores, entre rojos, azules y amarillos, se reflejaban en el enorme piso blanco de mármol y transformaban la atmósfera. Era el lugar de entretenimiento más completo que había visto en la vida: tenía un DJ de miércoles a domingo, dos líneas de boliche, billar, juegos de mesa, restaurante y lounge; por lo mismo, la mezcla de gente que venía era impresionante: llegaban desde rabinos hasta strippers. Cuando entré ya había bastante gente, las mesas de billar estaban llenas con dos grupos de adultos que tenían enormes torres de cerveza a sus lados; en el boliche había familias, y en la barra, tres solitarios que se podían dar el lujo de empezar a tomar desde temprano (y sí, lo digo con un poco de envidia).

Martín estaba encerrado en su oficina y me pidió que me quedara afuera un rato, viendo el movimiento; para las seis de la tarde estaba completamente lleno. Los meseros corrían de un lado a otro sin parar, de la barra a las mesas y a lo que supuse era la cocina. Sin perder la atención ni un minuto, me acerqué a la barra a ver si tenía más suerte hablando con alguno de los bartenders, pero el caos era peor. Había uno que parecía alemán preparando tragos, trabajaba con una concentración como si estuviera descubriendo algún componente químico, y no se le veía ninguna intención de hacer amigos. Por otro lado, un moreno con una sonrisa Colgate que, al parecer, ya había encontrado a la amiga que estaba buscando, platicaba de lo más entretenido con una güera, sin importarle la desesperación de los quince clientes a su alrededor.

De repente, un grito de la única que me faltaba por analizar me interrumpió: "Mamita, ¿vas a querer algo? Si no, por favor muévete que estamos trabajando y aquí me estorbas". Está de más decirles, con ese divino carácter, que era colombiana, tenía una *tank top* negra, el escote abierto casi hasta el ombligo y, por supuesto, una jarra de propinas enfrente que en definitiva no se había ganado por su carisma. Nunca imaginé que iba a durar mucho en este trabajo, pero en aquel momento pensé que a lo mejor ni esa noche. Fui a buscar el baño para encerrarme por lo menos cinco minutos en silencio, sin gente que me empujara o gritara. Avancé por un pasillo y seguí caminando; cuando me di cuenta, estaba en la cocina: una mujer les gritaba a cinco hombres cosas que me da pena repetir, pero de mongólicos no los bajó.

¿Existía alguien normal en este lugar? ¿Por eso me habían contratado? ¿Estar desequilibrado era requisito para los empleados? Me di la vuelta, esperando que por estar concentrada en sus gritos ella no se hubiera dado cuenta de mi intrusión. No tuve tanta suerte, la mirada de los cinco hombres embobados en mí, sin comprender qué hacía ahí, me delató.

—¿Se te perdió algo en mi cocina? —me preguntó con una mirada asesina.

—No, yo venía a...

—¿A dejar el microondas? Por fin, llevo dos semanas trabajando con esta mierda —exclamó, señalando el viejo aparato que tenía enfrente—. Cualquiera diría que los mandé a inventar la máquina y no a reponerla, de verdad que ustedes los gringos sí son medio retardados, pero bueno, qué le vamos a hacer. Déjalo en la parte de atrás, que yo más tarde lo conecto.

¿Había alguna manera de conseguir un microondas en ese instante? Cualquier intento hubiera sido mejor que confesarle que había llegado hasta su cocina buscando el baño. Ya había escuchado cómo le iba a los mongólicos con esta mujer.

—Por favor, Clara, ¿de verdad crees que esta nos viene a traer el microondas?, ¿acaso le ves algún parecido con Carlos, el gordo sudoroso con el que hemos estado tratando? A menos que la hayan mandado a hacernos compañía para compensar las molestias causadas —intervino el mongol 1. Parecía un enanito de Blancanieves, gordito, húmedo y con un delantal manchado. El resto de los gnomos se soltaron a reír, y yo estaba a punto de ponerme a llorar.

—Cállense, bola de brutos, y pónganse a trabajar. Déjenla en paz que la están asustando, y si siguen jodiendo les voy a traer al jefe, a ver quién parece señorita después —los regañó la patrona. Después me preguntó en un tono que ya no parecía del todo rudo—: ¿Qué pasa, niña?, ¿está todo bien?

—Sí, perdón, es que estaba buscando el baño y llegué aquí. Estoy esperando a Martín, me pidió que viniera para enseñarme el lugar, pero ya pasaron casi dos horas y no sale de su oficina. Se supone que voy a trabajar aquí, pero no sé si pueda, traté de estar afuera y la bartender me gritó que le estorbaba, entonces no sé a quién preguntarle nada ni qué hacer, si irme o quedarme o regresar o llorar —expliqué mientras mi voz iba por un lado y mi mente por otro.

—Mamita, respira hondo que estás hablando más rápido que yo, y eso está difícil. Siéntate, te voy a preparar algo de comer y te puedes quedar aquí en lo que sale el neuras ese de la oficina. Con lo de la barra, no te preocupes, a esa perra colombiana todos aquí la odiamos. Te voy a hacer unas quesadillas y ahorita me cuentas con más calma qué vas a hacer aquí; mientras no sea en mi cocina, todo va a estar bien. Presiento que atrás de la freidora serías un desastre.

Había encontrado a mi persona favorita dentro del lugar. Era franca, pero con una sonrisa que no asustaba, gordita como toda buena chef y con una cara bonita y alegre. Si me quedaba con el trabajo, estaba segura de que pasaría mucho tiempo dentro de esa cocina, así que mejor me encariñaba de una vez con los siete enanitos.

Las quesadillas y el chisme definitivamente me relajaron. Clara me habló un poco de los jefes y de la personalidad de todos los empleados: desde la mesera embarazada que se robaba la comida de los clientes en el camino de la cocina a la mesa hasta la recepcionista de vida alegre que ya había pasado por el bar, los meseros y, según Clara, también por los jefes, por eso no la corrían a pesar de que faltaba al trabajo por lo menos una vez a la semana.

Para cuando me llamó Martín eran las ocho de la noche. Solamente me enseñó un programa en la computadora para generar una base de datos y otros dos o tres detalles. Me comentó que la primera semana era complicada y me iba a costar trabajo, pero que en la compañía había cero tolerancia para los errores, así que debía esforzarme por aprender y no dar problemas (siempre un placer hablar con él).

Salí de su oficina a las diez. No sabía dónde iba a estar parada al siguiente día, así que me merecía por lo menos un trago en la barra a la que le tuve ganas desde la primera vez que la vi. Decidí que el de la sonrisa Colgate era mi mejor opción y no me equivoqué. Le pedí un tequila derecho; y ya se veía listo para hacer una amiga nueva, pues me lo entregó con una servilleta en forma de flor con su teléfono escrito. Ese hombre seguro estaba quebrando a la compañía con el gasto de servilletas, me imagino que entregaba no menos de quince al día.

—Si no es mucha molestia, prefiero otro tequila a cambio de la flor, ¿se puede?

—¿Qué opinas si te apuesto los dos en un juego de billar? Si ganas, te invito los dos tequilas y te dejo la flor; si pierdes, me pagas los dos y me regresas la flor, porque se ve que la güera del otro lado le va a dar mejor uso.

Acepté el reto y para el final de la noche ya no tenía ni dinero ni la flor, pero sí un segundo amigo en la zona de guerra.

Para el viernes por la tarde ya estaba bastante más acoplada y mis probabilidades de sobrevivir se percibían un poco más altas. Los días los pasaba en la oficina con Martín y ya había logrado sacarle una sonrisa un par de veces, cosa que, según yo, era uno de los retos más complicados. En las dos ocasiones fue a costa de mi déficit de atención, pero por algo se empieza. La primera, cuando contesté el teléfono de la oficina sin que sonara, y la segunda, cuando empecé a escribir en el teclado de la computadora un párrafo completo sin darme cuenta de que no estaba conectado. Si mi problema de atención le daba risa, tenía diversión garantizada.

En las noches se me había hecho costumbre quedarme a tomar algo en la barra y apostar con John, el bartender, ya fuera en billar, *air hockey* o hasta Jenga. Cada vez me gustaba más el lugar.

Me había puesto en contacto con los clientes más antiguos y tenía varias citas agendadas para la semana siguiente. Mi primer evento era el próximo martes: una fiesta corporativa de un importante banco de la zona. Ese día también llegaba el jefe que me faltaba por conocer, probablemente iba a revisar mi trabajo en el evento. Por los rumores que había escuchado, todo lo demás era juego de niños comparado con él. En la recepción le apodaban "el monstruo"; me había tocado entrar a la cocina dos veces y ver a los siete enanitos imitándolo de una forma muy poco cariñosa, y, por lo que me dijo Clara, la única que tenía una buena relación con él era la colombiana, lo cual no era una muy buena señal.

El fin de semana me fui con Irina a Naples y nos dedicamos a broncearnos, a comer y a tomar para celebrar mi primera semana de trabajo y recargar energías. A pesar de todo, el martes me desperté más nerviosa que si fuera a defender mi tesis. Me puse mi vestido negro corto de la suerte con tacones, me dejé el pelo suelto y me pinté los labios de rojo.

Llegué una hora antes y me crucé al Starbucks de enfrente por un poco de cafeína para acabar de espabilarme. Estaba en la fila, asomándome para ver si se me pegaba un snack porque, como todos sabemos, los carbohidratos son el mejor remedio para calmar el nervio, pero la persona delante de mí no me dejaba ver. Llegó mi turno y justo en el instante en que el barista me preguntó qué quería tomar, reconocí la maldita espalda de mi vecino de fila (respira, respira, lo estás confundiendo; sí te llevas muy pesado con Diosito, pero esta no te la haría).

—Buenos días, ¿qué quiere tomar, señorita?

—Café.

—¿Quiere probar nuestro nuevo frapuchino de té verde con mango?

—Ajá.

—Le podemos ofrecer con su bebida nuestra nueva tarta de guayaba.

—Ajá.

—Son once cincuenta, por favor.

—Ajá.

—Señorita, ¿está bien?

No fue hasta que tuve un vaso con un líquido verde amarillento en la mano y una tarta de la única cosa que no me gusta en el mundo que me di cuenta de que había entrado en trance. El desconocido del bar que había despertado en mi cama la semana pasada estaba a mi lado con dos vasos de café y una sonrisa que, con toda seguridad, se debía al momento de shock que me había provocado.

—Nunca te ubiqué con el perfil de niña de té verde... para no ir muy lejos, ni azúcar encontré en tu cocina cuando me preparé mi café.

Una vez más, este tipo me sacaba de quicio como poca gente.

—Es obvio que no me conoces, me encanta. De hecho, paso todos los días por uno.

—No me digas, platícame, ¿qué es?

—Es té con...

Me quedé viendo el vaso como si de repente fuera a brincar la respuesta del popote.

—Es té verde con mango, y los dos sabemos que ni siquiera por salvar tu orgullo te tomarías eso —me dijo en tono burlón.

Me arrebató el vaso y tiró el té completo en el bote de basura; después estiró el brazo y me dio uno de los dos cafés.

—Espresso doble sin azúcar, de nada.

Qué tipo tan insoportable. Estuve a punto de tirarle el café en su camisa blanca, si no hubiera sido por el estado de emergencia en que me encontraba, desesperada por un poco de cafeína, y para esas alturas la fila del café ya casi salía del local.

—Nada que agradecerte, prefería mi té con mango, pero no puedo volverme a formar y no tengo ni tiempo ni paciencia para seguir hablando contigo, debo ir a conocer a mi nuevo jefe que, por lo que tengo entendido, es igual o más insoportable que tú. Con tu permiso, me voy.

—No te preocupes, que con ese vestido no creo que tengas ningún problema con tu jefe.

—No todos son como tú.

—Eso sí, no se puede vivir en un mundo tan perfecto —dijo en su tono burlón.

Regresé a la oficina con un humor del carajo. Me quería cachetear a mí misma por parecer una quinceañera nerviosa con un tipo al que ni conocía y que me daba enteramente igual. A lo mejor enteramente igual es una exageración, para mi mala fortuna, me di cuenta de que el susodicho me atraía como si fuera el último choco-hongo en una fiesta de hípsters en Tulum, pero era solo eso, una estúpida atracción de la que posiblemente la próxima semana ni siquiera me iba a acordar. Todavía tenía media hora antes de que empezara el evento, así que me fui a la barra con John a relajarme. Me caía muy bien, y con dos comentarios, bastante vulgares, logró sacarme la risa que había perdido en el café.

Cuando llegó el grupo del banco me sentía más que preparada para recibirlo. Los dirigí a su mesa, tenía su menú preparado y les acabé vendiendo dos botellas de whisky, además de las bebidas que ya tenían prepagadas. Fue mucho más fácil de lo que había pensado y, para qué les miento, en ese momento decidí que sería muy buena en este trabajo. Se quedaron más de tres horas; para el final de la tarde todos sentían que eran mis mejores amigos, me dieron cien dólares de propina y aseguraron que volverían por lo menos una vez al mes.

Era momento de celebrar. El nuevo jefe no había llegado, cosa que agradecía, pues pasé el evento tranquila y sin estrés. John ya me tenía listo mi tequila para festejar. Eran casi las nueve de la noche, así que no me pareció inapropiado dejar de trabajar y sentarme en la barra. La sensación de estar como en casa después de apenas una semana de trabajo era impresionante. En gran parte, fue gracias a cómo se habían portado todos conmigo, principalmente John y Clara. Después de algunos tequilas, en un momento de sensibilidad, decidí darle a mi nuevo amigo un emotivo discurso de agradecimiento y me volteé a abrazarlo. Él me levantó en el aire efusivamente, dándome vueltas; de repente, de la nada, me soltó hacia el piso como si se le hubieran quemado las manos.

—Bruto, ve cómo me dejaste las rodillas, ¿ya estás borracho o qué te pasa?, por lo menos ayúdame a levantarme.

Me agarró del hombro y le tomé la mano para apoyarme. Definitivamente esa no era la mano de John. Levanté la cara para ver quién había sido tan caballeroso para ayudarme y cuando me di cuenta, deseé con todas mis fuerzas no haberlo hecho. La ventaja de estar en el piso era que no podía volverme a caer, porque sin duda hubiera sucedido.

—¿Qué haces aquí?, esto sí ya es mucho, ¿me estás siguiendo o qué?

Silencio total, no se hubiera escuchado ni un grillo. Sentí la mirada de todos los meseros, bartenders y de hasta dos o tres clientes fija en mí, como si estuvieran en el cine.

—Perfecto, no contestes. Me sigues hasta aquí, me esperas hasta las nueve de la noche y ahora no tienes nada que decir.

—Piensas demasiado en ti misma si crees que vine hasta aquí buscándote. Y otra cosa, tu amigo no está borracho, solo se puso nervioso de que su jefe lo vea cargando a una clienta, como quinceañero enamorado, en horas de trabajo.

Se dio la media vuelta y empezó a caminar hacia las oficinas.

No, no, no, esto no está pasando. Has visto muchas series en la tele, estas cosas no pasan en la vida real. Todo es un malentendido, él no puede ser mi jefe, no, no, no.

Y que sí era.

Sentí que me moría. Dudaba mucho que pudiera conservar el trabajo, pero, si tenía suerte, a lo mejor podía conservar algo de dignidad. Cuando Martín me mandó a llamar a la oficina, mis piernas todavía no reaccionaban. Los empleados me veían como si fuera una lunática, y con un poco de compasión por lo que imaginaban que sucedería después de que le había gritado al jefe enfrente de todos. Mi futuro en el lugar no parecía muy prometedor. Caminé a paso de tortuga hacia mi destino final.

—¿Qué tan agradecida estás ahora de que cambiara tu malteada verde por cafeína? —me dijo Daniel con una sonrisa burlona, desde el sillón negro de piel de la oficina—. Martín, déjanos solos, por favor —le pidió con un tono que dejaba claro la personalidad autoritaria con la que se manejaba. Martín salió con cara de alivio por quedar fuera de una plática que evidentemente no le interesaba. Yo tenía muchas ganas de salir detrás de él. Cerró la puerta, sentí que la oficina se encogía y el aire me faltaba.

—Siéntate.

Un por favor no hubiera estado de más, pero ni de broma me hubiera atrevido a hacer la anotación. Me senté en completo silencio, esperando la sentencia con unas ganas de llorar difíciles de explicar y sin nadie que me ayudara a salir de esta.

—Ahora sí que, como dice Arjona, mira que es grande el destino y esta ciudad es chica, ¿no?

—Lo bueno es que yo no soy tu mujer —balbuceé nerviosa.

—Disculpa, ¿qué dijiste?

—Nada... yo... nada.

—¿Y ese milagro que ahora no tienes nada que decir?

—Yoo... eeehhh... no sé, esteee —ni siquiera me salían las palabras, parecía niña chiquita regañada y me odiaba por eso. Él parecía disfrutar la situación.

—Tranquila, ya, respira. Te diría que no muerdo, pero por desgracia sabrías que estoy mintiendo.

Y tristemente lo sabía de sobra, pero no era momento para recordar esa maldita noche. Por su cara era evidente que sabía a la perfección en lo que estaba pensando y por primera vez durante la conversación sonrió.

—Perdón, yo...

—¿Perdón por qué?, ¿por escaparte de tu casa como ratera después de pasar la noche juntos? ¿Por tus desplantes de la mañana? ¿Por gritarme hace rato enfrente de mis empleados?

Ya había sido suficiente. Yo sabía que esta plática no iba a ser precisamente agradable, me quedaba claro que ya me podía ir despidiendo del trabajo, y seguir oyéndolo con cara de perrito triste no me ayudaría en nada.

—¿Qué quieres que te diga? Me equivoqué contigo, hice el ridículo y es obvio que no me voy a quedar a trabajar aquí, así que ya fue suficiente karma. Si además de eso quieres una disculpa, te la dejo, disfrútala.

Me paré con un nudo en la garganta, tratando con todas mis fuerzas de contener el llanto, y caminé hacia la puerta.

—¿Tanto te afectó que eres capaz de renunciar a tu trabajo por mí?

—Como me dijiste hace rato, no te sientas tan importante. Simplemente no creo que sea sano trabajar contigo como jefe después de todo lo que ha pasado.

—Mira, tú puedes hacer lo que quieras y en este lugar nadie es indispensable, pero me dijeron que has hecho un buen trabajo esta semana y me parece un error que dejes una oportunidad laboral por una noche sin importancia. De todas formas, es tu decisión, nada más te pido que me avises para que si optas por no quedarte, busquemos a alguien más.

No les voy a mentir, mi ego quería patearle la cara por llamarme "una noche sin importancia", pero tenía que ser más madura que eso.

—Tienes toda la razón, no voy a dejar pasar esta oportunidad por algo que no significó nada, así que, si no hay ningún inconveniente, quisiera conservar mi trabajo y empezar de cero contigo en este momento. Que sea una relación estrictamente laboral.

—Me parece bien. Ahora vete a tu casa que ya no son horas de trabajo, asumo que has tenido un día un poco estresante. Solo una cosa más antes de que te vayas: no puedo prohibir las relaciones dentro de la empresa, pero te pido que moderes tus muestras de cariño, ya que no se ve muy bien tener a dos empleados colgados uno encima del otro a la mitad de la jornada de trabajo. Y que sea la última vez que utilizas ese tono conmigo, esto es una empresa seria y no hay lugar para berrinches, entiendo que no sabías que era tu jefe, pero ahora ya lo sabes, así que espero que te comportes a la altura y me respetes.

Si quería seguir trabajando ahí iba a tener que practicar mi autocontrol y este era buen momento para empezar, así que le sonreí (como el Guasón) y salí de la oficina.

5

DANIEL HABÍA PASADO UNA SEMANA SOLO COMO DEDO
en Key West, en lo que tuvo que haber sido un viaje romántico.
No estaba listo para confesarle a su familia que ya no estaba con
Samantha; si cancelaba el viaje, iban a hacerle preguntas y, aunque estaba seguro de que nadie la iba a extrañar, sí iban a darle
una detallada lista de todas las solteras de la ciudad, que no parecía variar mucho con los años: Denise, la hija del doctor Stut-
nick, guapísima, simpática, culta y, por supuesto, lesbiana, lo
cual nos lleva a la soltera número dos: la hija de Alberto y Ale-
jandra, amigos de sus papás, la que le querían presentar desde
hace cuatro años, los mismos que ella llevaba de estable relación
con Denise. A pesar de esto, eran las dos mejores opciones de la
lista; ya podrán imaginarse a las demás competidoras: habla cuatro idiomas (y pesa 400 kilos); modelo de 1.80 m de altura (novia
de un casado de sesenta), y así se podía seguir. Por supuesto,
Daniel no podía compartir la información con su familia, pero
con base en esto había tomado la decisión de omitir cómo estaban las cosas en su vida sentimental que, dicho sea de paso, no
pintaban nada bien.

No quería admitirlo, pero, por alguna razón, durante su semana en solitario le había pasado por la cabeza más de una vez la
imagen de la loca del bar. No tenía sentido, ya que representaba
todo lo que no quería en su vida: era obvio que era inestable,
intranquila, acelerada e inmadura, pero le había provocado una

45

curiosidad que no lo dejaba tranquilo. Principalmente, le había pegado al ego cómo lo había sacado de su casa, lo cual dejaba muy claro que ella simplemente lo había usado, no es que él no hubiera hecho lo mismo, sin embargo, había soñado con ella cuatro noches seguidas y planeaba regresar al bar de Jaime a ver si la encontraba. Lo que menos esperaba era encontrársela en el café el día que volvió de su viaje. No lo iba a negar, le había dado mucha satisfacción verla tan nerviosa con su presencia, al grado de perder la capacidad de hablar, pero su tono prepotente y su actitud le habían reafirmado que era mejor olvidarse de ese tema y empezar a buscar una mujer normal. Y mejor ni hablar del completo shock que le causó enterarse de que ahora era su nueva empleada; el siguiente paso era decidir si la situación parecía divertida o desastrosa, para saber qué hacer.

Contesta Irina, contesta, por favor, solo hay un tiempo determinado que puedo pasar escondida en la bodega entre cajas y utensilios descompuestos antes de que alguien me vea.

—Hola, flaca, ¿todo bien? La última vez que tuve esta cantidad de llamadas perdidas tuyas fue para avisarme que Alexis nos quería vestir de amarillo pollo para ser damas en su boda, ¿es ese tipo de emergencia? ¿Mejor? ¿Peor? ¿O igual? Para estar preparada.

—Peor, por muchos puntos… y eso que esa era bastante grave; así que, si estás parada, siéntate.

—Lista.

—¿Te acuerdas del tipo del bar?

—¿El casado?

—Sí, el que asumí que estaba casado.

—¿Qué pasó? ¿Te lo encontraste con la esposa?

—No, me lo encontré en el trabajo, sentado en la oficina.

—¿Cómo? ¿Por qué? ¿De ese nivel de acosador estamos hablando?

—Peor que eso, trata de adivinar, es una de esas cosas que solo me pasan a mí.

—¿Está planeando un evento para la esposa?, ¿está aplicando para un trabajo?, ¿tiene hijos?

—Nunca vas a adivinar y me estoy desesperando: es mi nuevo jefe y es un monstruo.

El ataque de risa de Irina a través de la línea me irritó sobremanera.

—¿De verdad? Cuéntame el chiste porque yo no le encuentro la gracia.

—Perdón, es risa de nervios. En serio, no lo puedo creer, solo a ti te pasa esto. ¿Ya te corrieron?

—Todavía no, pero yo creo que es porque no ha acabado de torturarme. No te puedes imaginar qué tipo, te juro que si no es porque en algún punto de la conversación citó una canción de Arjona, pensaría que no tiene alma. Si mi mamá quería que aprendiera a controlar mi temperamento con los hombres, en este momento estaría muy orgullosa de mí, porque me costó un ovario y la mitad del otro no aventarle en la cara la bola de cristal que tenía de decoración en su escritorio.

Daniel no tuvo que escuchar mucho más de la conversación para saber de quién hablaba la figura que se movía entre las cajas y que, estaba seguro, en cualquier momento tiraría todo lo que había adentro como si fueran fichas de dominó. Cerró la puerta tan silenciosamente como la había abierto y pensó que si ella creía que eso había sido autocontrol, no se imaginaba lo que le esperaba. Debía acordarse mañana a primera hora de quitar la bola de cristal del escritorio. Ahora sí, que empezara la guerra.

6

EL MIÉRCOLES PASÓ SIN NINGUNA SITUACIÓN RELEVANTE: los eventos salían cada día con mayor facilidad. Aunque las primeras cuatro horas del día estuve temblando de los nervios de enfrentar al enemigo, a la hora de la comida Clara me sacó de mi tortura:

—Y esa cara de susto cada vez que se abre la puerta, ¿a qué se la debemos, niña?

—A nada, Clarita, estás loca, yo estoy muy tranquila.

—Ah, qué bueno, yo pensé que era porque le gritaste al jefe enfrente de todos como una loca, pero me da gusto saber que no tiene nada que ver.

—¿Cómo te enteraste? Ya todo el mundo sabe de mi lapso neurótico, ¿verdad?

—Para qué te digo que no, si sí. Yo estoy llevando la quiniela para ver cuánto tiempo duras; aposté a tu favor, así que no me hagas perder. Para sacarte de tu miseria, te aviso que hoy los dueños no vienen, así que deja de voltear, que te vas a torcer el cuello.

El resto del día transcurrió muy relajado. A pesar de lo que se me venía encima, me quería quedar con el trabajo, que ya se sentía familiar y divertido, y el reto de hacer algo tan diferente a lo de siempre me emocionaba.

El jueves me sentía más preparada para enfrentar al susodicho. Estaba con John en la barra aprendiendo a hacer un Long Island cuando los vi entrar: venían Jorge, su papá y Daniel, los primeros dos con su habitual sonrisa; pero toda mi seguridad se cayó al suelo, junto con la mitad del vodka que estaba sirviendo, cuando sentí la mirada penetrante de Daniel; no sé si estaba planeando mi asesinato, el de John o el de los dos, pero algo muy macabro debía pasarle por la cabeza. Después de verme fijo a los ojos, decidió hacerle un minucioso examen a mi vestido rojo de manera nada discreta, estoy segura de que hasta mis medidas se aprendió de memoria. No tenía ni la más mínima vergüenza. Cuando acabó su análisis siguió caminando muy tranquilo hacia la oficina, y yo me quedé con la cara del mismo color que el vestido, sintiendo que me quemaba.

No había visto a Jorge desde el día que me contrataron y quería agradecerle que hubiera abogado por mí para quedarme con el trabajo. No salió en todo el día de la oficina, así que antes de irme fui a buscarlo para hablar con él. La puerta estaba semicerrada, escuché que estaban hablando; iba a dar la vuelta para irme cuando oí que mencionaban mi nombre.

—Perdón, pero sigo sin entender por qué la contrataron: no tiene currículum, no tiene referencias, y ahora resulta que es la octava maravilla y todos están encantados con ella. Discúlpame, papá, pero me parece que esta es otra decisión inmadura de Jorge para tener algo con qué entretenerse en el trabajo.

—Mira, Daniel, soy igual de socio que tú en este negocio y tengo el mismo derecho a tomar decisiones. Yo tuve un buen instinto sobre ella y no me equivoqué. En el tiempo que lleva aquí ha coordinado todos los eventos a la perfección, y hasta Martín, que no quiere ni a su mamá, está feliz con su trabajo. Por lo que he escuchado en los chismes de pasillo, creo que quien tiene algo personal contra ella eres tú y tampoco vamos a dejar a alguien sin trabajo solo porque no cayó derretida a tus pies y ahora tienes el ego afectado. Para venir de un viaje romántico, me parece que estás demasiado concentrado en alguien más.

—Ya párenle los dos —intervino Eduardo—. Yo no veo cuál es el problema de probar a alguien nuevo, independientemente de su currículum. Hasta ahora no hemos tenido ningún problema, al contrario, todos están muy contentos con ella. El carisma es un atributo muy importante para ese puesto, y eso sí no puedes negar que tiene.

—Ese es el problema, que con su carisma tiene a todos medio estúpidos, empezando por mi hermano y continuando con John, que ya ni puede servir un tequila concentrado por estar entretenido con su nuevo juguete —juguete… juguete su madre—. No ha tenido problemas porque no ha habido absolutamente nada complicado, hasta una operadora podría haber hecho lo que hizo ella. Vamos a ponerla a prueba, si logra cerrar sola el contrato de Bank of America, se queda; si no, se va, sin discusiones.

No podía creer lo que estaba escuchando. La sangre me hervía y temblaba del coraje; no le iba a dar el gusto a ese animal de sacarme, iba a cerrar ese contrato, costara lo que costara, y después me iría, pero le iba a demostrar que era capaz de eso y más.

—Vanessa, ¿qué haces aquí? —la voz de Martín me provocó un pequeño infarto.

—Nada, yo… ya me voy, iba a la oficina a buscar mis cosas.

—Qué bueno que sigues aquí, necesito que me firmes unos papeles para Recursos Humanos, para meterte a la nómina, ¿tienes cinco minutos?

—Sí, claro, vamos.

Está de más decir que si firmé la hipoteca de un departamento, ni siquiera me enteré, actuaba en modo avión. Firmaba mientras repetía en mi cabeza la conversación que acababa de escuchar.

—¿Estás bien? —me preguntó Martín—, te ves pálida.

—Sí, Martín, perdón, es el cansancio. Buenas noches, nos vemos mañana.

Daniel reconocía que se estaba portando como un cabrón y que no era una pelea justa. Sabía que el banco había apalabrado ese evento con otra locación y era casi imposible que Vanessa cerrara el trato, pero después de oír su llamada telefónica, describiéndolo como el peor de los hombres, y percatarse de cuánto le había afectado verla coquetear con John en la barra, no le daría el gusto de dejarla trabajando ahí. Le costaba reconocerlo, pero su hermano tenía razón, esa mujer lo inquietaba demasiado. Tanto lo había trastornado, que hasta decidió buscar a Samantha: loca o no, por lo menos ya le conocía el carácter y estaba acostumbrado a ella; la inestabilidad que Vanessa le provocaba era lo que menos necesitaba en este momento. Había algo en ella que lo alteraba y lo hacía perder el control; nunca se había sentido cómodo con esa sensación, así que lo mejor era cortar el problema de raíz, había tomado hacía tiempo la decisión de que era él quien controlaba sus emociones y no al contrario. Si lo que había vivido algunos años atrás no fue lección suficiente, se consideraría el hombre más estúpido del mundo, y ni siquiera con Alexia, a quien creía amar en su momento, se había sentido tan vulnerable.

Lo primero que tenía que hacer era investigar quién era el contacto en el banco, para hablar con él. Mi poder de convencimiento siempre había sido un arma poderosa, pero ahora tendría que afilarlo un poco más. Por si no lo saben, les platico: si llamas al banco y pides hablar con el director general sin un tema de vida o muerte: *a)* se ríen de ti, *b)* te cuelgan o *c)* todas las anteriores.

Al parecer, la fiesta de la empresa no contaba como tema de vida o muerte, así que me vi en la necesidad de recurrir a otras técnicas. Le saqué el nombre del susodicho a la cubana, ahora era cosa de probar suerte con las personas del banco.

—Buenos días, ¿se encuentra el señor Davis?

—El señor Davis está ocupado, ¿quiere dejar algún recado?

—Sí, habla Shery Franklin del Departamento de Impuestos, para avisarle que tiene que presentarse en el juzgado la semana que entra por falta de pago de sus impuestos del último año. Ya se le han mandado varias notificaciones por escrito a la dirección registrada en el sistema y no ha habido respuesta. Si no se presenta, se tendrá que proceder con cargos más severos.

Esperaba que la secretaria no fuera muy lista, porque no tenía ni idea de lo que estaba diciendo, solo contaba con que se asustara con la palabra juzgado y me lo comunicara.

—Deme un momento, por favor.

¡Excelente! Era igual de bruta que yo.

—Buenas tardes, ¿con quién tengo el gusto?

—Hola, señor Davis, habla la señora Franklin, del Departamento de Impuestos, tenemos un problema con su declaración del último año.

—Eso me comenta mi secretaria, pero yo creo que es un malentendido, ¿por qué no pasa mañana a mi oficina a medio día para aclarar el tema?

—Me parece muy bien, señor Davis. Nos vemos mañana, hasta luego.

Colgué el teléfono sin entender del todo lo que acababa de pasar. Mi plan era excelente hasta la parte de conseguir la cita. ¿Luego qué? ¿Iba a llegar con el director del banco, le iba a pedir perdón por mentirle y le confesaría que solo quería platicar sobre su fiesta de fin de año? Veía en mi futuro una alta posibilidad de salir esposada del edificio.

El día siguiente llegué a la cita temblando de los nervios. Irina me ayudó a pensar algo inteligente que decir. Decidimos que lo mejor era improvisar, así que en el trayecto pusimos música y me di valor cantando Marc Anthony a todo volumen. El edificio era grande y frío, me recibió la secretaria, quien asumí era la que me había contestado el día anterior. Siempre me he preguntado cómo ese tipo de mujeres pueden mantenerse así de restiradas todo el día: la cola alta de la que no se mueve ni un solo pelo, la falda y la camisa limpia y sin media arruga, y el maquillaje perfecto. Yo a las dos horas de salir de mi casa ya tengo por lo menos una mancha en la playera, el delineador de ojos medio corrido y del pelo, ni hablar. Estaba por preguntarle qué marca de gel usaba cuando su voz me interrumpió:

—¿Le puedo ayudar en algo, señorita?

—Sí, soy la señora Franklin, del Departamento de Impuestos. Tengo una cita con el señor Davis.

Se me quedó viendo como si algo no le cuadrara con los impuestos y mi aspecto, pero no dijo una palabra, llamó a su jefe y me dejó esperando veinte minutos en la recepción.

—Buenas tardes, señorita, Bruce Davis, mucho gusto. Por favor, pase.

Físicamente no era lo que esperaba, en lo absoluto: pelo canoso, delgado, con lentes de botella, como de unos setenta años; podía ser el abuelo de cualquiera.

—Dígame, por favor, en qué puedo ayudarla.

Ustedes pensarían que yo tenía una respuesta preparada, pero nada, silencio total.

—Señorita Franklin, ¿ve las canas en mi cabeza?

¿Qué estaba pasando?, ¿era una pregunta capciosa?, ¿qué tendría que contestar a eso?

—¿Disculpe?

—¿Puede leer el puesto escrito aquí en mi placa?

—¿Perdón? No le entiendo.

—¿Usted de verdad cree que el director de un banco, aparte, uno de mi edad, no tiene completamente claros, organizados y bien manejados sus impuestos? Conozco mejor mis finanzas que a mis hijos, y eso que he sido un papá muy presente.

Me jodí, me jodí, me jodí, ya nada más era cosa de que los de seguridad llegaran por mí y se me cumpliera la predicción de salir del edificio esposada, muy elegante yo.

—Si le pedí que viniera a mi oficina fue porque despertó mi curiosidad, quise saber quién era tan atrevida para pedir una cita conmigo inventando una tan poco estudiada excusa, pero tengo un poco de prisa, así que le suplico que en cinco minutos me explique qué necesita.

Sé que no parecía la mejor idea, pero tendría que intentar con la verdad y que fuera lo que míster Davis quisiera.

—Primero que nada, le pido una disculpa, no acostumbro mentir, pero estoy en una situación un poco desesperada. No está usted para saberlo, ni yo para contarlo, pero se lo voy a explicar directamente: ayer me enteré de que si no logro cerrar el servicio de su fiesta de fin de año en nuestro local, me corren. No habría ningún problema si fuera una cuestión relacionada con mi desempeño en el trabajo, pero esto es algo personal, fíjese que Daniel, uno de los dueños, no me quiere ahí…

Ustedes creerán que por prudencia no le conté detalles, pero se equivocan. Con decirles que los cinco minutos se transformaron en veinte, y él estaba con su café, escuchando todo muy atento, cual telenovela, nada más hacía intervenciones cuando le surgía alguna duda relacionada a la trama:

—Pero ¿le gritaste enfrente de todos? —preguntó, tuteándome con confianza—, ¿y por qué crees que te odia, si él fue quien no te dijo que tiene novia? ¿Será que cree que andas con el bartender?

Solo cambié algunos detalles de la historia del bar, y dije que había sido una simple *date*, ya que sentí que no iba a ayudar mucho a mi caso o reputación el haberme ido con él la noche en que lo conocí borracha. Fuera de eso, le platiqué santo y seña de todo lo que había pasado hasta la conversación que escuché el día anterior. Míster Davis estaba entretenido, de eso estaba segura, pero sobre ayudarme o cerrar el evento conmigo no había dicho ni media palabra. Ya había llegado al desenlace de la historia, si en los próximos cinco minutos no decía nada, me iba a dar un ataque de ansiedad. Se quedó en silencio un momento, luego se paró de su silla y comentó:

—Mira, niña, primero que nada, te confieso que la razón por la cual dejamos de hacer eventos con tu compañía es justamente por Daniel: tuve algunas diferencias de negocios con él y yo, a mi edad, ya no estoy para agitarme de esa manera. Ese niño es un tiburón, es buena persona, pero la mitad de mis canas se las atribuyo a mis negociaciones con él. Segundo, no solamente cuentas conmigo para este evento, que por supuesto voy a cerrar contigo, sino que en el momento en que renuncies tienes un lugar en esta compañía: se requieren muchos pantalones para hacer lo que tú hiciste y, por lo tanto, no dudo que este lugar pueda ser el adecuado para ti. Por otro lado, hacía mucho tiempo que nadie podía sostener mi atención durante veinte minutos contándome una historia, si puedes hacer eso conmigo no va a existir un cliente que te diga que no, así que mándame los papeles necesarios y mañana mismo dejamos esto hecho. Solo una condición...

Empezaba a emocionarme, a estas alturas a pocas cosas diría que no.

—Te veo aquí la semana que entra para que me platiques la reacción de Daniel cuando se entere. Y toda la segunda parte de la historia me la cuentas con un café.

No me aguanté la emoción y corrí a abrazarlo, cual si fuera un familiar cercano. Por lo incómodo que se veía conmigo colgada de su cuello, pude adivinar que no estaba acostumbrado al contacto físico, pero ni modo, se iba a tener que aguantar porque yo no podía. Le di un beso en el cachete y salí corriendo, perdiendo toda credibilidad como señorita de impuestos.

7

REGRESÉ A TRABAJAR FELIZ Y MUY SEGURA DE MÍ MISMA. No podía creer lo que había conseguido. Invité a Irina a comer cerca del bar para que lo conociera, y de paso para contarle todo lo que había pasado. Cuando llegué del banco ya estaba ella platicando de lo más alegre con quien asumí era otro de los hermanos, era igualito a Jorge pero en moreno y con los ojos verdes. Apenas me acerqué, él me saludó antes que Irina.

—Imagino que tú eres la famosa Vanessa. Tenía que conocer a la mujer que está revolucionando mi casa. Parece que eres el demonio de uno y el angelito del otro, pero tranquila, creo que ya te ganaste a mi papá, así que pienso que esta vez le tocó perder a Daniel.

—La misma que viste y calza, mucho gusto. ¿Y tú eres?

—Diego, el más guapo de la familia, como podrás ver. Oye, ¿y tu prima es soltera o apartada? Porque no me ha querido decir nada y prefirió comer contigo que conmigo, cosa que me pareció muy rara.

—Desgraciadamente, medio apartada, pero es la mejor del mundo, así que vale la pena la lucha. Y si quieres, puedes comer con nosotras.

Diego era en definitiva el más simpático de los hermanos, hablaba sin parar, era demasiado directo y estaba atontado con Irina. Para el final de la comida ya le había propuesto matrimonio y fantaseado sobre lo guapos que serían sus cuatro hijos. Ese rato fue bastante agradable, de ahí regresamos los tres juntos al bar. Cuando entramos a la recepción escuché los gritos de una señora que le hablaba a la cubana como si esta acabara de matarle a algún familiar. Como de costumbre, intervine donde nadie me llamaba.

—¿Todo bien, señora?

—¿Le parece que está todo bien? Esta mujer recién llegada cree que me puede venir a decir a mí cuándo puedo o no ver a mi novio.

—Mire, señora, no sé quién sea su novio, pero le pido que se tranquilice y baje la voz, que está gritando como si estuviéramos en el reclusorio.

—Esto es lo último que me faltaba, otra empleada prepotente. Les aseguro que mañana ninguna de las dos tiene trabajo. Y tú, Diego, qué haces ahí parado, ve por tu hermano ahorita mismo y dile que lo estoy buscando.

Diego tenía un ataque de risa atorado que no se podía contener, parecía acostumbrado a los arranques de ira de su cuñada. Obviamente no me costó mucho adivinar que era la novia de Daniel, con el mismo carácter de mierda, eran el uno para el otro.

—Como siempre, es un placer verte, Sam. Claramente hoy no te tomaste tus pastillitas, ¿verdad?

—Tú siempre tan simpático, cuñado. Ve por tu hermano, por favor.

La cubana, todavía temblando de miedo, balbuceó:

—Joven Diego, el señor Daniel dijo que estaba en una cita muy importante, que por favor no lo interrumpiéramos.

—Tranquila, María, déjala que pase y que se arregle con mi hermano, porque es capaz de morderte si no.

La elegantísima señora le hizo una seña a Diego con la mano y siguió caminando. Los tres fuimos tras de ella, para contemplar la escena que se venía. Entró a la sala de juntas como si fuera su casa y cerró la puerta mientras nosotros nos amontonábamos para escuchar todo.

—Samantha, ¿qué haces aquí?, ¿no ves que estoy en una junta? —se escuchó la voz irritada de Daniel.

—Yo sí veo, ¿tú ves? Porque después de las quince llamadas perdidas mías en tu celular lo único que imagino es que eres tú el que tiene problemas con la vista, ¿o existe otra razón lógica por la cual no me contestas?

—Hola, Samantha, gusto en verte —se oyó ahora la voz de Eduardo—. ¿Quieren que los dejemos solos para que platiquen?

—Por favor, suegro, que tu hijo y yo tenemos muchas cosas que discutir.

Eduardo y Jorge salieron y chocaron con Diego, Irina y conmigo, que no queríamos perder ni un detalle de la conversación.

—No los quiero decepcionar, pero en los años que llevo de conocerla nunca la he escuchado decir nada interesante, dudo que empiece ahorita.

¿Cuántas vergüenzas más podía pasar con Eduardo? Que ahora me cachara espiando la conversación de su hijo y la novia no me hacía precisamente la empleada del mes. Verlo sonreír mientras hacía ese comentario me dejaba más tranquila, pero no lo suficiente para seguir oyendo. Diego, Irina y yo nos alejamos de inmediato de la puerta, yo regresé a trabajar e Irina y Diego a continuar su conversación. Si lograba ligarse a Irina y quitarle de encima al nefasto de Steve, se ganaría mi eterno agradecimiento.

Si mi prima, siendo el mujerón que era, acababa con un tipo como Steve, qué quedaba para mí y el resto de las mujeres mortales. Steve no solamente era el hombre más aburrido del planeta, sino que nunca me había dado buena espina. Era de esa gente que tenía algo raro; era rico, sano, deportista y, por alguna razón, en él todas estas cualidades parecían defectos. Según él se alimentaba de pechuga y lechuga, pero con lo hipócrita que era, estoy segurísima de que tenía un clóset escondido repleto de Cheetos y chocolates, y yo lo iba a descubrir, así fuera lo último que hiciera. Desde hacía tiempo Irina sabía cómo me sentía al respecto, pero no quería presionarla. Hace unos meses lo había dejado, pero el niño, con su actuación estelar, la había convencido de volver y ella, por costumbre, por cariño o por algo más que yo no acababa de entender, había decidido regresar. En estas llevábamos casi dos años, pero hoy Diego, por primera vez, me había devuelto la esperanza.

Hora y media después de que la desequilibrada hubiera entrado a la sala de juntas, Daniel salió como si acabara de regresar de la guerra, y ella venía detrás. Cuando Samantha me vio, se dirigió directo hacia mí y le dijo en voz alta:

—Ah, mi amor, una cosa más: tengan mayor control de calidad cuando contratan a sus empleadas —mencionó, señalándome con el dedo, casi picándome el ojo—, además de ineficientes, maleducadas. La igualada se atrevió a gritarme para defender a la recepcionista esa.

—Mire, señora, si logra que me corran, bien por usted, pero le recomiendo que no me vuelva a acercar el dedo a esa distancia, porque la próxima vez se lo arranco y lo uso de lapicero.

Tras ese comentario le di la espalda y me fui, pero alcancé a oír una risa ahogada de Daniel.

Para mi buena suerte, esa semana Daniel me estuvo esquivando, seguro por la vergüenza que le causó Samantha y por la culpa de pensar que iban a correrme. Si lograba quedarme hasta la fiesta de Bank of America iba a lograr un récord de cuatro meses en el trabajo aguantando al inmamable de Daniel; dudaba que alguien me fuera a dar un premio, pero sin duda lo merecía. Su carácter iba de mal en peor, llegaba enojado y se iba aún más fúrico y grosero, así que era una bendición que conmigo no hiciera ni contacto visual.

Un jueves Diego logró convencerme de emboscar a Irina para ir a cenar a Cantina la Veinte con él y con Jorge, aprovechando que Steve había viajado a México. No me pude negar, en primer lugar porque era mi lugar favorito en Miami, y en segundo porque seguía teniendo la esperanza de que Diego conseguiría que mi prima olvidara a Steve. A la mitad de la cena y de la botella apareció la pareja diabólica. Verlos juntos era como entrar al museo de cera: ella con su sonrisa más falsa que un billete de tres dólares, y él, más tieso que un muerto. Era raro verlo de esa manera:

en el trabajo se aceleraba, gritaba, se movía y, aunque no mostraba un carácter particularmente bonito, por lo menos parecía vivo e imponente; en cambio, cuando estaba con ella, se veía por completo contenido, como si tuviera que hacer un esfuerzo sobrehumano para no atragantarse con todo lo que se guardaba. No esperaban vernos ni nosotros a ellos, pero cuando lo hicieron, a Daniel se le transformó la cara; a ella difícilmente se le podía notar algún cambio, con el exceso de bótox, pero a él se le trabó la mandíbula y abrió los ojos hasta que casi se le cayeron.

—¡Hola, Daniel! —gritó Diego—. Qué coincidencia. Vénganse a sentar con nosotros.

Se acercaron a la mesa, pero rechazaron la invitación.

—No, muchas gracias, cenen tranquilos que nosotros apenas vamos a empezar y es obvio que ustedes ya están a la mitad de la fiesta —dijo volteando a ver la botella.

La loca dijo buenas noches en un tono apenas audible y ahí acabó la conversación, pero no la noche. Los sentaron a dos mesas de nosotros y él tendría que ir a ver a un quiropráctico al otro día, porque no paraba de voltear. Su mirada me incomodaba como pocas cosas en la vida: me veía de manera fija, demasiado franca e indiscreta, como si no hubiera nadie más que yo en el lugar. Al parecer, Samantha no sentía lo mismo, no habían pasado ni cuarenta minutos de que habían llegado cuando se empezaron a oír gritos desde su mesa.

—¿De qué color es mi vestido?

—¿Qué?

—No me has volteado a ver en toda la noche —dijo tan fuerte que todos la escuchábamos—. Explícame, ¿qué se te perdió en la otra mesa? ¿A quién estás viendo, a la modelo barata o a la defensora de los migrantes? Y deja de acuchillar tu pescado como si quisieras matarlo, que, por si no te habías dado cuenta, ya lo traen muerto.

—Samantha, estás loca, no hagas una escena otra vez, por favor, me estás avergonzando. No estoy volteando a ningún lado, vámonos ya.

Pidió la cuenta, la jaló del brazo y la encaminó hacia la puerta, pero ella se soltó y se acercó a nuestra mesa. Para mi sorpresa, más alterada que de costumbre y aparentemente ebria, se dirigió a mí:

—Mira, recién llegada, no sé de dónde salieron ni tú ni tu amiguita rusa esta, pero te recomiendo que regreses al pueblo del que vienes, en donde, me imagino, sí es aceptable tomar como macho y andar viendo a los novios ajenos, porque te aseguro que aquí no te va a ir bien.

—Samantha, ¿qué te pasa? Vámonos ya —intervino Daniel, morado de la pena.

—¿Además las vas a defender? Tu descaro no acaba de sorprenderme.

—Te estoy defendiendo a ti, estoy cuidándote de pasar una vergüenza más grande, así que nos vamos en este segundo —la arrastró a la salida, mientras se disculpaba—: Perdón por el mal rato, buenas noches.

No les voy a mentir, el alcohol se me bajó hasta el suelo, pero decidí no amargarles la noche a mis acompañantes y concentré todos mis esfuerzos en que Irina "la rusa" y Diego siguieran conectando. Como siempre, él rompió el hielo haciendo un chiste sobre los efectos de mezclar el alcohol con ansiolíticos, refiriéndose a su cuñada, y Jorge, con su sonrisa de príncipe de cuento, me quitó la amargura en diez minutos.

Terminamos la noche en un antro, donde seguimos hasta las cinco de la madrugada. Diego acabó con el cachete morado por tratar de robarle un beso a Irina; pero la cachetada no parecía haberlo desalentado mucho, porque le dijo que al día siguiente lo volvería a intentar, a ver si corría con mejor suerte.

8

GRACIAS A DIOS, AL OTRO DÍA EL BAR ESTUVO CERRADO
para conferencias y training que tomarían toda la jornada, porque me desperté en un estado deplorable. De más está decir que me quedé profundamente dormida la mayor parte de la plática. Espero nunca verme en una situación de acoso sexual en el trabajo, porque me perdí la mitad del reglamento, en parte por mi fuerte cruda y también porque me incomodaba de más cada que hablaban de la relación jefe-empleada y me topaba con la mirada de Daniel fija en mí. Había unos cuantos temas que mi inconsciente prefería no abordar.

A las nueve de la noche acabaron las pláticas y todo el mundo salió corriendo. Yo tuve que esperar a que Irina pasara por mí, así que aproveché para encerrarme en la oficina un rato, a acabar el papeleo para el contrato del banco y otros pendientes que tenía. A las once apagué las luces del local y caminé a la puerta. Antes de salir, mientras buscaba el celular en la bolsa, choqué con él. La combinación de su perfume con la oscuridad y el encierro del pasillo hicieron que perdiera la capacidad para respirar. Me quedé callada y sin movimiento. Al parecer, él había entrado en el mismo trance porque tampoco dijo ni una palabra.

Cuando por fin me regresó el sentido, traté de escaparme, pero él me bloqueó la salida con su brazo, acercándome hacia la pared. Veía venir lo que estaba por pasar, pero no encontraba en ningún lado las fuerzas para detenerlo. Sentí sus labios rozar

62

los míos y tuve que recargarme porque las piernas dejaron de sostenerme. De repente, como película con mal final, se encendió la luz. Tardé casi un minuto en darme cuenta de que yo la había prendido al recargarme en la pared. Quise agradecer a mi ángel de la guarda por salvarme, pero, también, para qué mentir, mi demonio se quedó con las ganas.

Nunca me había sucedido que mi cabeza y mi cuerpo estuvieran por completo desfasados: yo no quería nada con él y lo sabía, no solo porque era mi jefe, sino porque estaba lejísimos de ser mi hombre ideal, tenía un carácter demasiado fuerte y una soberbia que me desquiciaba. A eso había que sumar el pequeñísimo detalle de que tenía mujer, y no muy cuerda, por cierto. Pero, al parecer, a mi cuerpo no le había llegado el memo.

Ninguno de los dos tuvimos nada que decir con respecto a lo que había pasado, así que me volteé y corrí a la salida. No fue el movimiento más digno, pero era obvio que no estaba pensando con claridad. Para mi pésima suerte, mi coche estaba en el taller, donde últimamente pasaba más de la mitad del año, y si un mecánico más me decía que el coche ya no daba, que debería cambiarlo, probablemente les iba a clavar una de sus herramientas en el cuello; cualquiera diría que lo mantenía por amor y no por falta de presupuesto. Irina venía veinte minutos tarde y, como era su costumbre, no me contestaba el maldito teléfono. Para colmo, parecía que iba a caer una tormenta en cualquier momento, pero cualquier cosa era mejor que volver a entrar, así que me senté en la banqueta, como pordiosera, en lo que mi prima llegaba. A los cinco minutos salió él:

—¿Todo bien? ¿A quién esperas? Va a llover.

Excelente, nadie iba a hablar del elefante en el cuarto, solo tendríamos conversaciones incómodas por el resto de la vida…

—Sí, está por caer una tormenta. Estoy esperando a Irina que viene por mí.

—Sobre lo que acaba de pasar allá dentro…

Okey, entonces sí íbamos a hablar del tema y, pensándolo bien, prefería al elefante.

—Te pido una disculpa, de verdad no sé lo que me pasó —dijo, rascándose la cara mientras mostraba un gesto sumamente incómodo.

—No te preocupes, no pasó nada.

—Sí pasó, pero te prometo que no va a volver a pasar. ¿Te puedo llevar a tu casa? Ya te vi intentar llamar quince veces y no parece que tu prima conteste.

—Estoy bien, gracias.

—Bien sí estás, pero no tienes quien te lleve —añadió con su muy poco habitual sonrisa—. Déjame darte un aventón.

—Okey, gracias.

Me subí a su coche gris y, como siempre, el silencio me puso incómoda y empecé a decir estupideces.

—Qué bonito tu coche, me encanta el BMW, mi hermano tiene uno.

—Qué bueno que te gusten los BMW, este es un Mercedes, pero lo voy a considerar para mi siguiente compra —respondió con un tono irónico y simpático que no le escuchaba desde el día del bar de Jaime.

—¿Cómo se abre la ventana?, porque quiero saltar.

Prendí la radio para distraernos, ya que, evidentemente, no estaba sacando mis mejores dotes de conversadora. En cuanto la encendí, se conectó automáticamente al celular de Daniel; ventajas de tener un coche moderno, a diferencia de mi Fiat destartalado al que no le servía ni el auxiliar y con el que cada vez que prendía la radio tenía que escoger entre escuchar ofertas de cirugías plásticas para lucir espectacular este verano, una estación de los noventa con más comerciales que música, o el bello ruido de mi aire acondicionado que sonaba como si un animal atorado estuviera siendo torturado dentro. Todas esas opciones eran mejores que lo que estaba sonando en ese momento: Daniel tenía puesto ni más ni menos que un podcast de cómo economizar tu tiempo y convertirte en un mejor empresario. Sin darme cuenta, me reí en voz alta.

—¿De qué te ríes? —preguntó confundido.

—Perdón, es tu radio y tú decides, pero de verdad hazme caso cuando te digo que ya haces un excelente trabajo economizando tu tiempo, no tienes mucha área de oportunidad en ese aspecto. Te prometo que no te va a pasar nada si en tu camino en el coche oyes música, como cualquier ser humano normal, y dejas de meter más información en tu cerebro durante treinta minutos al día.

—Créeme, vamos a pasar mucho más de treinta minutos en el tráfico, así que te voy a conceder los honores. Por favor, ilústrame con lo que se debe escuchar en el coche.

Saqué mi iPhone y puse sin planear la última playlist que había escuchado en la regadera. Resultaba difícil de explicar cómo en la mañana había dado un concierto de Yuri y Amanda Miguel con el shampoo de micrófono y el jabón de audiencia. Muy dignamente empecé a cantar a todo volumen "Detrás de mi ventana" como si no hubiera nada raro con mi selección musical.

—¿Estás bien?, ¿tienes alguna depresión de la que quieras hablar? Tienes gente alrededor para apoyarte, no estás sola —comentó Daniel en burla, lo cual relajó el ambiente. Su sentido del humor era igual de sarcástico que el mío y era en definitiva su cualidad más atractiva.

—Déjame decirte que Yuri es un tesoro nacional —afirmé sonriendo.

—No sé quién es Yuri, pero si es un tesoro nacional sugiero que la cuiden porque esa señora está a pocos pasos de cortarse las venas.

Escogí otra canción en aleatorio y empezó a sonar "Bidi Bidi Bom Bom", de Selena; obviamente, empecé a cantar y a bailar en mi asiento, muy orgullosa.

—¿Usas drogas todos los días o solo ocasionalmente? —me volvió a preguntar con una sonrisa.

—¿Qué hay de malo con Selena?, ¿me puedes explicar?

—Ella sí sé quién es y no voy a hablar mal de los muertos, así que me limitaré a comentar que esta canción fue creada única y exclusivamente para ser puesta en las bodas o fiestas de fin de año después de las tres de la mañana, cuando la gente ya tiene los sentidos adormecidos por el alcohol y no distingue ninguno de sus múltiples problemas de afinación. Para ser honestos, la letra sí llega al alma: Bidi bibi bom bom debe haber cambiado la vida de muchos.

—Perdón, tiene usted toda la razón, para qué querríamos oír una canción si no podemos aprender nada de ella. Permítame ponerle una pieza de Bach.

—¿Debería preocuparme lo insoportable que crees que soy?

—Podrías, pero estoy segura de que nada te puede importar menos que la opinión que tengo de ti.

—Te sorprenderías —dijo en un tono serio, después se quedó viendo a la ventana en silencio y tras un momento volvió a hablar—: Esto está parado, no parece que se vaya a mover en un buen rato. ¿Por qué no nos bajamos a cenar algo por aquí?, y, si tengo suerte, a lo mejor cambias tu opinión sobre mí.

Su propuesta me agarró de sorpresa y no hubo mucho tiempo para meditar la decisión, lo único que se me ocurrió preguntar fue: "¿A dónde iríamos?". Como si la única consecuencia de aceptar fuera una leve indigestión.

—Hay un sushi excelente a tres cuadras de aquí, las piezas son espectaculares, te va a encantar.

—Mmm, no. No me lo tomes personal, pero estoy agotada, y lo que menos se me antoja es ir a un lugar oscuro y caro donde te cobran diez dólares por una pieza de atún porque le dicen *toro*. Para serte franca, después de diez años de comer sushi, mi paladar sigue sin reconocer la diferencia.

—Bueno, ya insultaste mi gusto en cuanto a música y restaurantes, mejor dime, ¿qué quieres?

—Vamos a la Santa Taquería, está a dos cuadras de aquí y tienen unos tacos espectaculares y unas margaritas que te van a hacer llorar.

Paramos el coche en un estacionamiento cerca, pero con todo y eso tuvimos que caminar una cuadra con la tormenta y sin paraguas. Y aunque corrimos todo el trayecto, llegamos al restaurante empapados. Estoy segura de que un lugar así no era lo que Daniel tenía en mente cuando me invitó a cenar: su fachada era color fucsia, con mesas de plástico tapadas por paraguas de distintos colores, cuadros con dichos promoviendo el alcohol, y un DJ que variaba entre reguetón, regional mexicano y salsa. Él se veía claramente incómodo, la corbata le escurría, sus zapatos de gamuza ya eran una pérdida total, y cuando pidió al mesero algo para secarse, este le trajo dos servilletas de papel y le sonrió con lo que era más una burla que un gesto de amabilidad. Daniel le echó una mirada asesina y, sin decir una palabra, se sentó en la mesa. Directo a mí, comentó:

—Ahora sí, lúcete y enséñame todas las virtudes de tu taquería.

Cuando el mesero se acercó, pedí como si no hubiera mañana: tacos de bistec, al pastor, barbacoa, elotes y dos margaritas de jalapeño que venían en un tamaño industrial. Hasta que llegó la comida me di cuenta del hambre que tenía, las tripas me rugían y, sin esperar a que Daniel se sirviera, llené mis tacos de bistec con salsa de habanero y me los devoré en un par de mordidas. Cuando volteé, Daniel me estaba viendo como si observara a un animal extravagante dentro de una jaula del zoológico.

—¿Solo viniste a verme comer? —pregunté.

—No dejas de sorprenderme, eres una mujer diferente a todas las que conozco —afirmó con una expresión un poco seria.

—¿Porque me alimento con más de quinientas calorías diarias?

—Porque no te importa nada, es como si vivieras en otra realidad, ajena a lo que deben ser todas las etiquetas.

—¿Y asumo que eso es algo malo a tus ojos? Para ser honestos, los dos sabemos que no eres precisamente parte de mi club de fans.

—No puedo decirte si es algo malo o bueno, simplemente para mí es algo difícil de entender y me cuesta trabajo lidiar con eso. Eres demasiado tú, demasiado todo, incluso cuando sabes que te convendría ser de otra manera o hacer las cosas diferentes. ¿Por qué no puedes adaptarte a las reglas sociales como todos los demás?, todos nos flexibilizamos, hacemos el esfuerzo de pertenecer, de cumplir con lo que se espera de nosotros; no entiendo cómo eso no califica en tu caso, ¿por qué tú vas a ser la excepción a la regla?

—¿Tú crees que es una elección ser diferente? ¿Crees que yo escogí no encajar en el perfil? ¿No crees que para mí también sería más fácil ser lo que todos quieren que sea, la hija que se casó a los veinticinco años con un buen partido, la esposa perfecta que cocina como Martha Stewart, dobla como Marie Kondo y además con la gracia de un cisne? Pero eso no estaba dentro de mis posibilidades, la única elección que pude tomar era aceptarme a mí misma y amarme como soy, o vivir incansablemente tratando de encajar para complacer a los demás y decepcionándolos, quedándome siempre corta en el intento. Con toda honestidad, estoy orgullosa de haber escogido la primera, y lástima por los que se sientan insultados en el proceso, pero me prefiero a mí.

—Perdóname, lo que menos quería es que te sintieras insultada. A lo mejor esta es la primera y última vez que vas a escuchar esto de mi boca, así que grábalo si quieres, pero el hecho de que no lo entienda no quiere decir que no lo admire y lo respete más de lo que te puedes imaginar. Es posible que simplemente me enfrente con todo lo que yo no soy y por eso me cuesta tanto trabajo.

Era innegable que la margarita ya había hecho efecto porque alcancé a reconocer algo de tristeza en la voz de Daniel, lo cual era complicado considerando que hacía un par de horas estaba segura de que le había entregado su alma al diablo a cambio de un par de millones, además de practicar algún conjuro para nunca perder el estilo y parecer un maldito modelo de Hugo Boss. En ese momento mi teoría sobre su implacable personalidad ya no parecía tan clara. En un impulso estiré la mano y la puse sobre la suya, él se me quedó mirando un momento a los ojos, tomó mi mano de regreso y no la soltó. Sentí un impulso de electricidad recorriendo todo mi cuerpo. Entonces parecía otro, no era el mismo Daniel de siempre, sino una persona con algo dentro, alguien vulnerable, a quien en ese momento tenía unas inmensas ganas de conocer.

—¿Por qué eres así? —me atreví a preguntar.

—¿Así cómo?

—Así de cabrón —respondí sonriendo—. Sé que hay algo detrás de tu máscara; al igual que tú dices que yo soy muy yo todo el tiempo, tú siempre te escondes, te proteges, como si te defendieras de algo. Vas por el mundo aparentando tener todo bajo control y yo tengo la sensación de que eres una granada a punto de explotar con todo lo que te guardas —se quedó en silencio un momento, no parecía que fuera a responder—. Comprendo si no quieres hablar, pero si en algún momento nos vamos a llegar a entender o a conocer, esta es la oportunidad: sentados, con unos tacos y tequilas en la mesa, sin tener que aparentar nada con nadie.

Continuó callado un rato más, después le dio otro largo trago a su margarita y comenzó a hablar:

—No es que no lo quiera contar, es que no lo tengo muy claro. No se trata de una tragedia que me volvió así de un momento al otro, ni un evento traumático, son las pequeñas cosas que van pasando en la vida, el momento en que te das cuenta de que tienes que cumplir con un rol. Para mí nunca existió la posibilidad de escoger una carrera, siempre fue claro que iba a continuar con el negocio familiar; mis hermanos siempre fueron un completo caos y todo el mundo daba por hecho que yo daría la cara por ellos, sería el que iba a mantener todo bajo control y eventualmente tomaría el lugar de mi papá. No es una queja, simplemente se trata de un lugar muy solo, no hay margen de error, tu papel es resolver las equivocaciones y no equivocarte, y cada día te toca pensar menos en lo que quieres y más en lo que debes.

—Entiendo lo que sientes y sé que debe de ser una carga fuerte, pero por qué la decisión de vivirlo solo, por qué no dejas que alguien te ayude o por lo menos te acompañe a cargar con esas responsabilidades.

—Créeme que aprendí a la mala que apoyarte en alguien no fortalece, sino que debilita. En algún momento tenía la ilusión de formar una familia, de encontrar a esa mujer con quien compartir mi vida. Conocí a Alexia, era, en teoría, la mujer perfecta para mí:

guapa, inteligente, dulce, se llevaba bien con mi familia y con mis amigos. No podría decirte que estaba perdidamente enamorado, pero estaba conforme, pensaba que teníamos una buena relación; la complacía en todo lo que quería y, por lo menos en mi muy tonta opinión, creo que cumplía el papel de novio ideal. Después de un año y medio de relación le di el anillo. Durante el compromiso empezamos a tener problemas, como cualquier pareja, discusiones sobre la boda, sobre el futuro, sobre si le daba prioridad a otras cosas por encima de ella, pero nada que pusiera en duda nuestra relación. Un día, un mes antes de la boda, tuve que viajar a Nueva York por trabajo, llegué al aeropuerto y cancelaron mi vuelo por el mal clima, así que regresé al departamento de Alexia con dos ramos de rosas para sorprenderla, y el sorprendido fui yo: estaba en la cama ni más ni menos que con la única otra persona en quien yo confiaba ciegamente, mi mejor amigo desde los diez años. Y yo que pensaba que él era el único que cuidaría mis espaldas pasara lo que pasara.

Yo estaba en completo shock, no había una respuesta que pudiera aligerar lo que me estaba platicando. Ahora entendía tantas cosas de su persona, de su forma de ser. Quería abrazarlo, explicarle que dos personas cabronas no ameritaban una vida de soledad ni de desconfianza, pero en ese momento no me salieron las palabras. Pareció darse cuenta de mi expresión porque antes de que yo pudiera responder continuó:

—Por favor, no te sientas mal, créeme que ese tema quedó más que superado, simplemente fue un aprendizaje y a partir de ahí me hice más autosuficiente. Vivo tranquilo y hoy en día eso es lo que más valoro. Ahora busco otras cosas en mis relaciones, me siento cómodo con las situaciones y las personas predecibles; por eso me cuesta trabajo no saber qué esperar contigo. Pero te estaría mintiendo si te digo que no me intrigas y me mueves mucho más de lo que me gustaría.

No sé qué estaba pasando conmigo, pero sus palabras me tenían más derretida que el queso fundido que teníamos enfrente. No podía hablar, de pronto el DJ empezó a tocar mi canción favorita de Marc Anthony... sin decir más lo jalé del brazo y lo levanté a bailar.

—¿Estás trastornada? No hay absolutamente nadie bailando.

—Cuando nos paremos, habrá dos personas bailando. Te puedes relajar, dudo mucho que cualquier conocido tuyo esté en esta zona, y prometo no grabarte o quemar tu reputación en redes sociales. Doy por hecho que no sabes bailar salsa, pero tranquilo que yo te enseño.

Pareció tomar mis últimas palabras como un reto. Sonaba "Valió la pena" en las bocinas de todo el restaurante. De pronto, Daniel se echó de fondo lo que quedaba de su margarita, se paró de su silla y me jaló con más confianza de la que me esperaba. Para mi sorpresa, no solo bailaba salsa sino que lo hacía mucho mejor que yo. Me empezó a guiar al ritmo de la música, su cara estaba a muy pocos centímetros de la mía y su mano, sosteniendo mi cintura, me acercaba cada vez más a él. Menos mal que teníamos los extinguidores cerca, porque podíamos fácil crear un incendio con la tensión sexual que se sentía en el aire. Al terminar la canción su boca estaba rozando la mía. Los comensales de las otras mesas nos empezaron a aplaudir, el ruido nos devolvió a la realidad, pero Daniel no me soltó la mano. El DJ pareció ver una oportunidad para prender la noche y desde su booth gritó:

—Por favor, sigan los pasos de esta pareja de enamorados y párense a bailar la siguiente canción.

No diría que su convocatoria fue un éxito total pero dos parejas más se levantaron de sus lugares y empezaron a bailar al ritmo de Juan Luis Guerra. Daniel y yo nos fuimos directo por un par de shots de tequila, para evitar que el efecto del alcohol se nos pasara. Regresamos a la pista y no nos soltamos ni un solo minuto. Él me hablaba al oído, me acariciaba la cara, y yo era una muñeca de trapo arrastrada a sus pies. La música dejó de sonar, los meseros empezaron a recoger y a mí me invadió el pánico de que acabara la noche. Caminamos de la mano y en silencio al coche. Cuando nos subimos, no rompimos el contacto, puso su mano sobre mi pierna y me sonrió con más calidez de la que le

71

conocía hasta ese momento. Quería grabarlo para documentar que "el monstruo" tenía un alma, por si se me volvía a olvidar. Estábamos por llegar a mi casa cuando volvió a hablar:

—¿Te puedo preguntar algo? ¿Por qué estás soltera? ¿Hay alguna razón de peso detrás?, ¿una historia traumática por la cual no quieres saber más de los hombres? Porque estoy convencido de que no es por falta de opciones.

—Te sorprenderías.

—No me creo eso.

—No me malentiendas, hay muchos hombres para quienes en teoría soy la mujer ideal; hombres que creen que quieren a la mujer independiente, *opinionada*, la que da consejos aunque no se los pidan, la que toma cerveza, convive con sus amigos y no necesita que vengan a rescatarla si se le poncha una llanta. La realidad es muy diferente, al final todos prefieren a la maestra de yoga con mucha flexibilidad y pocas neuronas.

—Tu teoría nos deja muy mal parados a toda la especie masculina, y lo peor es que ni siquiera puedo decir que no sea verdad.

—A estas alturas lo vivo más como un estudio antropológico que como un trauma. Es un patrón que se ha repetido varias veces en mi vida: mi primer novio, con el que duré años y del que estaba perdidamente enamorada, me cambió por una maestra de ballet que no articulaba más de tres palabras, nunca subía la voz más de dos decibeles y lloraba más que Victoria Ruffo en novela de Televisa. En ese momento quedé devastada, cuestionándome cómo podía mejorar, cómo apagarme tantito, ser menos yo, hablar menos y asentir más, encajar en el perfil de princesita que necesita ser rescatada para conseguir al hombre que quiere. Después de un tiempo, aunque siguió con ella, empezó a buscarme, me hablaba para contarme sus problemas familiares, sus crisis de negocios, o para pedir opiniones sobre si debería o no separarse de su socio. Cuando le pregunté por qué no hablaba de esas cosas con su mujer, me respondió que con ella nunca hablaría de eso, no la quería preocupar con "tonterías", solo la iba a angustiar y de todas formas ella no sabría qué responder. En ese momento me di cuenta de que el problema no era yo sino él, y que mi peor infierno sería estar con un hombre que no quiere escuchar lo que tengo que decir, o que no comparta su vida conmigo para no preocuparme. No se trata de que quiera estar sola, sino que sé con qué clase de hombre quiero estar, y de esos no abundan.

—¿Y qué clase de hombre es ese?

—Mi mejor amigo, un hombre seguro de sí mismo, que me apoye pero que no le importe mostrar su debilidad y apoyarse en mí cuando lo necesite. Busco un cómplice, un equipo para compartir la vida, lo bueno y lo malo, que conozca todo sobre mí y aunque no todo le guste, lo acepte. Y por supuesto, lo más importante, que sea una máquina en la cama —mencioné, intentando aligerar la conversación.

En ese momento se acercó a mí, tomó mi cara entre sus manos y dijo:

—Eres tanto más que cualquier estereotipo de maestra de yoga, y tan estúpidos nosotros por no saberlo manejar.

Me llamó la atención que dijera "nosotros", sin excluirse del grupo, pero el pensamiento se me nubló cuando en un impulso acercó su cara y me besó. Toda la resistencia que llevaba construyendo durante semanas se rompió, le devolví el beso saboreando cada segundo. Es increíble esa sensación de querer fundirte con una persona, que no exista cercanía que sea suficiente. El AirPlay del coche se volvió a conectar a mi playlist y comenzó a sonar "Con los ojos cerrados" de Gloria Trevi, los dos sonreímos pero no nos despegamos. Solo me podía concentrar en su piel, en el sonido de su respiración, quería tocarlo, sentirlo, quedarme todo de él. Metí las manos por dentro de su camisa para sentir su abdomen. Era como una droga, él empezó a besar mi cuello y yo sentía el calor emanando de mi cuerpo como nunca antes. Lo sentí desabrochar mi brasier con torpeza y urgencia, nada era suave ni romántico, sino urgente, como si de seguirnos tocando dependieran nuestras vidas.

Estábamos ya reclinados en el asiento del coche, uno encima del otro, y pensaba invitarlo a entrar al departamento cuando la música del coche se detuvo y en la pantalla del panel apareció una llamada entrante de Jorge. Daniel volteó a ver y pareció confundido. Colgué la llamada, pero un segundo después volvió a entrar; mi celular estaba a la vista de los dos, en la parte de en medio de los asientos. En la pantalla apareció una foto de Jorge, era una selfie de él sosteniendo una guitarra y al fondo se veía la tarima del bar de Jaime y algo de gente alrededor. Lo siguiente en llegar fue un mensaje:

"Gracias, ❤ nunca lo hubiera hecho si no fuera por ti".

A Daniel pareció caerle una cubeta de hielo. Yo quería explicarle que la semana anterior había pasado horas convenciendo a Jorge de que no abandonara su pasión por la música, le platiqué que Jaime siempre busca nuevos artistas para cantar en su bar, yo le había hablado de Jorge y me comentó que lo contactaría para probarlo y darle una oportunidad. Como no lo quise presionar, porque sabía que era un tema delicado, simplemente le pasé el folleto a Jorge con el teléfono de Jaime y le dije que lo buscara si se decidía a intentarlo. Por supuesto, gracias al buen sentido del humor del universo, Jorge había escogido esta noche en particular para hacerme caso. Antes de que yo pudiera explicarle cualquier cosa, Daniel se frenó en seco, se abrochó la camisa y me dijo:

—Creo que esto no es una buena idea, mejor bájate del coche.

Me quedé helada con su tono. En cuestión de segundos había regresado a ser el Daniel de antes, completamente frío y autoritario.

—Déjame explicarte —le dije, todavía un poco confundida y humillada por la forma en que me estaba aventando.

—No tienes nada que explicarme, tú y yo no somos absolutamente nada, simplemente nos dejamos llevar por el momento. Nos vemos mañana en la oficina.

Me bajé del coche y en cuanto se fue me solté a llorar, tal como la maestra de ballet a la que tanto criticaba.

Al día siguiente llegué a la oficina intentando conservar la mayor dignidad posible. Hice un gran esfuerzo por actuar como si nada hubiera pasado, como si no me hubiera ilusionado como una estúpida creyendo que había conocido a un Daniel diferente, pensando que a lo mejor existía una posibilidad entre nosotros. Apenas entré, me lo topé de frente en la puerta. Antes de darme siquiera los buenos días, me dijo:

—¿Te avisaron del evento de Bank of America que tienes que cerrar para diciembre?

—Sí, sí me avisaron. El señor Davis ya cerró para el 23 de diciembre un evento con toda su compañía, y este año son quinientos empleados en vez de doscientos porque van a traer también a los de los locales del sur. Tengo ya todos los papeles firmados, ahora mismo te los llevo a tu oficina.

···✱ ∞ ✱···

Daniel se quedó completamente atónito. Era imposible que Vanessa hubiera cerrado ese evento, sabía por una fuente directa que el banco estaba ya apalabrado con otra compañía con la que tenía negocios; y si algo se podía decir del viejo malhumorado de Davis era que tenía palabra. Ahí mismo le llamó para investigar qué había pasado.

—Buen día, Daniel, ¿a qué debo el honor de la llamada del niño más malcriado de la ciudad? ¿Quieres sacarme más dinero o ver si ahora sí logras matarme de un infarto?

—Solo checando si sigue vivo, señor Davis, porque ya a su edad todos los días cuentan. Me da gusto saber que el colesterol o el azúcar no lo han matado, con los corajes que pasa todos los días.

—Si estás esperando a que me muera, espérate sentado, Danielito, acuérdate de que hierba mala nunca muere. Todavía me cuelga un rato, pero me da gusto que hayas llamado, permíteme felicitarte por tu nueva empleada, lo único bueno que hay en tu compañía, aparte de tu hermano y tu papá, por supuesto.

—Para eso le llamaba también, señor Davis. Me dice Vanessa que le firmó el contrato para hacer la fiesta con ella. Hasta donde tenía entendido, juró no volver a hacer negocios conmigo el año pasado y, además, escuché que ya había apalabrado el trato con la competencia.

—Qué te puedo decir, me convenció, la niña tiene sus encantos… pero no te oyes muy emocionado al respecto.

—Malinterpretaría su comentario si no fuera porque dudo que su anatomía le siga ayudando a estas alturas del partido.

—Qué cabeza la tuya, pensarás que todos somos como tú. La niña podría ser mi nieta, y te diría que ni se te ocurra echarle el ojo porque ella no se ve como tus conquistas desechables; pero no me preocupa porque es obvio que es mucho más viva, y tus tácticas de seductor no han funcionado en lo absoluto con ella.

Si supiera, pensó Daniel…

—Gracias por las porras, como siempre, y por el consejo. Ya veremos si lo tomo o si decido ver por cuenta propia si es tan encantadora como usted dice.

—Patán sinvergüenza, pobre de la mujer que acabe contigo, pero no va a ser esta, te lo aseguro. Ella me gustó para mi nieto o para tu hermano. Estoy decidido a entrometerme en ese tema, y si me conoces sabrás que algo voy a lograr.

Después de toda la historia que ya le había contado Vanessa, Davis sabía en dónde picar. El silencio del otro lado de la línea comprobó su éxito.

—Te dejo, Daniel, nos vemos en la fiesta.

A Daniel le atormentaba cada día más la idea de Vanessa con su hermano. Aunque no parecía tener sentido que ellos dos terminaran juntos, lo que menos quería ver en sus días de trabajo era a Vanessa sonriéndole a Jorge como quería que le sonriera solo a él, o viéndolo como él la veía a ella.

Tampoco era que su hermano Jorge fuera mucho mejor partido, él tenía que cargar con la peor reputación por la mala costumbre de ser honesto, y las mujeres tendían a confundir la honestidad con patanería. Cuando empezaba a salir con alguien le avisaba que no quería ningún compromiso, y a las dos semanas ya lo emboscaban para ir a conocer a la familia y comprar un perro juntos. Cuando las dejaba con el argumento de que eso no era en lo que habían quedado, terminaba siendo insultado. En cambio, Jorge no decía nada, cuando quería dejar a alguna mujer le inventaba que se iba de misiones a cuidar niños a Ecuador o a salvar animales a África. Lo que para Daniel acababa por lo general con insultos y una que otra cachetada, para Jorge concluía con abrazos, lágrimas y cartas de amor. El mundo estaba tan loco que resultaba que el malo era él.

De todas formas, sabía que con Vanessa las cosas iban a ser diferentes, porque Jorge se podía enamorar perdidamente de ella y no existía mujer que no se enamorara de Jorge; y eso era algo que sus ojos no estaban dispuestos a ver. A lo mejor la foto y el mensaje de la noche anterior no significaban nada, posiblemente todo tenía una explicación, pero de cualquier forma no quería correr el riesgo: que Vanessa acabara como su cuñada era algo que no iba a permitir de ninguna manera.

9

EL JUEVES DE LA SIGUIENTE SEMANA, JORGE ME INVITÓ A comer con él y con su papá. Nuestra relación era cada día más cercana, había aprendido a verlo como un hermano. En la última semana no había parado de hablar de su experiencia en el bar de Jaime, de lo emocionante que había sido tocar frente al público y las ganas que tenía de repetirlo, de dejar todo y dedicar su vida a eso. Sentía una conexión muy particular con él, nos volvimos confidentes: él me contaba su secreto mejor guardado, y aunque nunca me había atrevido a confesarle lo que había pasado entre su hermano y yo, por miedo a que cambiara la forma en que me veía, sí me sentía con la confianza de desahogarme con él sobre sus malos tratos y lo frustrante que era para mí tener que mantener este trabajo y mis sueños a futuro.

Ese día me comentó que Eduardo tenía ganas de conocerme más y la verdad era que yo estaba enamorada de él desde la primera junta, así que acepté feliz. Durante la comida le conté absolutamente todo de mí: sobre mi familia y cómo había tomado la decisión de mudarme a Miami. Mi vida en México siempre había sido espectacular, tenía una familia unida e increíble, amigos cercanos, todas las comodidades que pudiera desear, sin embargo, por alguna razón siempre sentí que me hacía falta algo más, que esa no era la sociedad a la que quería pertenecer ni la vida que quería llevar; nunca logré sentir que pertenecía. Le hablé a Eduardo hasta de mis traumas infantiles; él también tenía un sentido del humor cínico. Me platicó sobre su esposa y su nueva fase esotérica, leía el tarot peor de lo que él leía ruso, pero así la mantenía entretenida y lo jodía menos. Era fácil reconocer que, aunque se burlaba de ella, la adoraba, ya que pasó más de la mitad de la comida hablando de ella y, entre bromas, comentó que todo lo malo que le viera a sus hijos era por parte de la familia materna y que, evidentemente, Daniel era quien más cosas había heredado de su mamá. Jorge se rio y lo desmintió diciendo que Daniel era el más parecido a él. Eduardo le dio un zape y se carcajeó, en ese momento sonó su teléfono:

—Hablando del rey de Roma... —dijo y se paró de la mesa. Yo me quedé escuchando a ver qué pescaba de su plática.

—... Comiendo con tu hermano y con Vanessa... ¿cómo que por qué? Teníamos hambre y queríamos comer. ¿Ahora resulta que tú me vas a decir a mí lo que es propio como jefe? Mira los pájaros tirándole a las escopetas... Ahorita estamos en la mesa, háblale a tu hermano después.

No fue necesario escuchar lo que decía Daniel al otro lado de la línea para adivinar que le estaba reclamando a Eduardo por comer conmigo: "No es adecuado como jefe". Imagino que era más adecuado lo que había pasado la semana pasada en su coche. Ese hombre sí tenía pelotas, pero suficientes para llenar un billar completo.

Al día siguiente llegué a la oficina y el ambiente estaba completamente negro. Según Clara, era la energía de la luna llena, pero para mí era la vibra de los jefes. Algo estaba pasando y, si mi intuición no fallaba, la cosa era entre Daniel y Jorge, pero yo opté por dedicarme a mi trabajo y alejarme del drama. Estaba decidida a mantenerme en un estado zen. Todo iba muy bien hasta que, a las diez de la noche, me crucé con Jorge antes de salir.

—Hola, flaco, ¿ya vas a salir?

—Sí.

Para tratarse de Jorge, una respuesta monosilábica era casi como si me hubiera dado una cachetada en la cara. Algo estaba muy mal.

—Yo también ya casi salgo, espérame quince minutos y pasamos por algo de cenar que muero de hambre, ¿te parece bien?

—No, gracias, estoy cansado. Voy a cenar algo en mi casa.

Podía dejar las cosas así y asumir que simplemente estaba de mal humor, pero conociéndolo, si el problema no era conmigo, por lo menos hubiera tratado de dedicarme una sonrisa fingida. No se me ocurría ninguna razón por la que pudiera estar enojado o incómodo, pero quién sabe, a lo mejor en esta familia la bipolaridad corría por herencia.

—Jorge, ¿pasa algo?

—No sé, tú dime, ¿para qué quieres ir a cenar conmigo?

—¿Qué?

—Yo a ti te cuento hasta el color de mis calzones, doy la cara por ti y tú ni siquiera tienes el detalle de ser honesta conmigo. Pensé que éramos amigos, pero si no tienes ni la confianza para decirme dónde estás parada y las cosas que están pasando, entonces ¿para qué perder el tiempo?

—Realmente no tengo ni la menor idea de qué me estás hablando. Pienso que el único detalle que yo no comparto contigo es justo el color de mis calzones y si ese es un problema, lo podemos solucionar. Por favor explícame qué pasa, ¿qué fue lo que no te conté que te pareció tan importante? Dime y te digo todo ahorita, con santo y seña, y se acabó el problema.

—¿Qué tal lo que está pasando entre tú y mi hermano? Pequeño detalle del que no me enteré, y yo como idiota sin entender nada, sin saber por qué él estaba empeñado en sacarte de aquí o por qué le gritaste como una loca enfrente de todos el primer día que llegó. Vienes a contarme todo lo que te hace como si fueras la víctima y decides omitir que están teniendo un romance complicado del que honestamente ni siquiera quiero saber.

¡Lo mato, ahora sí lo mato! ¿Cómo se atrevía a decirle a Jorge que había algo entre nosotros?, ¿un romance complicado? ¿Cómo podía haber inventado algo así? ¿Desde cuándo pasar una noche con alguien o sacarla a patadas de tu coche después de tirártele encima era un romance? Relación era la que él tenía con Samantha y, para estas alturas, toda la familia debía de estar pensando que yo era una p..., que fui el cuerno de su hermano, su despedida de soltero y, además, una acosadora que lo había ido a perseguir al trabajo. Ahora sí le iba a cantar la cartilla completa.

—Jorge, yo nunca tuve ni tendré una relación con tu hermano. No sé por qué te habrá dicho una estupidez como esa. Voy a explicarte absolutamente todo, pero primero Daniel me va a escuchar.

Salí volando a la oficina de Daniel y empecé a tocar la puerta hasta casi tirarla. Jorge corrió detrás de mí, tratando de tranquilizarme, pero no logró nada.

—¿Qué pasa?, ¿quién toca así? —gritó Daniel desde dentro de la oficina.

—Ábreme la puerta en este segundo.

Se abrió la puerta con enorme velocidad. Daniel me jaló del brazo y me llevó adentro mientras cerraba la puerta igual de rápido que la había abierto.

—¿Qué te pasa, te volviste loca?, ¿cómo te atreves a tocar la puerta de mi oficina de esa manera?

—¿Que cómo me atrevo yo? ¡Cómo te atreves tú a hacerme esto!, ¿qué clase de persona eres? ¿Para qué me dejaste trabajar aquí? ¿Para contarle a toda tu familia que tuvimos "algo" y que me vean como tu entretenimiento alterno a tu jodida relación?

—Primero que nada, me bajas el tono. En segundo lugar, mi relación la dejas fuera de esto. Por último, si yo le conté a mi hermano sobre lo que pasó entre nosotros es porque me pareció lo correcto. Si él quiere tener algo contigo, por lo menos que sepa que hace menos de una semana casi te metías conmigo, y luego que tome una decisión.

—Me impresiona lo trastornado que tienes el concepto de lo que es correcto. No te pareció mal meterte conmigo teniendo novia y, por supuesto, no mencionarme nada sobre su existencia la primera vez que estuvimos juntos. No te pareció mal llevarme a cenar y besarme en tu coche omitiendo por completo otra vez a tu "mujer", ni acusarme de tener algo con cada hombre que ha pisado este lugar, pero tu moral no te permitió callarte y no hablar con tu hermano de esa estúpida noche. Y la cuestión más importante, me imagino que si la culpa no te dejó callarte con él, menos te iba a dejar omitírselo a tu novia. Supongo que Samantha también ya lo sabe, ¿no?

El silencio me confirmó lo que obviamente ya sabía, para eso sí le faltaban pantalones.

—No te preocupes, no pienso decirle nada. No quisiera arruinar esa relación, porque estoy segura de que están hechos el uno para el otro. Como te dije el día que entré a trabajar aquí, me pensaba quedar mientras esto funcionara, así que si esto fue una estrategia para sacarme, felicidades, lo lograste. El jueves es la fiesta de fin de año de Bank of America y pienso estar presente, pero el viernes a primera hora tienes mi renuncia firmada en tu oficina. Que tengas una buena noche.

Cuando salí de la oficina, Jorge me estaba esperando, con cara semiculpable por lo que asumía que acababa de provocar.

—Vane, perdón por tratarte así, me destanteó que fuera mi hermano quien me contara lo que pasó entre ustedes y, honestamente, no supe reaccionar. Me imagino que tuviste motivos para callártelo, pero a pesar de la mente retorcida de Daniel, tú sabes que te has convertido en mi mejor amiga y quiero que me cuentes por lo que estás pasando.

Nos metimos a su oficina y empecé a hablar sin parar, como me pasaba siempre cuando estaba con él. Le expliqué todo lo que había sucedido y que, cuando me enteré de que su hermano iba a ser mi jefe, había decidido renunciar, pero él me hizo ver que había sido algo sin importancia. Como tenía toda la razón, yo pensé intentarlo, creí que podríamos lidiar con esto como adultos, sin que afectara el trabajo, hasta lo que sucedió la semana anterior.

—Vane, yo sé que no es de mi incumbencia, pero conociéndote tengo que preguntar, ¿por qué estuviste con mi hermano sabiendo que tenía novia?

—Me sorprende que me hagas esa pregunta, conociéndome como me conoces. No te voy a mentir, no era la más sobria cuando estuve con él la primera vez, pero obviamente jamás mencionó la existencia de Samantha.

—No entiendo a mi hermano, no me cabe en la cabeza que se porte así. De verdad, cuando se trata de ti, tiene unas reacciones que no reconozco.

—No me lo tomes a mal, pero a mí, de tu hermano, ya nada me sorprende. Tú sabes que los adoro a todos en tu familia y aquí en el bar, pero hoy me quedó claro, con lo que acaba de pasar, que no se debe mezclar el trabajo con la vida personal. Ya no es una opción, así que quiero que te enteres por mí: acabo de avisarle a tu hermano que el jueves es mi último día.

—¿Qué clase de tontería estás diciendo, Vanessa? ¿Le vas a dar el gusto de salir corriendo como una niña chiquita solo porque decidió contarme lo que pasó entre ustedes para marcar su territorio?

—Exacto. Desde el momento en que tu hermano me ve como algo parecido a su territorio se ve venir el desastre. De verdad, yo en este momento de mi vida estoy buscando estar en paz y no veo cómo lograr eso con él cerca.

—No sé cómo, flaca, pero lo vamos a lograr. Tú no te vas a ir de aquí, y menos por un berrinche de Daniel. Sabes que en el poco tiempo que llevas en la oficina te has vuelto muy importante para nosotros, no me refiero solamente a la empresa, sino a mi familia. A mi papá tenía años de no oírlo reírse como ayer en la comida, y no sé cuándo fue la última vez que yo pude hablar de mi vida y escuchar consejos de alguien con sentido común.

—En ningún momento quiero que pienses que ustedes no son igual de importantes para mí. Justamente por eso me voy, lo que menos quiero causar es tensión en la familia. Estoy segura de que tú y yo vamos a mantener esta amistad, independientemente de dónde trabaje.

Daniel llevaba más de una hora intentando hacer algo en la computadora que, por lo general, no le tomaba más de quince minutos, pero no lograba concentrarse. Estaba teniendo unas reacciones que a él mismo lo sorprendían: la noche anterior le había dicho a su hermano lo que había pasado con Vanessa por un impulso de celos, para evitar la relación que veía venir entre ellos. No midió la magnitud de lo que había hecho hasta el momento en que ella fue a reclamarle. Tenía todos los motivos del mundo para odiarlo pero, con todo y eso, había valido la pena si lograba su objetivo: boicotear lo que sea que se estaba formando entre ellos. Estaba en un momento de autoanálisis cuando entró Martín a la oficina.

—Daniel, ¿me puedo sentar?

—Claro, Martín, dime.

—Quería traerte el reporte de los eventos de los últimos dos meses; han subido por lo menos un quince por ciento del anterior bimestre.

—Martín, dime lo que me quieres decir, nos conocemos muy bien y los reportes los vemos en junta todos los viernes. Tú viniste a otra cosa, así que habla.

—Platiqué con tu hermano, me comentó que Vanessa le avisó que el jueves es su último día de trabajo y el viernes va a presentar su renuncia. Sabes que soy completamente imparcial con la gente que trabaja en este lugar. No sé lo que pasa entre ustedes dos, pero claramente hay algo personal, cosa que no me incumbe y en la cual no pienso meterme; yo voy a apoyarte en cualquier decisión que tomes, pero como mánager es mi responsabilidad decirte que estamos perdiendo a un elemento importante para la compañía y, además, en diciembre, la temporada más alta. Acuérdate de los personajes que entrevistamos para el puesto y piensa si queremos volver a pasar por eso.

—Yo no la estoy corriendo, ella decidió renunciar. ¿Qué quieres que haga? Además, como tú dices, aquí nadie es indispensable.

—Indispensable no, pero sí muy difícil de reemplazar. Sabemos muy bien que si decides que se quede, vas a encontrar la manera. Piénsalo, Dani.

Como si no estuviera ya atormentado. Había hecho todo lo posible para que Vanessa se fuera y ahora que por fin había renunciado, se estaba volviendo loco con la idea. Se había acostumbrado a verla todos los días y, aunque hacía un esfuerzo sobrehumano para no cruzar ni la mirada con ella, tan solo saber que estaba en el mismo lugar lo emocionaba. Le daba otro sentido a sus días, esperaba verla entrar y ver qué vestido traía puesto, cómo iba peinada y qué desastre estaba por hacer. Era una mujer muy poco común, demasiado imponente, segura, despistada, alegre. En los meses que llevaba trabajando ahí se había ganado a absolutamente todos. No se sabía quedar callada y siempre le quitaba lo tenso a cualquier situación. Por más que había intentado hacerla irrelevante, no había servido de nada, era imposible pasar un día sin tenerla presente: entrabas a la cocina y estaba bailando cumbia con los cocineros; ibas a la recepción y tenía a un ejército completo buscando sus llaves que después aparecían en los lugares más extraños, incluyendo el refrigerador; te dirigías al bar y la veías fracasando en sus intentos por preparar bebidas complicadas, que ya le habían costado al bar por lo menos seis vasos. Aunque todo eso era parte de lo que lo desquiciaba, ahorita no sabía cómo iba a vivir sin ello. Pero, por más difícil que fuera, era peor tenerla cerca sin poder controlar ni sus acciones ni sus emociones. El daño estaba hecho y rogarle que se quedara no estaba siquiera a consideración.

10

EL JUEVES ME DESPERTÉ CON TODAS LAS EMOCIONES mezcladas, no podía creer que fuera mi último día. Había aceptado el trabajo en el banco que me había ofrecido míster Davis y, aunque aparentaba ser todo lo contrario del bar y que al fin iba a trabajar en paz y armonía, era difícil la idea de despedirme de ese lugar que en los últimos cinco meses se había convertido en mi casa. Por otro lado, estaba muy satisfecha de haber conseguido esta fiesta y de saber que laboralmente no les había fallado, aunque por mis diferencias con la bestia tuviera que irme.

Me arreglé mejor que nunca, como si eso me hiciera sentir mejor: tacones para verme más estilizada, vestido pegado para sentirme más segura y lipstick rojo para verme más mujer. Llegué al local a las diez de la mañana; la fiesta empezaba a las siete de la noche, quería dejar todo listo y pasar ahí el mayor tiempo posible.

No me había atrevido a hablar con nadie sobre mi renuncia y mis razones, pero, al parecer, alguien se me adelantó porque cuando llegué estaban todos con cara de funeral. Clara me jaló a la cocina y me sentó como durante una hora, se puso a criticar mi falta de temple por irme a las primeras de cambio y, citando sus palabras: "Que un mongol con genio de mierda" determinara mi futuro profesional. Traté de explicarle pero su única respuesta fue: "Pensé que eras más fuerte, niña". Sé que lo decía con cariño y porque le dolía mi partida, pero yo cada segundo me sentía peor.

John me abrazó y me dijo:

—No te preocupes, yo me voy a encargar del enemigo.

Le tenía preparados unos alcoholes muy especiales que lo iban a dejar encerrado en el baño por semanas, y los meseros se habían aprendido las placas de su coche de memoria, para descargar el coraje ponchándole las llantas. Aunque me asustaba un poco que no parecían estar vacilando, me daba gusto saber que me había ganado una familia dispuesta a cometer vandalismo por mí.

A las seis de la tarde llegó Daniel. No sé si tenía la misma fijación que yo por arreglarse bien en situaciones tensas, pero había que reconocer que se veía mejor que nunca: usaba un traje gris a la medida, camisa blanca y corbata rosa (mi color favorito); el pelo negro, echado para atrás, y barba de dos días que era la etapa ideal, ni tan corta ni tan larga. Para qué mentir, sí temblé tantito cuando lo vi entrar. Él también se veía nervioso, no supe muy bien si era por mí o porque le incomodó el silencio total que se hizo y las quince miradas asesinas que lo siguieron por el pasillo. Quien sea que se encargaba de comunicar las noticias en el trabajo lo hacía de forma impecable, ya que, evidentemente, a estas alturas no había un solo empleado que no supiera que me iba y que era por culpa de Daniel.

A las 6:45 llegó míster Davis, lo vi y me le colgué de su cuello cual si fuera mi abuelito recogiéndome en el kínder. Necesitaba a alguien externo a este lugar y a quien sintiera familiar. Por lo menos me consolaba saber que próximamente lo vería todos los días; él aún no se acostumbraba al contacto físico, así que cuando lo abrazaba solo sonreía y me daba palmadas en la espalda, pero no me importaba en lo absoluto, ya se iría suavizando con el tiempo.

—Te ves guapísima, niña, ¿a quién quieres impresionar?

—¿Cómo a quién, señor Davis?, a usted, obviamente.

—Qué mal mientes, pero se aprecia el esfuerzo. Si te arreglaste para el nefasto de Daniel, misión cumplida, porque te está viendo de una manera que en cualquier momento te muerde o te mata, quién sabe. ¿Cómo vas?, ¿estás tranquila?

—Tranquila, lo que se dice tranquila, no tanto, pero estoy segura de que estoy haciendo lo correcto.

—Por mi cuenta corre que no te arrepientas de venir conmigo a trabajar al banco. No voltees, que parece que invocamos al demonio y se acerca para acá.

Daniel iba en la cuarta pastilla de Nexium y la gastritis estaba de mal en peor. Tomaba una mala decisión tras otra, para esas alturas ya no se aguantaba ni él mismo. Cuando entró al bar y vio a Vanessa abrazada de Davis estuvo a punto de explotar. Le enloquecía que alguien que era la alegría de cualquier lugar, que tenía una sonrisa para absolutamente todo el mundo, para él no guardaba más que amargura y reproches; aunque encontrara todas las razones del mundo, no dejaba de dolerle. Se acercó donde estaban tan cariñosamente abrazados y soltó la amargura que llevaba dentro.

—Perdón por romper tan emotivo momento. No crean que no tengo un nudo en la garganta y todo, pero creo que Vanessa tiene una fiesta que organizar, ¿o usted pagó la módica cantidad de veinticinco mil dólares para venir a darle un abrazo de apoyo moral?

—Tienes toda la razón, Daniel, que se vaya a trabajar. Para qué quitarle el tiempo ahorita, a partir de mañana la tendré conmigo en la oficina todos los días.

A Daniel la cara se le paralizó por completo; Davis vio que su bala había dado en el objetivo. No pensaba decir nada más porque Vanessa le había pedido que se esperara a que ella hablara con todos al terminar el evento, pero cuando Daniel se acercó a provocarlo, no se pudo aguantar.

—¡Qué carajos está diciendo, Davis! ¿O ya son los delirios de la edad?

—En lo absoluto, mijo, estoy más cuerdo que nunca, por eso jamás desaprovecharía la oportunidad de tener a una persona como Vanessa trabajando para mí. Lástima que a ti te faltara la visión y la capacidad para conservarla. Vanessa empieza a partir de mañana a trabajar en el banco conmigo. Y ahora sí te dejo, quiero disfrutar la fiesta que, como bien dijiste, no me salió nada barata.

Daniel volteó para enfrentar a Vanessa pero ella ya estaba del otro lado del lugar, dando órdenes en la cocina con toda naturalidad. Daniel aventó el vaso que encontró al lado en un ataque de coraje y se fue a encerrar en su oficina para pensar cómo resolver el desastre que había causado.

La fiesta iba transcurriendo de forma espectacular: los clientes llegaron impecables, todos trajeados y sin una sola arruga en sus camisas, pero a estas alturas ya estaban sin saco y desabotonados, bailando con la música ochentera que le pedí al DJ. El whisky iba y venía de la barra sin parar, tenía un efecto casi mágico en todos; a la mesa que voltearas se escuchaban risas y ambiente de celebración.

Era una fiesta excelente para cerrar con broche de oro. Aunque la nostalgia de saber que era mi último día seguía ahí, el tequila me había ayudado a relajarme y a disfrutar del ambiente. Estaba sentada en las mesas de afuera, platicando con Clara, cuando vi a un hombre trajeado, con una corbata azul marino y unos ojos divinos del mismo color, que se acercaba directo hacia nuestra mesa. Sentí un pellizco de Clara en mi pierna, casi provocó que, de un brinco, tirara todos los vasos; luego me susurró de una forma muy poco discreta:

—Ahora sí, niña, si dejas ir vivo a este te declaro oficialmente lesbiana —se volteó y le sonrió al desconocido, el cual ya estaba parado junto a nosotras esperando a que Clara acabara de hablarme.

—Hola, ¿Vanessa?

—Sí, soy yo.

—Un placer conocerte, me llamo André. Mi abuelo dijo que eras preciosa, pero se quedó corto.

De inmediato reconocí la sonrisa, igual de dulce que la de Davis, pero en lugar de canas tenía el pelo negro carbón, la piel morena y unos ojos azules oscuros que quitaban la respiración. Seguramente, por mi absoluto silencio, asumió que me había incomodado el cometario; en realidad, se debía al análisis detallado que estaba haciendo de sus facciones.

—Perdón, ni siquiera me presenté: soy nieto de Bruce Davis. Sé que mañana te incorporas a trabajar con nosotros y quería darte la bienvenida personalmente. Creo que te vas a sentir muy cómoda en la empresa, aunque teniendo a Daniel como jefe, no me lo dejas muy difícil. Estoy seguro de que aunque fuera un explotador me considerarías mejor jefe que a él —dijo sonriendo.

—Me gustaría responder que estás exagerando, pero sería una mentira.

—Sé que conectaste muy bien con mi abuelo, cosa que me da mucho gusto, porque gran parte de tu labor va a consistir en cuidarlo: sus esfínteres ya no funcionan bien, hay que darle sus medicinas, anotar todo lo que dice porque a él se le olvida y, principalmente, encargarte de que no le deje la herencia a alguna de sus novias de dieciocho años, ya le tuvimos que bloquear el teléfono del notario dos veces.

Yo sabía que algo tenía que salir mal, todo esto era demasiado bueno para ser verdad. Estaba a punto de soltarme a llorar cuando escuché su carcajada.

—Al parecer, tengo que trabajar más en mi sentido del humor; era un intento de chiste, pero, por tu cara, no muy bueno. Prometo abstenerme de hacerte más bromas antes de practicar y confirmar con algún otro ser humano que son simpáticas.

Iba a responderle cuando Daniel se acercó rápidamente a la mesa donde estábamos.

—Vanessa, tenemos que hablar, vamos a la oficina.

—Hola, Daniel, buenas noches, a mí también me da gusto saludarte —respondió sarcástico André.

—Hola, André, veo que estás contento con la nueva adquisición de tu abuelo. Si quieres, a partir de mañana empiezas tu show de jefe encantador, pero hoy Vanessa sigue trabajando para mí, así que si nos disculpas...

Lo único que me faltaba, que el imbécil hablara de mí como si fuera un objeto. Me aguanté y no le pegué en la cara porque era el último día y quería mantener la paz, pero ganas no me faltaron.

—André, fue un placer conocerte, nos vemos mañana en la oficina. Y gracias por la bienvenida —le dirigí la sonrisa más amplia y amable que pude, después me volteé para enfrentar al enemigo—: Disculpa, Daniel, pero como bien dijiste, estoy trabajando y ahorita no tengo tiempo para hablar.

—¿De verdad te vas a ir a trabajar con el viejo ese? —me preguntó con cara de desprecio.

—¿De verdad crees que es de tu incumbencia a dónde me voy a trabajar? Hasta donde tenía entendido tu objetivo era sacarme de aquí y lo lograste, así que en lugar de interrogarme vete a festejar tu victoria y déjame en paz, a donde vaya después no es en ningún sentido asunto tuyo.

—¿Y si te confieso que me arrepentí?, ¿si te digo que quiero que te quedes? Eres buena en lo que haces y fue mi error mezclar lo personal con lo laboral. Reconozco que no fui el tipo más profesional y contarle a mi hermano sobre lo nuestro fue un error nefasto, pero podemos olvidarlo y puedes quedarte en tu trabajo.

—¿Qué se supone que debo hacer ahorita?, ¿llorar de agradecimiento?, ¿darte un abrazo y brincar de alegría?, porque después de tratar de sacarme de aquí a toda costa, poniéndome tareas que creías que no iba a poder cumplir, hablando sobre lo que pasó entre nosotros e interponiendo obstáculos ridículos, ¿decidiste que mejor ya no? Me impresiona tu arrogancia. En verdad te agradezco la oportunidad, pero gracias, no, gracias. Mañana empiezo otro trabajo y me da mucha tranquilidad saber que esta vez no hay nada que puedas hacer al respecto para arruinármelo.

—Qué lástima que seas tan necia y caprichosa... a estas alturas ya deberías conocerme bien para saber que retarme no es la mejor idea.

—Ay, Danielito, no sé si es más tu estupidez o tu soberbia para pensar que yo vendría de regreso, pero te voy a agradecer que te ahorres tus amenazas.

—Entonces no me agradezcas.

11

EL JUEVES AL TERMINAR LA FIESTA ESTABA COMPLETAMEN-
te drenada, y como el viernes solamente tenía que ir a la oficina de
Davis a llenar mis papeles en el departamento de recursos humanos y conocer el lugar, decidí que la mejor opción era pasar más
tarde a hablar con Jorge y Eduardo sobre mi renuncia. Los dos sabían qué era lo que en realidad había sucedido, de todas formas
quería verlos en persona, ya que había aprendido a apreciar a esa
familia casi como si fuera la mía, y quería dejar muy claro que
eso no había cambiado ni cambiaría. Por otro lado, Irina y Diego
cada vez pasaban más tiempo juntos y, aunque ella todavía no
acababa su relación con la momia y no reconocía que empezaba a
sentir algo por Diego, yo la conocía demasiado bien. Si mis predicciones eran correctas, aquella iba a acabar siendo la familia
política de mi prima, y por tanto la mía, así que mientras más
claras estuvieran las cosas, mejor.

Ya conocía las oficinas del banco de Davis, pero ahora que
sabía que sería mi nuevo lugar de trabajo observaba todos los
detalles con más atención. Estaba ubicado en Brickell, donde se
encuentran todos los bancos, despachos de abogados, de arqui-
tectos, bares y restaurantes: el corazón del mundo empresarial en
Miami; caótico e increíblemente emocionante para mí, que nunca
imaginé pasar de jugar con estambre con mis alumnos a este mundo tan surreal. El edificio era imponente, enorme e impecable,
todo en mármoles grises y blancos, con inmensos ventanales que

daban a la calle, en la cual se veían los bancos vecinos, un café desconocido que me dio curiosidad porque parecía muy hípster y amigable para la zona, y dos Starbucks.

Al entrar me recibió la misma recepcionista de la última vez, igualmente peinada, arreglada y maquillada, lo único que había cambiado desde aquel día era el color de su traje: de gris a negro. Era completamente distinta a la cubana acelerada y despeinada del bar, a la que conocí cuando tenía los nervios de punta al dirigirme a mi entrevista con Jorge y a la que ahora extrañaba más de lo que podía expresar. La mujer me guio hacia la oficina de recursos humanos. Alrededor todo era gente trajeada, concentrada en sus computadoras, ninguna chef gritando groserías o meseros picándote el hombro para que les hicieras descuentos, y sobre todo, ningún jefe trastornado quitándome la paz. La sensación de tranquilidad en el ambiente me era por completo desconocida, pero estaba segura de que aprendería a disfrutarla.

Llené los papeles pertinentes y la persona que me recibió me dirigió hacia la oficina de André. Se veía todavía más guapo que el día anterior, si es que era posible: traía una corbata beige, una camisa azul claro y los ojos del mismo color de ayer, pero valía la pena volver a mencionarlos por lo impresionantes que son. Me vio y sonrió de una forma que me reafirmó que acostumbrarme a trabajar ahí iba a ser más fácil de lo que pensaba.

—Hola, Vane, bienvenida, ¿ya te instalaste?

—Hola, André. No, solo vine a llenar los papeles, el lunes empiezo.

—Entonces voy a asumir que ahorita no tienes que estar en ningún lado y me vas a acompañar a comer, porque mi último bocado fueron unos Golden Grahams a las diez de la mañana.

—A una persona que sabe apreciar un buen cereal la acompaño al fin del mundo, así que tú dices a dónde vamos.

—Déjame sorprenderte; si te gusta, me dejas llevarte a comer por lo menos una vez a la semana. Si no te gusta, me llevas a comer tú una vez a la semana a donde te guste, para afinarme el gusto.

Esperaba que me llevara a cualquier lado menos a los *food trucks* del parque a comer arepas parados. Por supuesto, resultaron ser las mejores que había probado en Estados Unidos, diría que estaban igual de buenas que las que nos preparaba mi mamá en México para no olvidar las raíces venezolanas, de no ser porque, si me escuchaba ahora, definitivamente me sacaba de la herencia. Acabamos con la mitad de lo que había en el restaurante y después fuimos caminando por crepas de Nutella y raspados de coco.

Estuvimos en el parque más de tres horas, el tiempo se pasó volando. Hablamos de su abuelo y de cómo había llegado el banco a sus manos. Bruce tenía dos hijos: uno que se había rebelado y era músico, yogui, activista, pacifista y vegetariano, el cual no tenía ningún interés en el negocio familiar, y la mamá de André, a quien le gustaba gastar el dinero de su papá pero no ganarlo, así que nunca se involucró en el trabajo. A los veintitrés años se casó con un colombiano, al que Bruce consideraba un rascuache interesado. Después nació André, su abuelo se enamoró perdidamente de él desde que lo cargó en el hospital y, aunque tuvo razón respecto a su yerno, Bruce siempre le estaría agradecido por darle lo mejor que tenía en la vida: su nieto. La adoración era mutua. André siempre supo que para su abuelo era importante que él lo representara en sus negocios, por tanto, nunca se replanteó su vocación, salió de la escuela directo a estudiar finanzas para entrar a la compañía. De esto ya habían pasado trece años y, desde entonces, la empresa seguía creciendo. Básicamente André se dedicaba a hablar con inversionistas, cerrar cuentas, buscar nuevos negocios, y Bruce se enfocaba en los números, sin salir de la oficina, ya que, como él mismo decía, no tenía paciencia para lidiar con los payasos de hoy en día, que presumían el dinero como si ellos se lo hubieran ganado, cuando el noventa por ciento venía de la generación pasada.

Me sorprendió lo fácil que era hablar con él, se abría sin complicaciones, no tenía laberintos en la mente y no necesitabas haber estudiado un posgrado para adivinar lo que estaba pensando o lo que quería decir. Me intrigó cuando mencionó que su abuelo había tenido razón respecto a su papá, pero pensé que era muy pronto para preguntar más al respecto. Le agradecí la comida y la plática y tuve que despedirme porque había quedado de ver a Jorge y a Eduardo en una hora para hablar con ellos. Le aseguré a André que en definitiva podíamos hacer costumbre estas comidas, por lo menos una vez a la semana, y honestamente me entusiasmaba la idea, trabajar con él me emocionaba más de lo que quería admitir.

Cuarenta y cinco minutos después estaba lejos de seguir entusiasmada. Llegué a la reunión quince minutos antes y ellos ya me esperaban en la oficina. Entré y estaban los dos sentados, en completo silencio. Estuve a punto de soltarme a llorar, me sentía una malagradecida por dejarlos así, pero también sabía que nada bueno podía salir de que me quedara. Eduardo fue el primero en hablar.

—Vane, antes que nada, quiero que sepas que yo respeto y apoyo lo que tú decidas, pero necesito saber si hay algo que podamos hacer para que cambies de opinión. Yo no sé muy bien qué fue lo que pasó entre tú y Daniel, entiendo que mi hijo puede llegar a ser demasiado complicado y que cuando la trae contra alguien como la trae contigo puede ser insoportable. Estoy dispuesto a ponerle límites y hacerme cargo de que te respete y no cruce ni una sola línea más.

—Eduardo, espero que tengan claro cuánto los quiero a ti y a toda tu familia, y que es precisamente por eso que estoy tomando esta decisión. Estoy segura de que tanto tú como Jorge me defenderían y darían la cara por mí, pero este es un negocio familiar y no hay necesidad de tensarlo o convertirme en tema de conflicto. Espero mantener una relación con ustedes fuera del trabajo, los considero parte de mi familia y creo que esto será lo más sano para todos.

Gracias a Dios Jorge intervino antes de que Eduardo continuara insistiendo:

—Mira, papá, a nadie le gustaría más que Vane se quedara que a mí, pero la conozco y ya tomó una decisión. Esta cuenta hay que cobrársela a tu hijo; por lo pronto, es mejor dejar las cosas como están y no incomodarla más.

—Está bien, no estoy de acuerdo, pero por el momento voy a respetar tu decisión —concluyó Eduardo—. Acepto tu renuncia con una condición: hoy te quedas con nosotros a tomar hasta que cerremos. No tienes excusa, ya que Daniel está cenando con la simpática de Samantha, así que dudo que se aparezca.

Dicho y hecho: empezamos a tomar a las ocho de la noche y eran las tres de la madrugada y seguíamos ahí. Nunca había visto a Eduardo así: me platicó que más joven había sido dueño de antros, era un excelente DJ y se metió al booth a enseñarnos sus talentos. John salió de la barra a tratar de cantar en español con nosotros y Clara me preparó un pastel que entre Jorge y Eduardo me estrellaron en la cara diciendo que era mi castigo por abandonarlos.

Amaba el escándalo de estar con ellos, siempre era un caos, pero uno sin el cual ya no sabía vivir. Jorge se burlaba de su papá por cómo tocaba, Eduardo contestó que su hijo no sabía cantar ni en la regadera y que yo no me quedaba atrás, que mejor me dedicara a hacer fiestas porque como cantante me moría de hambre. Le aseguré que mi mamá difería de él, siempre me había dicho que tenía talento artístico, pero, para ser honesta, ella no era la más objetiva.

Estábamos todos entre risas, música y alcohol cuando apareció el mosco en la sopa, y con su mujer, por si fuera poco. Entraron y se hizo un silencio total por más de un minuto durante el cual a Eduardo se le olvidó tocar, lo que provocó que el momento fuera todavía más dramático. Pasaron a nuestro lado sin decir palabra y con una cara como si vieran a una embarazada con un porro y una botella de vodka en cada mano. Eduardo reaccionó y volvió a poner la música, yo empecé a cantar pésimamente, pero muy emocionada.

La bestia salió de la oficina con unas llaves que, imagino, eran lo que había ido a recoger. Pasó muy cerca de mí, rozándome el brazo, mientras fingía servirse un vaso de agua mineral solamente para susurrarme al oído:

—Te recomiendo no tomar mucho más, ya sabemos cómo te pones, no vaya a ser que mañana despiertes con un desconocido en tu cama —y siguió caminando hacia la salida.

Eduardo volteó a verme con curiosidad, pero se distrajo con la siguiente canción y no hubo necesidad de dar más explicaciones. Qué bendición, porque a mí el alcohol se me había subido y sentía una mezcla de emociones que me estaba costando mucho contener. Me parecía que Daniel era un total descarado al pasar con su novia como si nada, acercarse a hablarme al oído y actuar como si no supiera que me estaba jodiendo la vida. Una parte de mí debía aceptar que se me revolvía el estómago de verlos juntos y me despertaba un instinto asesino hacia ella: quería arrancarle la mano cada vez que lo tocaba, pero no era solamente eso. Lo odiaba a él por quitarme esto, por robarme mi trabajo, arrancarme de su familia que en ese momento ya era mía, y maldije un millón de veces mi estupidez por haberme metido con él sin saber las consecuencias.

Llegué a mi casa a las cinco de la mañana, en un estado muy poco elegante. El sábado no me paré de la cama hasta las seis de la tarde para ir a cenar con Irina y regresar a ver películas. El domingo, mientras escogía mi outfit para mi primer día de trabajo, recibí un mensaje de André.

"¿Ya lista para mañana? Espero que no estés nerviosa, y si sí, no lo estés, te va a ir excelente. Te mando un beso. Descansa ☺".

Yo respondí: "Más o menos nerviosa, pero por lo menos creo que mi jefe me va a caer bien (estoy hablando de tu abuelo, por supuesto). Gracias por el apoyo moral, nos vemos mañana, ¡un beso!".

12

AL SIGUIENTE DÍA LLEGUÉ A LAS 8:30 A. M. PARA INSTALARME.
La maniquí que tenían como recepcionista me guio a mi oficina.
Estaba terminando de acomodar mis cosas cuando llegó André
con dos cafés de Starbucks, un muffin y un brownie.

—Escoge: ¿negro o con leche y azúcar?

Pensarán que el menú de lo que había traído era irrelevante
pero en definitiva no lo era, y yo solo podía pensar en que la bestia
no solamente nunca había tenido el detalle de llevarme un café,
sino que además la vez que me lo encontré en Starbucks ni siquiera
me dejó escoger lo que iba a tomar. Tiró lo que yo había comprado
para cambiarlo por lo que él creía que yo quería. Independientemente de que tenía razón con respecto a mi gusto de café, era una
de las tantas cosas que no me gustaban de Daniel: hasta cómo iba
a tomar mi dosis de cafeína diaria tenía que controlarlo.

—Tómate tu tiempo, Vane, no vayas a decidir precipitadamente,
no es cualquier cosa, es un c-a-f-é —mencionó André sarcástico.

—Perdón, corazón, negro está bien.

—¿Segura? ¿No lo quieres pensar cinco minutos más?

—Ya dame mi café, por favor, antes de que cambie de opinión. Y el pastel escógelo tú, no quiero quitarte otra media hora
de día laboral en lo que decido.

—Voy a hacer como que te creo que estabas pensando en el
café en lo que te animas a contarme la verdad. Y mejor vamos a
empezar a trabajar ya.

—Estoy un poco nerviosa, la verdad. Sé que tu abuelo tiene un espíritu caritativo, pero meterme a este trabajo cuando hasta hace un año mi mayor estrategia de negociación era lograr que los niños del kínder no se comieran la paleta hasta que terminaran de limpiar el salón... siento que es demasiado, y además no siempre la ganaba.

—No te preocupes, no te voy a mandar al matadero. De momento, tu trabajo consistirá en estar pegada a mí todo el día, así irás conociendo a nuestros clientes más antiguos y a los potenciales, a esos últimos, más adelante, los tendrás que convencer para hacerlos clientes fijos. Si mi abuelo confió en ti fue porque dice que la persona más difícil de convencer es él, y que tú lo puedes convencer en cinco minutos de dejarte las escrituras de su casa, a sus hijos y a sus dos perros, así que vamos a ver de lo que eres capaz.

Dicho y hecho, pasé las siguientes semanas pegada a André como un chicle: íbamos a reuniones, comíamos juntos, cenábamos juntos y las cosas no podían fluir mejor. Pregúntenme cuántos gritos hasta ese momento: cero; cuántas respuestas ácidas y sarcásticas: cero; momentos incómodos: cero. Yo misma no podía creer cómo había aguantado ese nivel de estrés en el bar; sin embargo, había una mínima, casi inexistente, parte enferma de mí que extrañaba la adrenalina de empezar el día y no saber cómo iba a acabar, la montaña rusa de emociones experimentadas en menos de ocho horas. Definitivamente, ganaba la parte sana y estaba segura de que, en menos de un mes, no me iba a acordar de lo que era antes; solo era cuestión de paciencia. Desde el día que fui a hablar con Jorge y Eduardo no había visto a la bestia, hacía todo lo que estaba en mi poder para olvidarme de su existencia; aunque, a veces, el inconsciente me traicionaba y alucinaba su voz en los cafés, o volteaba a la puerta cada vez que salía con Jorge, Diego e Irina, pensando que en cualquier momento iba a aparecer. Pero, en general, iba bastante bien con mi proyecto de superación.

Estaba a punto de cumplir un mes en el banco cuando André me dejó, por primera vez, encargarme de una junta sola; él se sentó a observarme sin hacer ningún comentario ni intervención.

Todo salió bastante bien, así que me invitó a cenar y esta vez sí fue a un lugar bastante más elegante que los *food trucks* a los que me había llevado antes. Nuestra relación era cada vez más cercana, pero en ningún momento me había insinuado algo sobre salir. De todas formas, me arreglé como si fuera una *date*: tacones altos, una falda hasta la rodilla y un *crop top* que dejaba al aire un mínimo de abdomen que, gracias a la última racha de estrés, me podía dar el lujo de enseñar. Por lo menos los nervios de la renuncia más el nuevo trabajo habían servido como dieta. André pasó por mí a las 9:30, en su Audi azul marino. Se bajó del coche y se me quedó viendo de una manera muy poco habitual, ya que por lo general era bastante discreto.

—¿Estás tratando de seducir a tu jefe? Porque si es así, vas muy, pero muy bien —comentó con una gran sonrisa.

El comentario me dejó morada, estaba segura de que no lo decía con ninguna intención, porque ni por asomo tenía idea de lo que había pasado entre Daniel y yo. De todas formas, la referencia a mi jefe me llevaba a un lugar que estaba tratando de evitar a toda costa. Traté de sacudirme el pensamiento y disfrutar la cena. En el coche sonaba Carlos Vives a todo volumen.

—Perdón, no puedo negar mis raíces colombianas, si quieres le cambio.

—Aunque no me lo creas, es uno de mis artistas favoritos, y como seguramente vas a pensar que lo estoy diciendo por compromiso, te voy a cantar todo el camino para convencerte.

—Prefiero tomar tu palabra que escucharte cantar, pero si no me queda de otra...

Los quince minutos de trayecto al restaurante los pasamos recreando un concierto de Vives y Fonseca. Que pudiera cantar frente a él, con mi tan poco favorecedora voz, me confirmaba lo bien que me sentía cerca de André, él me hacía sentir en tierra firme, como si nada de lo que dijera o hiciera fuera a ser criticado.

Cuando llegamos al restaurante, se bajó del coche y corrió a abrirme la puerta, cosa que me inclinó más a pensar que esta cena no acababa de ser ni de negocios ni de amigos. Tendría que esperar a que transcurriera para descubrir qué era. Apenas nos sentamos, pidió una botella de vino, cosa que agradecí enormemente, pues estaba un poco nerviosa y ya todos sabemos que no digo las cosas más coherentes en ese estado. Tras unos primeros tragos me dejé ir: platicábamos de todo y de nada, muertos de la risa y, dentro de mí, me caché deseando que fuera más una *date* que una cena de amigos. Mientras estaba en mi tercera copa, mi inconsciente comenzó a traicionarme una vez más y comencé a alucinar la cara de Daniel. Traté de enfocar pero cuando volteé de nuevo, ya no estaba.

—¿Vane, estás aquí? Pareciera que te encontraste a la niña de *El exorcista*, ¿todo bien?

—Sí, todo perfecto. Yo creo que ya me pegó el vino, voy al baño tantito a refrescarme.

Sí, claramente necesitaba refrescarme, pero también quería hacer una minuciosa inspección de todo el restaurante para estar segura de que ya podía autodiagnosticarme con psicosis nerviosa y empezar a tomar pastillas para recuperar la salud mental. Volteé a las mesas de alrededor y nada, ninguna cara conocida. Entré al baño a respirar y salí mucho más tranquila y decidida a seguir disfrutando de mi *date* que, para colmo, también podía ser toda una alucinación mía, porque hasta el momento no había habido ningún comentario por parte de mi acompañante que insinuara que ese era el objetivo de la cena.

Caminaba de regreso a nuestra mesa cuando escuché un sonido que venía de la terraza. Creo que no lo había oído más de dos veces en mi vida pero era inconfundible: era su carcajada, una carcajada genuina, desde el estómago, parecía una combinación de una foca atragantándose y un niño de cinco años gritando. La escuché el día que nos conocimos en el bar de Jaime y el día de nuestra cena, nunca más, pero eso era, exactamente, lo que me había convencido de irme con él aquella primera noche.

Me asomé: estaba de espaldas, pero estaba segura de que era él. Nunca pensé que descubrir que no era psicótica podía ser una mala noticia. Para la locura había pastillas, en cambio, la sensación que me provocaba su presencia no tenía ni idea de cómo curarla. Lo vi con otro hombre, sorprendentemente parecido a él. Recordé que Diego me había contado, la semana pasada, que uno de sus hermanos, el más cercano a Daniel y el único que me faltaba por conocer, estaba por llegar de su maestría en Arquitectura en Boston. Era un poco más alto y flaco, con unos ojos color miel enormes y una sonrisa que lo hacía parecer descendiente directo del Dalai Lama. Para sacarle una risa de esas al susodicho, habría que tener un talento muy especial.

Empecé a caminar de regreso a mi mesa, sin dejar de voltear, cosa que hizo que chocara con un mesero al que se le cayó un vaso, y al romperse el vidrio, produjo un ruido estrepitoso en el piso de madera. En ese momento, el hermano giró para ver lo que sucedía y clavó su mirada en mí. Antes de que Daniel descubriera qué había llamado la atención de su hermano, me escondí detrás de una de las enormes columnas del restaurante. Traté de regresar a mi mesa lo más tranquila posible, aunque, por desgracia, era un adjetivo que no encajaba ni tantito con mi estado cada vez que me cruzaba con Daniel. De cualquier manera, si alguien podía regresarme el equilibrio era André, así que volví rezando para que a la bestia no se le ocurriera cruzarse por donde nosotros estábamos.

Intenté, con todas mis fuerzas, concentrarme en el maravilloso hombre que tenía enfrente. No diría que me recuperé por completo pero, por lo menos, lo suficiente para terminar la comida y atragantarme un cheesecake de postre.

Cuando nos paramos de la mesa, sentí una mezcla de alivio y decepción de no haberme cruzado de frente con Daniel; para mi proyecto de superación, en definitiva, era lo mejor. Lástima que a la vida y al destino no les importaba en absoluto lo que era mejor para mí. Estábamos por salir cuando André me pidió que lo esperara un minuto en lo que entraba al baño. Lo estaba esperando con el celular en la mano, recargada en la pared, cuando sentí esa mirada fija en mí: era tan rara la electricidad que había entre nosotros, algo que solo había leído en las novelas. Sentía calor, en el ambiente reinaba una tensión que podía cortar algo sólido y que a mí me dejaba temblando como una gelatina. Siempre me incomodó la forma en que me sostenía la mirada, era un hombre imposible de intimidar y, aunque más de una vez intenté aguantar para mostrar mi fuerza, siempre acababa esquivándolo antes. Toda la vida me había caracterizado por ser una mujer segura, pero con él era diferente.

—Buenas noches, Vanessa.

Me pregunté si habría visto con quién venía acompañada.

—Hola —contesté secamente.

—Él es Jack, mi hermano —dijo Daniel, señalando hacia su hermano, que se acercó de inmediato a darme un beso.

—Mucho gusto, Jack, me han hablado muy bien de ti, es un placer al fin conocerte.

Traté de mantener la voz lo más tranquila posible, pero apenas fue audible. Odiaba esa sensación de vulnerabilidad. Empecé a sentir mucha impaciencia deseando que André saliera del baño, yo sentía que llevaba un mes y medio parada ahí afuera.

—¿Cómo va tu nuevo trabajo? —intervino Daniel—. Sé que ya te lo dije una vez antes de que te fueras, Vanessa, pero quiero repetirte que estoy arrepentido de cómo manejé las cosas y quisiera que regresaras. Necesito que regreses.

Hablaba con sinceridad, lo cual me sorprendió mucho. Siempre que bajaba la guardia me hacía flaquear, no sabía qué decir. Antes de que pudiera contestar, salió André y se acercó a nosotros. Por la cara que puso Daniel era obvio que no había visto con quién venía. Se puso completamente pálido y sentí cómo perdía la compostura.

—Hola, Daniel, ¿cómo estás? —dijo André extendiéndole una mano a Daniel y poniendo la otra en mi cintura, en un gesto protector. Daniel no contestó ni le devolvió el saludo, estaba desorbitado por completo. No era habitual en él reaccionar así, se me quedó viendo de una forma muy diferente a la de siempre: me vio con un odio que me dolió hasta el alma. Su mirada estaba llena de decepción, enojo, casi asco.

Después de un par de minutos eternos de silencio y de insultos no dichos pero expresados, sentí la mano de André que tomaba la mía y me jalaba hacia la salida. No me sentí a salvo de la mirada de Daniel hasta que estuvimos dentro del coche. Ahí empecé a reaccionar y a sentir cómo todo el enojo se acumulaba dentro de mí. Intentaba aguantar la explosión hasta llegar a mi casa, no era justo que André tuviera que pagar los platos rotos de esta situación sin sentido. De todas formas no pude pronunciar ni una sola palabra en todo el camino. ¿Cómo se atrevía Daniel a verme así? ¿Con qué derecho me juzgaba como la peor de las mujeres por cenar con André cuando él había provocado todo esto?, y eso sin contar que después había hecho de mi vida un infierno, tratando de controlarla sin tener el valor suficiente para luchar por mí de frente.

Sentía un nudo en la garganta que estaba segura estallaría en cualquier momento. Para cualquier persona que no conociera la historia a fondo, verme cenar con mi jefe, después de la historia con mi exjefe, no me dejaba bien parada. Pero nadie mejor que Daniel para saber bien a bien cómo habían pasado las cosas, así que no lograba entender por qué el desprecio en su mirada. Porque esta vez no habían sido celos, sino desprecio, odio. Tardé en darme cuenta de que durante todo ese tiempo la mano de André había estado encima de la mía, y sentí una ternura inmensa por él, un agradecimiento indescriptible.

Nos estacionamos frente a mi casa, yo todavía no podía recuperarme. Me bajé mientras trataba de disimular de la mejor manera que todo me temblaba por dentro. Saqué las llaves de mi bolsa y traté de abrir la puerta dos veces sin conseguirlo. André tuvo que quitarme las llaves y abrir. Volteé para despedirme, pero él me agarró la cara con las dos manos y me dio un beso en los labios. Era una sensación agradable, como un buen vino después de un insoportable día de trabajo, así que me dejé ir y profundicé el beso. Me sostuvo de la cintura y me acercó más a él, pero después se paró en seco. Me quedé en silencio total y empujé la puerta para entrar. Sentí el brazo de André en el mío:

—Yo te lo ofrezco todo, Vane, nada a medias, es cosa de que te decidas. Te puedo asegurar que por culpa mía nunca vas a tener la mirada que tienes ahorita, yo jamás te causaría ese dolor. Piénsalo —me dio un beso en la frente y se fue.

Por lo menos toda esa última escena aclaraba la duda de si era o no una *date*, por si servía de consuelo.

13

DANIEL CREÍA QUE YA NO ERA CAPAZ DE SENTIR DOLOR.
Después de lo que sufrió con Alexia pensó que esa parte de su
cuerpo había quedado descompuesta. Aprendió que la naturaleza
de las mujeres era traicionar, eso no era ni malo ni bueno, solamente un hecho con el que se tenía que vivir. No se consideraba en lo
absoluto misógino ni machista, al contrario, amaba y siempre iba
a amar su compañía, pero entendía que había que cuidarse las
espaldas y no bajar la guardia. Le había tomado algunos meses
"recuperarse" después de lo que pasó; por un corto tiempo no
quiso saber nada de mujeres, pero, por desgracia, no tenía suficiente autocontrol y descubrió que el celibato no era lo suyo. Se
dio cuenta de que, siempre y cuando no las dejara entrar ni en su
mente ni en sus emociones, no representaban ninguna amenaza.

Empezó entonces a salir con modelos y edecanes con IQs bastante preocupantes, mujeres que de milagro sabían contar hasta
diez y lo habían aprendido por seguir la dieta de puntos. Justo el
tipo de mujer que describió Vanessa el día de la taquería. Después
de un año conoció a Samantha y, aunque no era brillante, por lo
menos era un poco más interesante que las demás y le daba cierta
estabilidad; pero en ningún momento lo hacía perder el control
de sus emociones.

Su caparazón estaba intacto hasta que llegó Vanessa, ella lo
hizo bajar la guardia, y eso era lo que lo llevaba a sentir este coraje: no era contra ella, sino contra él mismo por descuidarse. Su

personalidad arrebatada, su forma de decir todo lo que pensaba, su temperamento y su transparencia le hicieron creer que ella era diferente, pero cuando la vio con André sintió una punzada de dolor tan fuerte que casi se queda sin aire. Le recordó cosas demasiado enterradas que pensaba nunca revivirían. Sus instintos estaban dormidos desde hacía mucho, pero gracias a la tentación de asesinar a André ahí mismo, cuando él acomodó la mano en la cintura de Vanessa, descubrió lo contrario: por lo menos celos era todavía capaz de sentir. Para su mala suerte estaba con su hermano Jack, la persona que mejor lo conocía en el mundo y, por lo tanto, no podían omitir el evento y continuar con la noche.

—¿Ya quieres hablar del tema o prefieres seguir evadiéndolo y hacer como si todo estuviera bien hasta que tenga que llevarte cigarros a la cárcel por asesinato? Porque a mí no me vas a decir que ahorita no estuviste a punto de cometerlo. Hace apenas una semana que regresé y lo único que he escuchado es el nombre de Vanessa. Te pregunté por Samantha y tu relación y me contaste todos los problemas que tienes con ella por culpa de Vanessa; del trabajo solo me dices cómo ha cambiado desde que Vanessa no está y cómo su irresponsabilidad ha afectado a la compañía; te pregunté por mi papá y mis hermanos y solo empezaste con tu teoría conspiratoria de que los tiene embrujados con su sonrisa de mosca muerta que, dicho sea de paso, me pareció todo menos eso. Es la primera vez que la veo y siento como si llevara tres meses viviendo con ella de todo lo que te he escuchado. Así que ya va siendo hora o de que la superes o de que enfrentes lo que sientes y hagas algo al respecto. Decídete, pero te aconsejo que dejes de omitirlo porque definitivamente no está resultando la mejor estrategia.

—No vamos a hablar de esto, Jack, te lo advierto.

—Está bien, si quieres volver a ser esa persona oscura, encerrado en tu amargura, y lastimar a todos a tu alrededor, empezando por ti mismo, allá tú. Pensé que Alexia había acabado de echar a perder todo lo que quedaba por descomponerse en ti, y también que después de dos años la herida había empezado a sanar; pero me duele aceptar que ella te rompió y no hay arreglo, estás ciego y en cualquier persona que te hace sentir algo solo ves un enemigo o una amenaza.

—¿Qué parte de no quiero hablar de eso no entendiste? —dijo Daniel expresando la enorme amargura que sentía—. En este instante doy por terminada la conversación y la relación con Vanessa para siempre, y si de verdad te importo vas a respetar mi decisión y no volverás a nombrarla jamás.

La cabeza no paró de darme vueltas toda la noche. Estaba considerando hablar al trabajo y avisar que estaba enferma, pero iba a ser bastante obvio para André que lo estaba evitando después de lo que había pasado la noche anterior. Nunca había estado con la mente tan paralizada como en ese momento, me sentía en shock y no tenía idea de cómo proceder. Por un lado, cada vez que pensaba en el comportamiento de Daniel y en su cara de odio se me revolvía la panza; por otro, las palabras de André se repetían en mi cabeza una y otra vez: "Por culpa mía nunca vas a tener la mirada que tienes ahorita".

No les voy a mentir, no volver a tener esa expresión ni estos sentimientos sí sonaba muy tentador. El único problema era que yo no estaba enamorada de André y él no merecía ser mi trampolín para superar a la bestia. Entre ese dilema, contar las fisuras del techo, reacomodar el cojín quinientas veces y patear las cobijas se me fue la noche. Cuando sonó el despertador, brinqué de la cama, intenté dar carpetazo a mi cerebro y moverme en piloto automático. Me bañé, me vestí y a las ocho en punto estaba sentada frente a mi computadora para concentrarme de lleno en los problemas del trabajo.

Cuando entré a la oficina la maniquí me dijo que André y su abuelo habían ido a una junta con un cliente nuevo y no regresarían hasta después de la comida. Yo había quedado de ir al lunch con Clara, a quien había visto solo dos veces desde que salí del bar, a pesar de que prometimos que comeríamos juntas por lo menos una vez a la semana. Tristemente, conservar mis antiguas relaciones iba a ser más difícil de lo que había pensado. De cualquier forma, era un hecho que verla alegraría mi día y eso era lo que necesitaba. Clara es una loca que no piensa antes de hablar, y además habla sin parar. Su franqueza y falta de tacto eran bastante refrescantes y me ayudaban a ver las cosas con perspectiva.

—Bueno, niña, evidentemente te hace falta mi comida, estás que desapareces. No me vayas a decir que es de nervios, dudo que exista un lugar de trabajo más neurótico que el bar, así que dame una explicación lógica. Cuéntame qué tal el papacito de André. Mira, tú te ligas al nieto, yo luego conquisto al viejo, que tampoco está tan mal, y por lo menos nos sacan de trabajar. ¿Qué te parezco como abuela?, ¿te gusta la idea?

—Hola, Clarita, buenos días para ti también... Por dónde empiezo a contestarte... sí, estoy más flaca por los nervios, aunque no lo creas. No me gustas, me encantas para abuela, aunque Bruce te lleva por lo menos quince años; si no te importa enviudar joven, es una idea brillante. André está muy bien, guapo, divino y matándome de la ansiedad. Ahora me toca a mí preguntar: ¿cómo estás?, ¿cómo están mis enanitos?, los extraño. ¿Cómo va el trabajo?, ¿ya tengo reemplazo?

—Los enanitos, jodiendo como siempre, también te extrañan bastante. Van como cuatro personas que llegan para tu reemplazo y no funcionan. Martín está más estresado que nunca: de los doce pelos que tenía, nada más le quedan cuatro. Y aunque no me hayas preguntado por el jefecito, de todas formas te voy a contar porque no me aguanto las ganas. Estas semanas ha estado más insoportable que de costumbre, nos grita a todos y por cualquier razón. Creímos que había llegado a un tope de pesadez, pero hoy, antes de venir, me crucé con él y la verdad casi me desmayo de la impresión: se veía fatal, completamente desarreglado y fachoso, fue a trabajar en playera, cosa que en todos los años de conocerlo y trabajar ahí jamás había visto; las ojeras le llegaban hasta las orejas y traía una cara de asesino en serie que me hizo temblar. Yo no sé qué le pasa, pero imagino que la Samantha esa no está haciendo muy buen trabajo en alegrarlo. A juzgar por el humor negro que traía, algo debió pasar. Justo cuando yo iba saliendo, Martín apareció para enseñarle tres nuevos currículos para tu reemplazo. Se los rompió en la cara y le dijo que no se molestara, que él se encargaría de solucionar eso.

Decidí contarle a Clara todo lo que había sucedido: mi relación con André las últimas semanas y el encuentro de la noche anterior entre él y Daniel, el incómodo momento que pasamos los tres y, por último, mi beso con André. Ella me escuchó entre mojito y mojito como si estuviera siguiendo una serie en Telemundo, y yo me desahogué cual cita con el psicoanalista.

—Mira, flaca, te voy a decir una cosa: yo quiero mucho al jefe, con todo y el carácter atravesado que tiene. Lo conozco desde hace mucho y hasta me duele verlo así, pero la respuesta a tu dilema es muy fácil. Mientras que Daniel no te ha dado más que corajes, gastritis y, con todo respeto, te trata peor que a una mina de la calle, André se ha desvivido por alegrarte y hacerte feliz. Si el jefe no se atrevió a luchar por ti cuando te tuvo enfrente, pues ahora que se aguante y se quede con el pedazo de escoba que tiene por novia. Tú mereces alguien que te valore y te trate como él nunca lo hizo, así que olvídate de todo lo que pasó entre ustedes, mándale una botella de vino a Dios para agradecer el regalo que te dio con el papacito de André y dale una oportunidad a mi futuro nieto. Estoy segura de que en menos de lo que piensas vas a estar babeando por él.

Escuchar a Clara me dio lucidez para tomar una decisión, y los dos martinis, los pantalones que me hacían falta para ponerla en práctica. Acabamos de comer y regresé al trabajo, puse en pausa mi cerebro para no tener tiempo de arrepentirme y entré casi trotando a la oficina de André. Abrí la puerta de un jalón, me acerqué a él, tomé su cara entre mis manos y lo besé. Él respondió con bastante intensidad por unos segundos, me acercó más a él y después me separó casi de golpe. Empezó a reírse y señaló con la cabeza hacia la parte de atrás del escritorio: ahí sentado estaba su abuelo con los ojos desorbitados de la impresión y una risa atragantada. El color y el calor me empezaron a subir, quería disculparme pero las palabras se me quedaron atoradas en la garganta.

Después de lo que pareció una eternidad de silencio, Bruce, burlón, por fin habló:

—Niña, no podemos negar que los traes bien, pero bien, puestos. Ahora, aunque me encantaría quedarme a ver el resto del show, hay cosas que después de los setenta ya no se deben ver, así que los dejo solos.

Nos sonrió con cinismo y salió de la oficina. Era obvio que, tratándose de mí, algo así tenía que pasar. No podía acabar un día entero con la dignidad intacta. Menos mal que tanto Bruce como André se lo tomaron con sentido del humor, porque a mí la vergüenza me seguía matando.

—Ahora sí, podemos continuar ya sin público, ¿o necesitas que te traiga espectadores para que te inspires otra vez? —dijo André con una enorme sonrisa.

—Qué chistosito. Creo que después de lo que acaba de pasar voy a necesitar por lo menos seis meses para recuperar la inspiración.

—Cuéntame, ¿a qué se debe tan divino arranque?

No sabía ni cómo empezar a explicar. La verdad no podía poner en palabras a qué se debía mi arranque ni qué quería hacer después. No estaba lista para ser completamente honesta en cuanto al tema de Daniel, pero tampoco quería mentir y empezar una relación ocultando la mitad de mis sentimientos. Si seguía analizando de más esta situación, iba a arruinarlo todo otra vez, así que, fiel a mi costumbre, empecé a hablar sin rodeos.

—Pensé en lo que hablamos ayer, y aunque honestamente ahorita no tengo muy claro ni lo que quiero ni a dónde vamos a llegar con esto, de lo que sí estoy segura es de que eres la persona de la que quiero enamorarme, a quien quiero tener cerca. Si tú estás dispuesto, me sentiría muy afortunada de tenerte junto a mí. He vivido cosas bastante complicadas últimamente y aunque no te puedo decir que mi pasado ya no me pesa, decidí que quiero alejarme del drama, vivir lo bonito, lo alegre, lo fácil, todo lo que eres tú.

En el momento en que acabé de hablar me di cuenta de que había tomado la decisión correcta, su sonrisa me daba más paz que tomar una clase de yoga y un churro de marihuana juntos. André me escuchó tranquilo, recargado en el escritorio en lo que yo terminaba, después me dio un abrazo que fulminó cualquier atisbo de duda que quedara en mi cuerpo.

—Flaca, estoy feliz de que nos des esta oportunidad. A mí tu pasado no me importa ni tengo por qué saberlo mientras tú no quieras contármelo. Quiero que conmigo te sientas siempre libre de decir lo que quieras, hacer lo que sientas y, mientras seas honesta, no hay nada que pueda salir mal. Quiero que nunca te sientas presionada conmigo o por mí, vamos poco a poco. Si esto funciona, voy a ser muy feliz, y si no, lo bueno es que soy rico y guapo, así que encontraré la manera de superarlo.

Eso era lo que más me gustaba de él: su personalidad siempre fácil y ligera. Podía ser yo sin presión y sin el constante miedo de que cualquier comentario equivocado me podía explotar en la cara y terminar en una revolución.

14

EL SIGUIENTE MES FUE COMO UN SUEÑO: EL TRABAJO IBA cada día mejor. Bruce y André me acompañaron en las primeras citas con los clientes importantes y después me fueron dejando sola. Me acostumbré rápido al cambio: aunque extrañaba a la familia que había formado en el bar, en el banco ya hasta a la maniquí le había encontrado el chiste. En lo laboral, André se portaba serio y profesional, pero apenas salíamos de la oficina era otro: simpático, divertido, romántico, era muy fácil olvidarse de todo lo demás cuando él estaba cerca.

Un día, durante una junta con el dueño de una importante compañía de comunicaciones que tenía su cuenta con nosotros, cometí un error semigrave: a la hora de darle el cálculo de cuánto iban a ser sus intereses anuales. André se había puesto bastante tenso, yo casi me desmayo y empecé a tartamudear, traté de excusarme y, como es costumbre cuando me pongo nerviosa, las cosas empezaron a ir de mal en peor: casi le saqué mis boletas para explicar mis pocas habilidades con los números, cosa que en definitiva no iba a reforzar la confianza para dejar en mis manos sus muchísimos millones. Para mi sorpresa, él se portó ridículamente amable, me dijo que a cualquiera le podía pasar y que para él era fácil hacer los millones pero no contarlos.

Al acabar la junta estaba muy ansiosa para enfrentar a André, no solamente por la pena de mi estupidez, sino porque no nos había tocado pasar por un problema de trabajo desde que habíamos empezado nuestra relación, y no sabía cómo lo iba a manejar. Por un lado, no quería que fuera condescendiente conmigo porque estábamos juntos, pero, por el otro, no estaba lista para una pelea. Él se quedó platicando con el cliente y yo me fui de regreso a la oficina. Cuando me mandó llamar, tenía un nudo en el estómago. Entré pálida, mordiéndome las uñas.

—¿Te estás comiendo las manos por alguna razón en especial? —me preguntó con media sonrisa en los labios.

—Depende, ¿todavía tengo trabajo? Por favor, perdóname, ya sé que mi estupidez te pudo costar uno de nuestros clientes más importantes. Fue algo grave, no tengo idea de cómo no me di cuenta.

—No te voy a mentir, sí nos pudo costar al cliente, pero también es verdad que mi abuelo no te contrató por tus habilidades matemáticas, sino por tu carisma. Sí fue un error bastante grave, pero lo resolviste y el cliente no solo se quedó con nosotros, sino que hasta me puse celoso. Es importante que estés más atenta y, si tienes duda sobre cualquier cosa, pregúntanos a mí o a mi abuelo. Ahora, recomiendo que te inscribamos a un curso de matemáticas básicas con mi sobrina de cinco años, porque si tu trabajo dependiera de sumar, no sales adelante. Es bueno saber que si te pagamos quinientos o cinco mil dólares posiblemente no te darías cuenta.

—De verdad, perdón otra vez, y gracias por ser así. Puede que seas mejor jefe que novio, y mira que eso está difícil.

Me gustó que André no fingiera que nada había pasado y tampoco le restó importancia a mi error; me tranquilizó y me dio la seguridad que necesitaba. Los días en el trabajo pasaban volando y nuestro tiempo libre lo disfrutábamos en la playa, yendo a conciertos, oyendo música... por mucho, habían sido los mejores meses desde que llegué a Miami.

El día que cumplimos dos meses de novios lo invité a cenar a un restaurante en la azotea de un edificio en Brickell. Había muchas cosas que me encantaban de André, pero una de mis favoritas era la manera en que me veía, siempre como si fuera la primera vez; trataba de disimular, pero me examinaba de los pies a la cabeza como si yo fuera la cosa más deliciosa del mundo. Nunca había tenido problemas de autoestima pero tampoco me consideraba una belleza. Conozco mis cualidades y les saco provecho, tengo una sonrisa bonita, o más bien sonrío mucho, cosa que por lo general ayuda. Fuera de eso, en definitiva considero que mi fuerte está en la personalidad. Todavía en México podía entrar en el perfil de "bonita", pero no en Miami, comparada con el setenta por ciento de la población femenina que parece salida de una cama de bronceado 24/7 y habitantes permanentes de un gimnasio. La mayor parte del tiempo me considero, echándole muchas ganitas, una mujer promedio, pero André parecía no darse cuenta: me veía y me hacía sentir cual modelo de Victoria's Secret.

Para la cena decidí ponerme una minifalda negra de piel, que era de lo que mejor me quedaba en todo mi clóset, y un top negro que no me dejaba respirar ni un poquito, siendo honesta, me preocupaba que el oxígeno me dejara de llegar al cerebro a la mitad de la cita. Cuando André llegó por mí, asumí que si moría por falta de oxigenación había valido la pena por provocarle esa cara de borrego enamorado. Seguramente mi cara era la misma: con su barba de tres días sin rasurar, su suéter azul marino que combinaba con sus ojos y esa sonrisa, por poco cancelo la cena y lo invito a quedarnos en mi departamento. Había decidido esperarme para estar con él, en parte por no romper esa tensión que se siente antes, en donde cada roce, cada mirada, cada instante de contacto físico provocan mariposas en el estómago, y cada beso te deja temblando con la expectativa sobre cómo será cuando por fin llegue el momento. También quería estar segura de que cuando al fin pasara, no habría ningún fantasma rondando esa cama, que sería solamente su cara la que quisiera ver al otro día en la mañana.

Llegamos al restaurante prensados de la mano, por alguna razón la tensión se sentía más fuerte que nunca. No habíamos acabado con el primer plato cuando ya llevábamos dos copas de vino cada uno. La noche pasaba entre risas, besos largos y un poco de momentos incómodos de tensión sexual. Estábamos en uno de esos besos largos cuando sentí a alguien pasar cerca y detenerse con la mirada fija en nosotros. Eran Eduardo y su esposa; me paré de un brinco a abrazarlo, ni siquiera me detuve a analizar lo incómodo que pudo ser para él, o en lo que podría pensar de verme en pleno romance con mi nuevo jefe. Eduardo me devolvió el abrazo con la misma emoción; algo por lo cual lo quería tanto era porque, desde el primer día, nunca me sentí juzgada por él.

—¡Hola, Vane!, ¿cómo estás? Te ves preciosa. Te extrañamos mucho, por lo menos Jorge y yo, y a juzgar por su aspecto físico, Martín también: ha bajado cuatro kilos desde que te fuiste. Ninguna de tus sustitutas ha durado más de un día y medio, en parte porque han sido bastante brutas, y también porque el carácter de mi hijo está peor que nunca. Ni yo me quiero parar por ahí para no escucharlo gritar —cuando mencionó a su hijo pareció percatarse del acompañante parado a mi lado, y volteó a saludarlo—: Hola, André, ¿cómo está tu abuelo?, ¿cómo van los negocios?

Se quedaron platicando mientras yo hablaba con Graciela, la esposa de Eduardo. Me estaba contando que Diego estaba muy enamorado de mi prima Irina y que ella había analizado su carta astral y había comprobado que harían una muy buena pareja. Se acercó la mesera para avisarles que su mesa estaba lista y noté el exacto momento en que a Eduardo se le ocurrió la excelente idea de que nos sentáramos los cuatro juntos. No iba a decirle que justo ahorita estaba enfocada en lo mucho que me gustaba mi nuevo novio y que sentarme con ellos podía distraerme de mi proyecto, pues él me recordaba a la única persona que ponía en riesgo mi estabilidad mental y emocional. En vez de eso, cuando preguntó le dije que era una gran idea. André no parecía en lo absoluto incómodo y Eduardo estaba más que feliz; yo intenté unirme a la alegría grupal e ignoré la voz en mi cabeza que me recordaba lo mal que podía salir esto.

Estábamos a la mitad de la cena y de la botella de vino cuando Graciela, de la nada, preguntó:

—¿Cuánto tiempo llevan juntos?, porque sí son novios, ¿no?

—Graciela, a ti qué te importa. No seas imprudente, por favor —la regañó Eduardo.

—¿Qué tiene de malo? No es como que le esté preguntando si está embarazada, ¿verdad que no te molesta?

—Claro que no, Graciela, no te preocupes. Justo hoy cumplimos dos meses.

Obviamente sí me molestaba. El color se me bajó a los pies y el ácido se me subió a la garganta. Lo que menos quería era que esta información llegara a oídos de Daniel, no porque le debiera algo, solo no quería que reapareciera a interrumpir mi felicidad. Me daba miedo que, con cualquier movimiento, se deshiciera lo que tanto me estaba esforzando por construir.

Jorge y Eduardo ya me habían advertido que el filtro de Graciela estaba por completo descompuesto, pero eso no evitó que me sorprendiera e incomodara la pregunta.

—Pues qué bonito, la verdad. ¿Y no se te hace raro trabajar para tu novio?

Okey, definitivamente esto no lo iba a contestar.

—¿Qué signo son?, ¿a qué hora nacieron y en dónde?

¿En verdad pretendía analizar nuestros signos zodiacales?

—Graciela, no empieces, por favor, otro día les lees el tarot, el café y hasta el cigarro si quieres, pero ahorita estamos cenando y tomando muy a gusto. Yo sé que no eres la persona más perspicaz, pero te aseguro que los estás incomodando —comentó Eduardo, exasperado.

—Acuario —interrumpí, para evitar la discusión.

—Tauro —respondió de inmediato André.

—¡Uuuy! Qué fuerte, mejor ya ni digo nada.

Esto no podía estar pasando: interrumpe la conversación, nos pregunta estupideces, casi hasta el número del cuarto del hospital donde nacimos, y de repente decide mejor callarse. Había que canonizar a Eduardo por no haber ahorcado a su mujer durante todos estos años.

—Dinos, Graciela, estoy seguro de que lo que sea, nos puede ayudar saber —contestó André, evidentemente, por cortesía. La

118

única vez que estuvo a punto de romper nuestra relación fue cuando me cachó leyendo mi horóscopo en el *TV Notas*. Dijo que él no creía en nada que no saliera de la boca de un doctor, y que casi cualquier cosa que terminara con *ía* era charlatanería: homeopatía, astrología, filosofía, etcétera.

No hizo falta repetirlo. Graciela, al recibir entrada, continuó hablando:

—No es por ser ave de mal agüero, verdad, pero empezando porque uno es signo de tierra y el otro de aire, ahí ya empiezan los problemas.

—Yo pensé que los problemas habían empezado cuando aceptaron cenar con nosotros —intervino Eduardo.

—No interrumpas, estoy hablando. Tauro es realista, práctico y conservador; en cambio tú, Vanessa, eres progresista y rebelde. Te gusta romper las reglas, y como tauro es rígido en sus ideas, no creo que vaya a poder contigo.

Esto ya era el colmo de la locura: que la señora le informara a mi novio que no iba a poder conmigo por lo que dicen las constelaciones. No sabía si reírme o aventarle la sopa en la cara. Cuando volteé y vi a André atragantándose la risa, me fui con la primera opción.

—No sé cómo se me ocurrió pagarle un curso de astrología y no de etiquetas sociales, y es que con nada aprende, ¿verdad, mi amor? Menos mal que Vanessa y André son ligeros, cualquiera diría que con los tres meses que te dejó de hablar Samantha por decirle que su signo era propenso a engordar hubieras aprendido a guardarte tus conclusiones astrológicas. Pero claramente no.

—Ni menciones a esa mujer, que me quitas el apetito —respondió Graciela con cara de ofendida.

Por primera vez en la noche me gustó algo de lo que decía, por desgracia, el mal ya estaba hecho: a pesar del tiempo, las náuseas que me provocaba escuchar ese nombre no se me quitaban. Solamente de imaginármela se me retorcían las tripas; no sabía cuánto tiempo había pasado del episodio que acababa de contar Eduardo, pero pensar en Samantha y Daniel me seguía provocando una punzada en la panza. Rápido cambiamos el tema, Graciela dijo que no nos preocupáramos, que había mucha gente que estaba en pareja con un signo que no le combinaba y lo habían logrado. Menos mal que lo aclaró, porque si no hubiéramos cortado acabando la cena...

La plática siguió como si nada, Eduardo me contó un poco más sobre el bar, yo le platiqué sobre mi nuevo trabajo y Graciela se entretuvo investigando el árbol genealógico de André desde sus tatarabuelos. Cuando se fueron, André confesó que me tenía un regalo, pero entre el encuentro con Eduardo y las predicciones del tarot no había encontrado el momento para dármelo. Sacó un sobre blanco, cuando lo abrí me quedé pasmada por tres minutos: eran dos boletos de avión y una reservación de hotel para irnos a Tulum el fin de semana.

—No te sientas presionada, si todavía no estás lista, lo podemos posponer.

De más está decir que mi comportamiento era el de una niña estúpida: el hombre más guapo, divino y bueno del mundo me estaba invitando de fin de semana y mi respuesta era tres minutos de silencio.

—Por supuesto que estoy lista, corazón, perdóname, solamente me tomó por sorpresa, no me la esperaba. Estoy feliz —me paré corriendo a abrazarlo y su emoción me quitó cualquier atisbo de duda sobre si era lo correcto.

—De verdad, gracias, André, eres lo mejor que tengo en la vida.

Me dio un beso bastante largo que me dejó medio cuerpo adormecido, luego dijo:

—¿Estás consciente de que vamos a compartir cuarto, verdad? Ahí me puedes agradecer y hasta pagar con intereses.

—Pensándolo bien, a lo mejor sí me estoy sintiendo presionada.

—Ni modo, niña, el que da y quita, con el diablo se desquita.

15

CADA DÍA QUE PASABA ANTES DEL VIAJE YO ESTABA UN poco más nerviosa y un poco más emocionada. Fui de shopping con Irina, al salón y a Victoria's Secret. Si mi percepción no fallaba, André estaba igual de nervioso. En la oficina parecíamos pubertos cruzando miradas y risitas tontas. En el ambiente se sentía la ansiedad de los dos; esa es la cosa con la expectativa: entre más esperas, más crece. No me malentiendan, yo sé que dos meses no son nada fuera de lo normal, no merecía un premio ni nada, pero lo cierto es que más de una vez habíamos estado demasiado cerca y había tenido demasiadas ganas, pero logré aguantarme para no acelerar las cosas. Ahora estaba a punto de irme a pasar un fin de semana entero a un lugar en donde básicamente no hay otras actividades recreativas para hacer: de la playa al cuarto y del cuarto a la playa... el pánico empezaba a traicionarme.

¿Y si no me gusta?, ¿y si no le gusto? ¿Y si ya se me olvidó cómo se hace? ¿Y si tiene algo raro? Porque algo raro debe tener, no puede ser tan perfecto. ¿Si no me gusta despertar con él? ¿Si tiene mal aliento en la mañana, o peor, es de los que les gusta platicar antes de tomar café?

Por ese camino seguí hasta el viernes, cuando llegó por mí. Una vez que lo vi en el convertible, con sus lentes de sol, sus pantalones beige, playera azul claro y su sonrisa de príncipe, mi instinto fue brincarle encima y colgarme de su cuello. Casi me avienta de la impresión, claro que esa buena impresión se borró cuando vio el tamaño de mi maleta.

—¿Te piensas mudar a Tulum y no me contaste?, ¿empacaste el departamento?, ¿estamos llevando algo ilegal?

—Soy una persona precavida, ¿okey? ¿Te duele la panza?, no te preocupes, traigo medicina. ¿Te da gripa?, ¿alergia? Tengo todo.

—Y si necesito cirugía, evidentemente traes el quirófano, ¿verdad? Porque no existe manera de que esa maleta monstruosa, ese maletín y tu mochila estén llenos solo de fármacos.

—No me dejaste acabar: si nos toca un huracán, traigo chamarras, botas, impermeables, y dos de cada cosa. Pero si te sigues burlando de mí, espero que tu minimochila te resguarde, porque yo no te voy a dar ni una.

—Está bien, es mejor ir sacando lo loca de una vez, y si no me das una chamarra en el huracán, yo no te comparto esto ni para el camino, ni para el huracán —volteó su minimaletín y de ahí salió un Seven Eleven completo: chocolates, papas, dulces de chile, chicles, Gatorade, agua, refrescos y más cosas. Me asomé para ver qué más le había cabido: el ochenta por ciento estaba ocupado por el minisúper y el resto eran dos shorts, dos trajes de baño, tres playeras, unas chanclas y un miniestuche de baño, ¿y yo era la loca?

—Okey, a lo mejor es momento de confesarte que de chiquito fui gordo, y no llenito de los que dan ternura, gordo de los que te da miedo que caigan encima de tus hijos. Como habrás notado, ya estoy flaco y guapo, pero en los días de viaje me pongo ansioso y me sale el gordo que llevo dentro.

—Si la intención era darme ternura, lo lograste. Pero vámonos, que si nos deja el vuelo ni tu comida ni mi kit para huracanes nos van a servir de nada.

El trayecto estuvo muy relajado y mientras caminábamos de la mano por el aeropuerto analicé el giro radical que había dado mi vida en tan pocos meses: pasé de estar en una crisis de obsesión tormentosa de amor-odio a formar una de esas parejas que yo misma volteaba a ver antes y envidiaba. Nos reíamos de cualquier estupidez, hablábamos de todo y empezábamos a conocer esa parte del otro que solo enseñas cuando te sientes en un lugar seguro. Este viaje nos iba a fortalecer o a sacarnos del embobamiento en que nos encontrábamos y mostrarnos la realidad.

En la sala de espera, antes de subir al avión, André ya se había comido dos bolsas de papas y tres chocolates. No sabía si estaba nervioso por viajar conmigo o, como me había dicho, se ponía mal de viajar en general. Cuando despegó el avión y casi me disloca el dedo apretándome la mano, me quedó claro que su fobia no tenía nada que ver conmigo. Yo soy de las que le tienen un poco de miedo a la turbulencia, pero el terror de André me impresionó, estuvo completamente pálido durante todo el vuelo y por más que intenté entretenerlo, no logré sacarle más de dos palabras. Una vez que tocamos tierra, salió del trance. Y aunque era un tema que tendríamos que abordar más adelante, no me pareció el momento apropiado para mencionarlo.

Al llegar al hotel por poco me desmayo: era lo más espectacular que había visto en mi vida. Todo era color blanco y madera, chiquito, no tendría más de diez cuartos, y ninguno se conectaba con otro. Era como estar aislado en una cabaña privada en el fin del mundo, cada cuarto tenía una terraza con una pequeña alberca, la regadera a la intemperie y una hamaca blanca. Lo más impresionante era la vista: te sentías, tal cual, dentro del mar, el agua era azul cristalino y las olas se escuchaban a todo lo que da. Me asomé al interior del cuarto por pura curiosidad, porque ya me veía en esa hamaca los tres días; era igual de extraordinario, no por su extravagancia, sino por su sencillez: tenía un piso de madera que rechinaba al caminar por él, la cama enorme, con sábanas blancas en el centro del cuarto, al lado dos burós con lámparas, enfrente una televisión que parecía fuera de lugar entre tanta naturaleza, y un cuadro rústico con tonos azul claro en la pared, con la frase: *"Sandy toes and salty kisses"*. Me sentí soñada, me imaginé que André también, porque no habíamos dicho ni una palabra. Volteé a verlo pero él no estaba observando el lugar, me analizaba a mí.

—Es uno de mis lugares favoritos en el mundo —dijo sonriendo—. Asumo por tu falta de palabras y tu cara de impresión que a ti también te pareció espectacular.

—Espectacular es poco. Qué bueno que ya lo conocías, porque si esta fuera tu primera vez y me estuvieras viendo a mí en vez del lugar, me daría bastante pánico. Ahora sí, vamos a cambiarnos y al mar, que muero por meterme.

Fui al baño a cambiarme y salí con un bikini negro que acababa de comprar con Irina, según yo me quedaba chiquito, pero según ella tantito más grande y ya no se consideraría bikini. Yo sé que era una tontería, porque era una adulta de veintiséis años, pero por alguna razón estaba muy ansiosa.

Salí del baño y André me estaba esperando en la terraza, viendo el mar; cuando me escuchó, volteó y se quedó mirándome fijamente sin decir una palabra. Se mordió el labio en un gesto automático, que yo había aprendido a detectar como una señal de que estaba nervioso. Si él estaba nervioso, no podrían imaginarme, pocas veces en mi vida había estado tan consciente y preocupada por mi cuerpo, estaba cubierta solamente con dos muy, pero muy, chiquitos pedazos de tela. Además, por la mirada de André, supuse que en su cabeza ya no los tenía puestos.

—No te voy a hacer ningún comentario inapropiado porque si tu color sube un tono de rojo más me preocupa que acabaremos en el doctor. Pero sí te voy a decir que si quieres salir de este cuarto es importante que lo hagamos ya, o no respondo.

—Entonces mejor corro, porque definitivamente no me quiero perder de ninguna manera ni el agua ni el sol —respondí, tratando de omitir mi rubor de quinceañera, y empecé a correr hacia la playa.

El resto del día lo pasamos zambullidos en el agua, tirados en el sol y tomando vino y cerveza. Tal cual, era el paraíso en la Tierra. André me recomendó que hiciera hambre porque el restaurante donde íbamos a cenar era espectacular. A las siete de la noche me mandó a cambiarme porque, según él, no se tardaba nada, y se quedó leyendo en la terraza. Me puse un vestido blanco largo, playero, de red; con el bronceado que había logrado no hubo necesidad de usar mucho maquillaje, solo brillo en los labios y un poco de rímel.

A las 7:30 p. m. yo estaba lista; solo como dato curioso: él tardó exactamente una hora en arreglarse, pero, para ser honestos, sí quedó mejor que yo: traía pantalón caqui y camisa blanca de lino desabotonada, que dejaba ver una parte de su pecho bronceado; me dieron ganas de acabar de desabrocharla. El pelo, peinado con gel hacia atrás, se le veía más oscuro que de costumbre, y con la barba recién rasurada, parecía modelo de portada para Armani. Posiblemente me le quedé viendo de una forma muy poco elegante, porque cuando mis ojos se toparon con los suyos, tenía una sonrisa burlona que dejaba claro que no había sido muy discreta.

Llegamos al restaurante: estaba justo en la playa, solamente techado con hojas de palmera. No había más de diez mesas, distribuidas con distancia suficiente para no tener que escuchar la conversación de los vecinos. Nos recibió una pareja de italianos como de unos cincuenta años, abrazaron a André y cruzaron unas cuantas palabras en italiano. ¿Había algo en este mundo que no supiera este hombre? Yo apenas y domino el español, ¿y él habla italiano?, ¿qué más sabía hacer?, ¿era cirquero? ¿Platicaba con los animales? Antes de que acabara el viaje iba a resolver dónde estaba el gato encerrado.

La pareja me saludó en un español apenas entendible, mencionaron que conocían a André desde que era chiquito e iba con sus papás. Me pareció raro que, con lo abierto que era, André pocas veces había mencionado su infancia. La mayoría de las historias que me contaba era a partir de que empezó a trabajar con su abuelo. Tuve curiosidad por preguntar más, pero me aguanté. Nos llevaron a nuestra mesa, a solo unos metros del mar, iluminada por dos veladoras. La mesera se acercó con una botella de vino blanco en la mano, saludó a André con familiaridad y le preguntó si quería el vino de siempre o iba a pedir algo diferente. Él me volteó a ver y, aunque por lo general me encantaba que me tomara en cuenta, ese día le dije que pidiera todo él.

125

—¿Estás segura de que me vas a dejar escoger? —inquirió.

—Esta vez hagamos la excepción. Espero que me guste, porque traigo un hambre que si no, te muerdo la mano.

—Entonces, ¿lo de siempre? —preguntó la mesera con una sonrisa.

—Por favor.

Cuando llegó la comida me emocioné más que si me hubieran dado el anillo de compromiso: pimientos morrones rellenos con queso de cabra, almejas a la mantequilla, una paella con mariscos, ravioles de queso con jitomate deshidratado y un pastel de plátano con dulce de leche que me hizo llorar. Puede que no les importen tanto los detalles del menú, pero fue de los mejores momentos del viaje para mí. Mientras comíamos, los dos estuvimos en un semitrance, concentrados en nuestros platos, solo dejábamos de comer para darle unos sorbos al vino congelado que maridaba a la perfección con los sabores. A la mitad del postre empezamos a hablar:

—Gracias por la cena y por este viaje. Estos dos meses contigo han sido los más bonitos desde que llegué a Miami.

—Igualmente, flaca. Conocerte ha sido una de las sorpresas más increíbles de mi vida.

No sabía cómo sacar el tema de su infancia, pero sentí que era buen momento para hacerlo.

—¿Cuánto tiempo tienes viniendo a este lugar?

—De los dos a los once años vine todos los diciembres, durante dos semanas. Después dejé de hacerlo por dieciséis años, pero cuando volví todo estaba igualito. No era el lugar más adecuado para un niño, de hecho, creo que siempre fui el único, fuera de algunos turistas que a veces venían en familia a pasar el día y se regresaban. Lucci y Paola, los dueños a los que saludamos, se encargaban de entretenerme todo el día, se turnaban para meterme al mar, me compraban rompecabezas, me llevaban a pescar. Los mejores recuerdos de mi niñez son aquí.

—¿Y tus papás?

—Bien, gracias —contestó sonriendo, haciéndose tonto con la pregunta.

—Sabes a qué me refiero, ¿dónde estaban mientras Lucci y Paola te llevaban al mar y se encargaban de ti? No tienes que contestarme si no quieres, solamente es raro no saber nada de cuando eras chiquito, nunca hablas de eso.

—Mis papás estaban casi siempre peleando en el cuarto, o mi mamá encerrada llorando y mi papá desaparecido, fumando marihuana y tocando la guitarra, que, para colmo, lo hacía bastante mal. De todas formas, si algún recuerdo bueno tengo de él es aquí; aunque no lo veía mucho, de repente le entraba el instinto paternal y venía por mí para ir a caminar a la playa o enseñarme alguna canción nueva. Claro que a esa edad no sabía mucho de música, con tal de estar con él, me podía quedar horas oyendo el mismo sonido.

—¿Qué pasó con él?, ¿dónde está?

—Cuando tenía nueve años mis papás se separaron. No me afectó demasiado, ya que nunca vivimos una dinámica de familia feliz. De hecho, para mí la situación fue hasta positiva: mi mamá empezó a ponerme mucha más atención, me compraba regalos, me llevaba al cine, preguntaba por mis amigos y la escuela, cosas que antes nunca pasaron. Un fin de semana cada dos semanas iba con mi papá, a quien yo adoraba como un ídolo. En ese momento tocaba en un bar los sábados por la noche y, como no tenía dónde dejarme, me llevaba con él. Me sentía el niño más suertudo del mundo, me quedaba en el camerino y desde los bartenders hasta las meseras se desvivían por consentirme: me preparaban de comer, me llevaban helado y juegos, de hecho, creo que esos fueron los mejores tres años de mi niñez. Cuando cumplí doce, de regalo de cumpleaños mi papá me llevó a Colombia, a conocer el lugar donde nació. Fuimos a Cartagena durante un mes por el verano, yo estaba soñado. Todos los días íbamos a la playa, cenábamos juntos, me presentó a sus amigos de cuando era niño. Por primera vez sentí una relación cercana con él, no esa emoción infantil cada vez que pasaba cinco minutos conmigo, sino una conexión real de padre e hijo. Cuando se acabó el mes yo estaba bastante triste con la idea de regresar, pero por lo menos me emocionaba esa nueva relación que acabábamos de construir y que, según yo, era inquebrantable. El día del regreso llegamos al aeropuerto y mi papá estaba más cariñoso que nunca. Me dio un collar y se compró uno igual, me tiró un fumado discurso sobre nuestra conexión de corazones, y en la sala de espera, quince minutos antes de abordar, me avisó que él no venía conmigo, que me amaba mucho pero era un espíritu libre y con la vida que llevábamos en Miami se sentía enjaulado. Dijo que en algún momento yo entendería que lo material no llena el alma y esa vida que querían llevar mi mamá y mi abuelo era muy vacía. Esperaba que lo pudiera comprender y perdonar, y después me encargó con una aeromoza y desapareció. Lloré todo el vuelo de regreso, no podía ni respirar, quería morirme, matar a mi mamá y a mi abuelo por hacer que mi papá se fuera. Ese año fue un infierno para mí y les hice pasar ese mismo infierno a ellos: me expulsaban de la escuela cada semana, hacía berrinches incontrolables, fui a todas las terapias de la ciudad y me comí todo lo que se cruzara en mi camino. Me convertí en un puberto gordo y berrinchudo. Mi abuelo no se rindió, iba por mí todos los días, hablaba conmigo, me llevaba de viaje... lo cual con mi carácter resultaba más pesado que cargar una vaca en brazos. Poco a poco me fue arreglando. Tres años después mi papá regresó para "verme". Mi abuelo le reclamó que casi había arruinado mi vida y le dejó en claro que no permitiría que lo hiciera otra vez. Le preguntó si venía para quedarse y él volvió a dar una respuesta estúpida respecto a las almas libres. Mi abuelo le ofreció un millón de dólares para que pusiera su compañía de música en Colombia, con tal de que no me volviera a buscar hasta que yo fuera mayor de edad. Mi papá aceptó, y creo que se entretuvo mucho porque cuando llegué a la mayoría de edad no me buscó. Un día, ya a mis veintidós años, por alguna razón mi abuelo decidió contarme y yo le agradecí que no le hubiera permitido a mi papá desestabilizar mi vida. Me volví adicto al trabajo, a hacer dinero y a las cuestiones prácticas, para alejarme lo más posible de todo lo que él representaba. Me apegué al ejemplo de mi abuelo y creo que fue lo mejor. Al año siguiente lo fui a buscar a Colombia, pensé que movería todo dentro de mí, pero nada más alejado de la realidad. No me provocó ninguna sensación, me di cuenta de que el cariño tiene que ver directamente con la presencia; ese señor y yo no teníamos nada en común: quebró su compañía de música y luego dos negocios más. Cada año mi abuelo le manda una cantidad de dinero a petición mía, pero como si viniera de él. Quiero pensar que lo hago por un compromiso moral, pero honestamente es para que no regrese. No sé si eso me hace una mala persona, pero en realidad no siento ningún lazo que me una a él.

Cuando acabó la historia yo intentaba disimular mi llanto para no incomodarlo. No podía dejar de pensar en todo lo que me hubiera gustado hacerle al perro egoísta y cabrón de su "papá"; sobre todo, sentí una inmensa admiración por él y por el hombre en que se había convertido, a pesar de todo lo que vivió. En vez de tomarlo como excusa para justificar sus errores y hacerse la víctima, lo usó como impulso para convertirse en una persona íntegra, trabajadora y ambiciosa. No era de extrañar su fobia a los aviones, no me podía ni imaginar lo que sintió a los doce años cuando ese animal lo dejó solito durante un vuelo de cuatro horas, sabiendo que lo había abandonado. Creí que no era lo más adecuado seguir insultando a su papá, así que solamente tomé su mano y le dije que se había perdido de conocer a una de las personas más increíbles, y que André era muy afortunado por tener un abuelo como el suyo, y Bruce más, de tenerlo como nieto.

—Ahora que ya te conté todos mis traumas infantiles, ¿crees que tú me puedas platicar un poco más de tu pasado? Y con eso me refiero a tu exjefe, por si tenías alguna duda.

El pimiento se me regresó a la garganta de la sorpresa. No pensé que lo tuviera tan claro, menos que me lo soltaría con esa franqueza.

—¿Por qué sabes que mi pasado tiene que ver con Daniel?

—Porque no soy tonto. Sospeché desde el día de la fiesta que él tenía que ver con tu salida de su empresa, pero cuando lo encontramos en el restaurante, estoy muy consciente de que me salvé de milagro de ser asesinado. La verdad no me preocupó la forma en que nos vio, lo que sí me dolió fue la manera en que te hizo reaccionar y perder la calma. No me importa si no has acabado de superarlo o si hay cosas que no estás lista para platicarme, pero sí es importante para mí saber dónde estamos parados. Más que saber qué sientes por él, quiero saber qué sientes por mí.

En ese momento decidí que para eliminar ese fantasma entre nosotros era importante contarle todo. Me ahorré los detalles que a nadie le hacía bien saber, como la química que había entre Daniel y yo, todos los momentos en que habíamos estado a punto de besarnos a la mitad del día de trabajo, y las veces que me contuve para no romperle la muñeca a su novia solo por ponerle la mano encima. Me escuchó en absoluto silencio, poniendo atención a cada palabra. Acabé de hablar con un nudo en la garganta, con miedo a su reacción o respuesta.

—Solo voy a hacerte una pregunta y por favor contéstame con toda honestidad —fue lo primero que dijo para romper la tensión—: Si pudieras estar con él en este momento, ¿lo harías?

—No, estoy completamente segura de que tú eres la persona con quien quiero estar, estoy enamorada de ti, André.

—No sabes el gusto que me da escuchar eso. Solo te pido que si en cualquier momento cambias de opinión, me lo digas, porque me dolería mucho que estés conmigo pensando en él.

En ese instante, más que nunca, me di cuenta de que lo que decía era verdad: no quería estar en ningún otro lugar que no fuera colgada de su cuello. Me aferré más fuerte a él y no lo solté por el resto de la noche. Cuando pidió la cuenta me empezó un cosquilleo incontrolable en la panza: habíamos pasado un día espectacular, no quería esperar más para estar con él, pero tenía los nervios peor que nunca. Nos levantamos de la mesa y él pasó su brazo alrededor de mi cintura; de inmediato me relajé, tenerlo cerca era como un muro de contención.

Caminamos hacia el cuarto, él me abrazaba por atrás. Cuando llegamos a nuestra terraza, me susurró al oído:

—¿Nadamos? —preguntó, y después me rozó el cuello con los labios.

No contesté porque tenía la voz atorada en la garganta, pero no hubo necesidad, mientras yo intentaba emitir algún sonido sentí en la espalda cómo André me desabrochaba el cierre del vestido y el cuerpo se me quemaba poco a poco. Mi ropa cayó al piso y me quedé paralizada, sin atreverme a hacer un solo movimiento, totalmente expuesta. Él dio la vuelta y se paró frente a mí, todavía vestido. Se me quedó viendo de frente sin ninguna vergüenza y con toda la tranquilidad del mundo, explorándome de los pies a la cabeza. Su mirada me hacía sentir venerada y en ese momento no tuve ninguna pena, solo ganas, y del miedo a que se me notaran en el cuerpo, decidí zambullirme en la alberca.

Él se rio y yo lo miré igual de descarada, esperando a que se desvistiera. Una vez que empezó, no pude apartar los ojos ni un segundo: tenía cada músculo marcado, su espalda ocupaba la mitad de la pared; no era un cuerpo de gimnasio, sino de los que se forman naturalmente, por anclar una lancha o cargar cosas pesadas. Era lo más impresionante que había visto en mi vida. Empecé a sentir mucha desesperación por que estuviera conmigo dentro del agua, por tocarlo. Cuando por fin entró, todo mi pudor se había quedado afuera. Me colgué de sus brazos y nos besamos como si la vida se nos fuera en ello. Ninguna parte de mi cuerpo se resistía ya a la inercia, explorábamos cada centímetro y nos dejamos ir por completo. No sé en qué momento salimos del agua y entramos al cuarto, de lo que sí estoy segura es de que ni por un segundo nuestros cuerpos se separaron, se sentía como la cosa más natural del mundo, como si hubiéramos nacido para eso. Hicimos el amor toda la noche, si pausábamos era solo para echar una siesta y volver a empezar.

Al día siguiente abrí los ojos hasta las doce del día. Él estaba en la terraza con el pelo revuelto y la bata de toalla tomando su café, salí y vi la mesa llena de comida todavía tapada.

—Hola, flaca, ya te iba a despertar. Acaba de llegar la comida, solo decidí tomarme primero mi café porque no estoy listo para que conozcas al monstruo que soy antes de que la cafeína toque mi cuerpo.

Era, en definitiva, el momento para proponerle matrimonio. Le di un leve beso en la boca, después me sirvió una taza y abrió el plato que estaba repleto de pan dulce. Durante veinte minutos tomamos café y vimos el mar sin dirigirnos la palabra, rompimos el silencio solo cuando tuvimos que pelear por el último cuernito de chocolate.

—Te quiero muchísimo, pero te comes mi cuernito y te muerdo la mano —dije en tono amenazador.

—Explícame cómo es *tu* cuernito si te acabaste toda la canasta de pan.

—Es tu culpa por hacerte el sano y entretenerte comiendo fruta.

—Tienes razón, te lo dejo.

Estaba metiéndomelo en la boca cuando me lo arrebató y se lo atragantó todo de un bocado. No pude más que soltar una carcajada.

—Nunca te pelees con un exgordo por comida, menos por un cuernito de chocolate. Es mi única adicción —dijo riéndose mientras se limpiaba las comisuras de la boca.

Me encantaba su equilibrio entre el perfecto caballero y el niño de seis años. Después del desayuno nos metimos a bañar en la regadera de la terraza, mientras dábamos un concierto de Juan Luis Guerra con el shampoo como micrófono. Era increíble cómo apenas un día antes sentía pudor por salir en traje de baño y hoy estábamos haciendo un performance mientras nos bañábamos a la intemperie, sin ningún tipo de vergüenza. Todo con él era cómodo, entre más tiempo pasábamos juntos, más confirmaba esa teoría.

El último día de nuestras vacaciones cayó una tormenta y tuvimos que hibernar en el cuarto. Por mejor desempeño que se tenga, nadie puede pasar nueve horas haciendo la misma actividad. Estuvimos cuando menos tres horas en actividades recreativas de las que ya conocen; el resto del tiempo vimos series: tres capítulos de *Friends* (decisión mía), tres capítulos de *West Wing* (decisión de él), y hablamos sobre mil estupideces.

Por alguna razón, entre capítulo y capítulo, se me vino a la mente la imagen de mi vida con él y me dio demasiada paz: pensar en su cara después de un largo día de trabajo, pelear por el último pedazo de postre y discutir sobre el divorcio de Angelina Jolie y Brad Pitt porque a mí me importaba, aunque él se burlara porque hablaba de ellos como si fueran mis amigos. Discutíamos, pero nunca me hacía sentir como una bruta. Con nadie podía ser tan yo como con André, esa era la bendición de esta relación.

16

NO VOY A MENTIR, TUVE QUE TOMAR MIS DOS GOTAS DE
Rivotril para lidiar con la depresión del fin del viaje; pero también
estaba emocionada de saber que nos esperaba esta nueva etapa
en nuestra relación. Moría de ganas de contarle a Irina cada detalle.
Llegué a la casa el domingo a las diez de la noche y, para mi sorpresa,
no estaba sola: Diego estaba con ella. Sentados en la terraza, cada
uno con una botella de cerveza en la mano y Coldplay sonando en la
bocina. Cuando me oyó entrar, Irina corrió a abrazarme, evidentemente no me hizo ninguna pregunta imprudente sobre el viaje.

—Hola, cuñada —dijo Diego a manera de saludo. A mí se me
cayó la mandíbula al piso pensando que lo decía por Daniel, hasta que entendí que lo decía por Irina y él.

—¿Me perdí de algo el fin de semana? —pregunté, volteando
a ver intrigada a Irina.

—Corté con Steve, pero no quise interrumpir la felicidad de
tu fin de semana, así que le hablé a Diego para que viniera a darme apoyo moral.

En ese momento Diego se paró, se despidió y nos dejó solas
para que habláramos, cosa que agradecí enormemente.

—Bueno, Vane, yo ya cumplí como animador oficial el fin de
semana: le di comida, alcohol, le puse *chick flicks*, pero con todo
y eso sigue pensando que cuarenta y ocho horas es muy poco tiempo para pasar de un novio a otro. Así que aquí te la dejo, a ver si
la haces cambiar de opinión.

Cuando Diego se fue, Irina me contó lo que había pasado con Steve. Me confesó que obviamente Diego le había movido el tapete desde un principio, pero no estaba dispuesta a tirar una relación de tanto tiempo por un romance que no sabía si la llevaría a algún lado, así que intentó revivir la chispa: aprovechando que yo me iba con André, había comprado boletos como una sorpresa para que Steve viniera a verla. Planeó todo un fin de semana con él, pero la rata esa le contestó que ella sabía que él necesitaba hacer los planes con anticipación, que la disciplina y la estructura eran muy importantes y ya había quedado de ir el sábado a correr con sus amigos —yo creo que son amigos imaginarios porque dudo que alguien lo soporte—, le dijo que romper así su rutina lo iba a desestabilizar, pero lo podían planear para otro momento, con más calma, y con mucho gusto venía.

Mientras escuchaba la historia me enterré las uñas en los brazos hasta casi sacarme sangre del coraje. Quería comprar un boleto de avión e ir a patearle la cara. Por suerte, como respuesta, mi prima tuvo un momento de iluminación divina y le dijo que gracias, pero no, gracias, eso ya no iba a funcionar, iban por diferentes caminos y buscaban cosas distintas en la vida. Cuando Steve la trató de convencer, Irina le confesó que cuando estaba sola le encantaba ir a McDonald's a comer Big Macs y que planeaba llevar a sus hijos cuando los tuviera. Esto le afectó a Steve más que si le hubiera puesto el cuerno y no volvió a insistir. Por supuesto, él no dejó pasar la oportunidad para recalcar la mala influencia que era yo en su vida y cuánto se iba a arrepentir Irina de su decisión, pero me di cuenta de que no quería darme detalles al respecto. Su primer instinto había sido hablarle a Diego, y él no se despegó de ella en todo el fin de semana, pero había decidido esperar para empezar algo con él, para darle una posibilidad real. Después de todo este drama, me preguntó por mi fin de semana romántico y le conté todo con detalle.

—Ya sé que después de todo lo que me acabas de platicar mi comentario está de más, pero Diego me preguntó por ti, que si yo pensaba que todavía había posibilidad de algo con su hermano.

Le respondí que yo creía que no y no quería meterme en eso, pero no sé si su hermano le está pidiendo que investigue o fue algo que salió de él.

—Güera, yo adoro a Diego y tú lo sabes, pero honestamente quiero estar lo más lejos posible de Daniel. No quiero saber de su vida ni que él sepa de la mía. Espero que no sea él quien está indagando, pero de todas formas prométeme no hablar del tema con Diego, entre menos sepa, mejor.

Me dio un ataque de ansiedad solo de pensar en ello, así que decidí alegrarme por el hecho de que mi prima dejara por fin al personaje e intenté quedarme en mi nube de enamoramiento sin permitir que nadie disturbara mi paz.

Estar en la oficina con André y mantener el profesionalismo me costaba cada vez más trabajo: quería estar colgada a su cuello todo el día, así que el martes decidimos salir a comer a la calle para poder ser empalagosos sin que nadie nos juzgara. Regresamos a la oficina a las tres de la tarde, de por sí con muy pocas ganas, y vaya que me arrepentí de haberlo hecho. En la puerta nos recibió la maniquí, le pasó tres mensajes a André y luego se dirigió a mí:

—A ti te llamó un tal Martín, que te comuniques con él cuando puedas, parecía urgente porque llamó dos veces.

Traté de pensar en cualquier otro Martín que conociera, pero con base en la tónica de mi vida, por supuesto que se trataba de *ese* Martín. No me quería adelantar a sacar ninguna conclusión, a lo mejor hablaba para pedirme una recomendación sobre camas de bronceado, preguntar quién me corta el pelo o por la referencia de un terapeuta. No tenía por qué pensar lo peor. André me vio con curiosidad, pero no reconoció el nombre; yo me hice tonta, le di un beso y me encerré en mi oficina a hacer la llamada.

—Hola, Vanessa, ¿cómo estás? —contestó acelerado Martín.

—Muy bien, Martín, ¿y tú?, ¿todo bien?

—Bien, pero necesito que vengas al bar para hablar.

Okey, fue directo al grano, para este punto era evidente que no quería el teléfono del terapeuta.

—Muy bien, voy a intentar pasar mañana.

—Por favor, pasa, Vanessa, es muy importante.

Tenía mucha prisa por colgar, pero no podía quedarme con las ganas de averiguar algo más de información.

—Martín, solo dime sobre qué necesitamos hablar.

—Prefiero que lo tratemos en persona Vane, hablamos mañana.

—Bye...

Vanessa: respira hondo, no está pasando nada, no está pasando nada...

Decidí que lo mejor era no preocupar a André con el asunto y llamé a Clara, a ver si tenía algo más de información.

—Nada, niña, tuve el día libre y no sé nada de lo que está pasando en el manicomio el día de hoy. Ya sabes cómo es de estresado Martín, a lo mejor solo quiere que firmes algo o alguna tontería de ese estilo, así que no te preocupes. Vete a tomar una copa de vino con tu bombonazo y mañana, apenas llegues, te vas a la cocina, que te voy a preparar una receta nueva que está que te mueres. Tú solo piensa en eso.

Hice mi mayor esfuerzo para concentrarme en eso, pero no lo logré muy bien. Me asomé a la oficina de André a avisarle que necesitaba llegar dos horas más tarde al día siguiente. No preguntó para qué, pero imagino que más por respetar mi privacidad que por falta de curiosidad.

17

LLEGUÉ AL BAR TEMBLANDO DE NERVIOS, PERO CRUZAR la puerta, entrar a la recepción y ver a la cubana con su enorme sonrisa, igual que siempre, me ayudó a relajarme. Ella corrió a abrazarme y me recordó que no estaba en una zona de guerra, al contrario, los que estaban ahí en su mayoría eran mis aliados, y no iba a permitir que esa sensación cambiara, mucho menos antes de saber qué sucedía. Me quedé platicando con ella durante diez minutos y luego le pedí que me anunciara con Martín.

Inmediatamente estaba en su oficina. Se veía más nervioso de lo normal, lo cual era como ver a un drogadicto en su primera semana de abstinencia. Me saludó con un abrazo y una sonrisa genuina, luego me pidió que me sentara. En vez de sentarse, él empezó a caminar de un lado al otro. Si mi vista no me fallaba, tenía gotas de sudor en la frente y los lentes empañados.

—Martín, ¿qué te pasa?, ¿te está dando un ataque de pánico?, ¿necesitas una bolsita de papel para respirar? Me estás poniendo nerviosa, por favor, relájate, siéntate y dime qué sucede. Pareces mi contador a punto de decir que estamos en quiebra, que si fuera el caso no me preocuparía mucho, ya que con los doce dólares que tengo ahorrados no pensaba salir adelante.

—Ese es el problema contigo, Vanessa, no piensas las cosas, no planificas, te vas de boca y haces lo que te da la gana sin reflexionar las consecuencias, por eso estamos en esta situación

—lo dijo cual papá preocupado explicándole a su hija por qué quedó embarazada.

—Martín, ya habla, antes de que te ahorque. ¿En qué situación estamos?

—Primero que nada, quiero que entiendas que yo no tengo nada que ver con esta decisión, este es mi trabajo y no puedo hacer nada, yo solo sigo instrucciones.

—Ya entendí, tú no eres el asesino, solo el mensajero, ¿qué pasa?

—¿Te acuerdas del contrato que firmaste el primer mes que entraste a trabajar aquí? Viniste a mi oficina en un estado de zombi, te pregunté si te lo querías llevar a leer, pero ni siquiera me contestaste y firmaste cada hoja sin voltearla a ver.

Por supuesto que me acordaba, fue la noche en la que escuché al imbécil de Daniel quejarse de mi trabajo e intentar que me corrieran. Así que por su maldita culpa no leí el contrato, el cual, como era de suponerse, ahora regresaba a morderme el culo.

—Sí me acuerdo —respondí, más nerviosa de lo que me gustaría.

—Daniel me pidió que lo leyera hoja por hoja e investigara, si era necesario con abogados, si existía alguna cláusula que no permitiera que renunciaras o que fueras a trabajar a otra empresa en un tiempo determinado —continuó Martín.

—Y por supuesto que la hay —me adelanté a terminar la oración. El cuerpo me temblaba, empezaba a marearme del coraje, pero intenté guardar la compostura.

—Sí, Vane, firmaste un contrato por un año, en el cual claramente decía que bajo ninguna circunstancia el empleado puede revocar el plazo forzoso, por lo que te quedan siete meses para darlo por finalizado, de lo contrario, te pueden demandar por incumplimiento.

—¿Demandar, Martín? ¡Demandar!, ¿de verdad me vas a salir con esa estupidez? —grité, ya totalmente descontrolada, mientras él se limpiaba el sudor de la cara con una servilleta.

—Vane, te juro que no es mi culpa. Yo no tengo nada que ver en esto, solo estoy cumpliendo con avisarte.

—¿Dónde está el descerebrado de tu jefe? Quiero hablar con él en este instante —le dije mientras caminaba hacia la salida de la oficina, enloquecida.

—Está ocupado, creo que ahorita no es el mejor momento —alcancé a oír a Martín que hacía todo lo posible por evitar mi explosión.

Pero yo ya estaba azotando la puerta de la sala de juntas, la del baño, e iba por la tercera, la vencida: su oficina. Martín corrió para tratar de impedir que yo entrara, demasiado tarde: le cerré la puerta en la cara. Estaba de frente al enemigo.

—¿Es real, sádico enfermo, que ahora amenazas con demandarme? ¿Hasta ese punto has llegado?

—Como siempre, sabes hacer una gran entrada, ¡felicidades! Ahora siéntate y tranquilízate, vamos a hablar, que no estamos en un capítulo de *La rosa de Guadalupe* —me dijo con una sonrisa sardónica.

—Solo vengo a decirte en persona, porque ya veo que no te llegó el memo: la época de la esclavitud ya acabó. Yo sé que esto es primera noticia para ti, que estás acostumbrado a vivir como si el mundo se hubiera diseñado exclusivamente para servirte, pero no es así. Dudo que en pleno siglo XXI me puedas mandar a la cárcel por no querer trabajar para ti.

—¿Otra vez empezamos con la dramatización? Por favor, deja el show, que no hay tarima. ¿Quieres que te dé un rato para que vayas a tu casa a tomar tu Tafil, respires hondo y regreses a hablar como una adulta civilizada?, ¿o quieres seguir tu escena de actriz consagrada?

No me dejó contestar antes de continuar hablando, pero la respuesta era que sí me gustaría ir a la casa por tres Tafiles para mí y un bote entero de cianuro para él.

—Nadie te va a mandar a la cárcel, todos sabemos que no sobrevivirías ni un día. Ni siquiera tenemos por qué llamar a los abogados, simplemente te hago saber que te faltan siete meses para terminar el contrato que firmaste con esta empresa, por tanto, tienes toda la semana para resolver tus pendientes en el banco, encontrar quien te reemplace y reincorporarte el lunes a trabajar con nosotros. No es el fin del mundo, apenas acabes tu contrato, te podrás ir de regreso para allá y vivir feliz para siempre.

—Ni lo sueñes. No, mi respuesta es no, definitivamente no. ¿Te puedo ayudar con algo más?

—Si yo fuera tú, no me iría sin escuchar la opción *b*.

Le iba a decir por dónde se podía meter sus opciones, pero me acordé del discurso de Martín sobre cómo todo esto era consecuencia de mi impulsividad, así que me quedé parada, esperando.

—En la opción *b*, metemos una demanda por incumplimiento de contrato y pagas la cantidad estipulada, la cual, no te voy a mentir, no te puedo decir con exactitud de cuánto sería, pero mis cálculos me dicen que más o menos unos cincuenta mil dólares. O llamas a tus abogados y nos vamos a un juicio que puede durar más o menos dos años. Tú tienes la última palabra: me ves la cara durante siete meses más, o me la ves por dos años, y mucho peor vestida, porque te aseguro que con lo que vas a gastar en abogados no te va a alcanzar para comprar tus bolsas y tus tacones que tanto te gusta azotar cuando entras a mi oficina. Claro que también siempre tienes la posibilidad de pedirle a tu amigo André que te preste el dinero, pero no sé, adivino que con tu paranoia de no sentirte controlada, no te va a gustar mucho la idea de estar en deuda con él.

Obvio estaba teniendo un *black out* porque lo único que se me ocurría en ese momento era contestarle que André no era mi amigo sino mi novio, pero era información completamente innecesaria. Me quedé callada y, al parecer, pálida; en algún momento lo vi levantarse de su silla preocupado, se acercó, me intentó tomar del hombro, pero casi le vuelo la mano de un golpe.

—Siéntate, por favor, no quiero que te dé un colapso.

Fue hasta el gabinete de madera donde guardaba el alcohol de buena marca que usaba en citas importantes y me sirvió un tequila en las rocas. No puedo negar que había aprendido a conocerme, cualquier otra persona me hubiera ofrecido un té y yo se lo hubiera estrellado en la cara. Un tequila era lo único que podía entrar a mi cuerpo en este momento, me lo tomé como si fuera agua.

—Trata de respirar hondo, Vanessa, de verdad no es tan grave lo que está pasando —dijo con una voz casi tierna, como si él no fuera el culpable—. El setenta por ciento de la población odia a sus jefes y sobrevive bastante más de siete meses en sus trabajos, no tienes por qué ser la excepción de la regla.

En mi cabeza pasaban demasiadas cosas, muchas preguntas: si todo lo que decía era cierto, que lo parecía, ¿cómo le iba a explicar a André?, ¿cómo iba a abandonar el banco después de que Bruce confió en mí?, ¿cómo podía conseguir cincuenta mil dólares sin empeñar hasta mi alma?, y por último, ¿cómo podía asesinar a Daniel sin que nadie sospechara de mí? Me paré de la silla sin decir una palabra, completamente absorta en mis pensamientos, solo escuché su voz cuando estaba por cerrar la puerta:

—Nos vemos el lunes.

18

—AMOR, NECESITO QUE TE TRANQUILICES, RESPIRES HON-
do y me expliques bien para buscar una solución juntos —dijo
André mientras yo intentaba, por quinta vez, explicarle sin llorar
o gritar. Sentía una enorme frustración, se me dificultaba ponerla
en palabras, pero necesitaba la cabeza fría para tomar decisiones.
Volví a explicarle todo, con un poco más de calma.

—Mira, Vane, voy a hablar con los abogados para ver qué se
puede hacer, pero si las cosas están tal como ese cabrón las pinta,
tu única solución, y la mejor, es pagar los cincuenta mil dólares con
un préstamo del banco y, poco a poco, lo vas regresando.

—André, sabes perfectamente que no sería un préstamo de la
empresa, sería un préstamo tuyo, porque independientemente de si
el dinero sale de la compañía o no, la razón por la cual me lo darías
es personal.

—Obviamente prefiero darte el dinero a que vuelvas a trabajar para ese imbécil. No veo qué tiene de malo eso.

—Yo sé que no te das cuenta de lo insultante que es lo que
estás diciendo, pero es bastante. Te agradezco que pretendas
pagar esa deuda por mí, pero no te corresponde. El hecho de que
quieras dar ese dinero con tal de que no esté cerca de Daniel
empeora las cosas.

—Perdóname, no es mi intención insultarte. Pero entenderás
que no me ilusiona la idea de que regreses a verlo todos los días.
A lo mejor es egoísta de mi parte enfocar este problema en mí,

pero si de verdad tú tampoco quieres volver, entonces toma el dinero y olvidémonos de él y de ese maldito trabajo de una vez.

—Perfecto, quieres que cambie de dueño. Dejar de deberle a él para empezar a deberte a ti, ¿por qué no hacemos una subasta y vemos quién da más?

—Ahora tú me insultas a mí. No te atrevas a compararnos y, por una vez en la vida, no seas tan orgullosa y deja que alguien te ayude a salir de la pendejada en la que te metiste.

—No me estás ayudando a salir de un problema, estás pagando para que desaparezca. Perdón si no me siento cómoda con eso, pero a estas alturas he aprendido que en esta vida nada es gratis.

—¿Por qué no mejor reconoces que todavía te importa lo que piensa él de ti? Que no soportas la idea de que él sepa que te estoy ayudando, que estamos juntos y diste tu brazo a torcer.

—Me voy a ir porque está claro que me equivoqué al pensar que ibas a ayudarme a tomar una decisión. Espero que cuando se te baje el macho que traes dentro me regreses a mi novio porque en serio lo necesito.

Llegué al departamento hecha un mar de lágrimas. No entendía cómo en menos de veinticuatro horas mi nube rosa había pasado a ser una tormenta negra. Entendía la posición de André, pero la forma como reaccionó ofreciéndome sus cincuenta mil dólares como si fuera la única solución me había hecho sentir fatal. Además, después de meditarlo mucho llegué a la conclusión de que solo una persona increíblemente estúpida cometería el mismo error dos veces: mezclar lo emocional con lo profesional. Sí soy bruta, pero no estúpidamente. Pensé que Irina tendría una respuesta a todos mis problemas, como la mayoría de las veces, pero, por increíble que parezca, esta vez no fue así.

—Esta decisión vas a tener que tomarla sin mí porque, al final del día, quien se tiene que sentir tranquila al pagar las consecuencias eres tú. Lo que tienes que decidir es qué te va a salir más caro: dejar que André te saque de este problema, cosa que entiendo que es más difícil para ti que para el resto del mundo, por esa idea irracional tuya de que si te dejas ayudar eres una mujer inútil y dependiente, lo cual es completamente falso, pero es tu complejo y hay que respetártelo. O, por otro lado, arriesgar tu relación con André por regresar a terminar lo que empezaste y salir como mejor puedas del problema en que te metiste. Sea cual sea el resultado, sabes que yo estoy aquí para apoyarte.

Al día siguiente de mi tan poco amigable conversación con André, me senté a platicar con su abuelo, el único que me podía hacer cambiar de opinión. No tenía cara para dejarle botado el trabajo después de que apostó por mí y me dio una oportunidad. Además, era la única persona en la cual confiaba para que me ayudara a ver con claridad.

—Yo creo que tú sabes bien lo que vas a hacer y solo viniste para que te reafirme que estás en lo correcto y te dé una palmada en la espalda, ¿o me equivoco?

—No, Bruce. Primero que nada, vine porque después de la oportunidad que me diste, no tengo cara para dejarte plantado. Y segundo, porque confío en tu inteligencia para que me ayudes a resolver este problema.

—Mira, Vane, aunque quisiera, este no es un crucigrama en el cual hay una solución escondida. No es como que haya una tercera opción que no estás viendo. Por lo que entiendo, la situación es muy clara y tus opciones te las sabes de memoria y las has estudiado bien. Estoy seguro de que, desde que te enteraste, no has parado de repasarlas. Te podría decir que aceptes el dinero que te ofrece mi nieto y te quedes en la compañía, pero los dos sabemos cuál va a ser tu respuesta y no creo que estés equivocada; al contrario, si algo he aprendido en mis buenos años de vida es que no se puede ir en contra de lo que sentimos, y mezclar el dinero en las cuestiones románticas por lo general sale mal. Lo único que puedo ofrecerte es contactar a los abogados de la compañía para ver si hay alguna solución legal; mientras, aguántate como el mujerón que eres y ve a darle la cara a ese idiota. Lo único que te pido es que no lastimes a mi nieto en el camino, y que no vuelvas a caer con ese maniático, porque estoy cien por ciento seguro de que no te conviene.

A lo mejor no resolvió mi problema, pero me dio más claridad. Mi horario en el bar iba a ser de cuatro de la tarde a medianoche, así que le ofrecí seguir trabajando para él durante las mañanas. Bruce quedó satisfecho con la solución. Yo, por otro lado, sabía que se me venía el infierno trabajando catorce horas diarias, sin tiempo ni para ir al baño, con un novio celoso y un jefe psicótico. Ni modo, era lo que tocaba, así que traté de verle el lado bueno: por lo menos iba a recibir doble sueldo, lo cual necesitaba con urgencia.

Las cosas con André continuaban raras. Habíamos vuelto a hablar tranquilos después de la discusión, pero ni él ni yo habíamos cambiado de opinión, así que tratamos de lidiar lo mejor que pudimos. Fue una semana incómoda, por decir lo menos. Con todo y eso, la noche antes de volver al bar me mandó un mensaje: "Suerte en tu primer día ☺". Estaba lejos de ser una carta de amor, y aunque tenía ganas de salir corriendo a abrazarlo y aceptar que arreglara todos mis problemas con su dinero, me las aguanté.

19

PARA MI PRIMER DÍA DE REGRESO ME CAMBIÉ DE ROPA quince veces, como si a la decimosexta prueba fuera a encontrar un outfit que dijera: "Jódete, no puedo creer lo que me estás haciendo, imbécil". Al parecer, no había vestido, falda o pantalón en mi clóset que transmitiera el mensaje adecuado. No encontré exactamente lo que necesitaba, pero, de repente, me saltó en la cara una playera negra con la frase "*Go sit on a cactus*" y sentí que Dios me la mandaba. Me puse eso con un pantalón negro, así por lo menos combinaba con mi humor.

Cuando llegué al bar, la cubana me dijo que Clara me esperaba en la cocina, necesitaba hablar conmigo antes de que entrara a la oficina. No me topé con ninguna cara conocida en el pasillo, y cuando entré estaban todos esperándome con un pastel que decía "Bienvenida", había globos y un cartel. Obvio el pastel era obra de Clara, y sus enanitos me habían preparado una taquiza. Me dieron ganas de llorar, casi lograron quitarme toda la angustia que traía. Me comí siete tacos y dos rebanadas de pastel. Estaban poniéndome al tanto de todos los chismes sucedidos en mi ausencia cuando entró Martín. Se hizo un silencio total, todo el mundo estaba esperando lo que iba a suceder. La tensión me irritó, así que para romperla, me acerqué con un pedazo de pastel y se lo di. Él sonrió como si le hubiera quitado un peso de encima y me abrazó.

—Perdóname, Vane, de verdad no fue mi culpa.

—Yo lo sé, Martín. Y ya estoy aquí, así que sin importar de quién sea la culpa, voy a intentar hacer de estos siete meses lo menos pesado posible para mí y para todos.

Logró relajarse y convivir un tiempo récord: diez minutos; luego regresó a su habitual ceño fruncido y dio por terminado el convivio.

—Bueno, muy bonito todo, ahora a trabajar, que para eso nos pagan. Vanessa tiene muchas cosas con las cuales ponerse al corriente, así que déjenla empezar. Vane, ven conmigo.

Para las cinco de la tarde estaba acoplada como si nunca me hubiera ido. Martín me dio una lista de clientes para posibles eventos que había que cerrar. Me enseñó algunos cambios en los menús y sus precios; todo lo demás seguía igual. Estaba ya por salir de su oficina cuando me gritó:

—Me dijo que hablara contigo sobre un aumento de sueldo.

—¿Perdón? —pregunté sin comprender.

—Daniel, me dijo que hablara contigo sobre un aumento en tu sueldo.

—Por favor, dile que si quiere limpiar sus culpas, vaya a la iglesia a confesarse, que conmigo no cuente.

···✳ ∞ ✳···

Daniel no se atrevió a salir de su oficina. Entendía a la perfección que había llegado a un extremo que ni siquiera él reconocía. Lo peor del caso era que no lograba poner en palabras la razón de su comportamiento. Quería pensar que Vanessa también lo extrañaba, que una parte de ella quería regresar, pero el día que entró a gritarle a la oficina le quedó claro que no era el caso. Realmente estaba contenta en su nuevo trabajo, y lo que él le hacía interrumpía su vida. Con todo y eso, no cambió de opinión, necesitaba tenerla cerca, ver su cara todos los días. Necesitaba volver a respirar. Cuando ella se fue estaba seguro de que se acostumbraría a su ausencia, que con el tiempo iba a estar más tranquilo. La realidad era que su vida se volvió por completo gris. El trabajo, que tanto le apasionaba, ahora apenas le parecía soportable. No encontraba nada que lo alegrara, y aunque fuera por completo egoísta, quería tenerla cerca, para ver si eso le devolvía un poco de vida.

Le atormentaba, sobre todo, que Vanessa llegara a sentir algo por su nuevo jefe. El día que los encontró en el restaurante trató de convencerse a sí mismo de que ahí no estaba pasando nada y era una relación únicamente profesional. O máximo de amistad, pero no iba a arriesgarse a que se convirtiera en algo más. Cuando ella fue a reclamarle a la oficina, aprovechó para sacar el nombre de André, para ver si mostraba alguna reacción que la delatara. Pero en ese momento Vanessa se limitó a insultarlo a él y se fue sin hablar más del tema.

La decisión estaba tomada. Ella estaba de regreso y él sentado detrás del escritorio, con pánico de salir a enfrentarla y confrontarse con lo que sentiría al verla caminar por los pasillos como si fueran suyos, azotando sus tacones y, como siempre, sonriendo a todos menos a él. A las siete de la noche decidió que ocho horas de aislamiento como quinceañera nerviosa eran suficientes, así que se arregló la corbata, se preparó para salir y se dirigió muy seguro de sí mismo a buscarla. Entró a su oficina con un discurso listo y repasado más de mil veces, pensaba darle la bienvenida de nuevo y dejarle claro que no se tomara todo esto como algo personal. Abrió la puerta con su mejor máscara de profesionalismo e indiferencia, pero Vanessa no estaba. Fue a buscar a Martín para preguntar por ella y él le dijo que acababa de irse hacía menos de dos minutos.

Podía esperar al día siguiente para hablar con ella, no era como que fuera a quitarle el sueño si él no le daba la bienvenida, pero, como siempre cuando se trataba de Vanessa, no razonó. Corrió a la puerta a ver si la alcanzaba y lo que vio terminó de romperlo en mil pedazos: André la esperaba afuera del coche con un ramo de rosas, ella corrió a abrazarlo, lo besó y se le colgó al cuello como un niño que acaba de conocer a Santa Claus. El cuerpo de Daniel dejó de responder, quién sabe cuánto tiempo estuvo pasmado con la mirada fija en el vidrio. De repente sintió que algo tibio recorría su mano, volteó y vio que una gota de sangre le escurría: sin darse cuenta había apretado con demasiada fuerza el sacacorchos que John le había pedido. Lo aventó al piso sin importarle quién hubiera presenciado la escena y se fue de regreso a la oficina; sentía que su cuerpo ardía por dentro.

No podía ser, simplemente no podía ser. No podía creer que Vanessa estuviera enamorada de André y menos que eso hubiera tenido que pasar para que él aceptara que estaba perdidamente enamorado de ella. No obsesionado, no encaprichado, enamorado por completo. Qué tan bruto tenía que ser para no haber visto las señales: estos tres meses habían sido los peores de su vida, peores que cuando encontró a Alexia en la cama con su mejor amigo a dos semanas de la boda; peores que cualquier momento del cual tuviera memoria. Vanessa le había regresado la vida y después se la había quitado. Ella era real, ella era lo que quería en su vida. Estaba tan acostumbrado a confundir el amor con el control que no logró darse cuenta hasta el maldito instante en que supo que la había perdido.

Tenía que meditar, tenía que encontrar una manera de recuperarla. Este no iba a ser el final de su historia, iba a hacer absolutamente todo lo que estuviera en sus manos para recuperarla. No dejaría pasar su oportunidad de ser feliz, iba a cambiar si era necesario, iba a convertirse en lo que ella quería, en el hombre tranquilo y pacífico que ella necesitaba. Sabía que era ridículo tomar esa decisión cuando Vanessa había continuado con su vida, pero por desgracia siempre había sido un retrasado emocional. Debía hacer algo, tenía que analizar esto de manera práctica: todo lo inútil que era con sus emociones, lo era de hábil para trazar planes y concretarlos. Había llegado hasta donde estaba por ser una persona estructurada y perseverante, de esa misma manera iba a lograr resolver la situación.

Estaba evaluando su siguiente paso cuando entró Martín a su oficina.

—¿Qué carajos te pasó, Daniel? Me acaba de decir John que te aventaste una escena de telenovela en el pasillo.

—Nada, Martín, no te preocupes —contestó con la mirada perdida.

—¿Cómo nada? Estoy realmente preocupado por ti, nunca te había visto así, tu comportamiento no es normal. Te encaprichaste con traer a Vanessa de regreso y, por cómo te pusiste y el estado en el que estabas, nadie te frenó; hoy fue su primer día de vuelta y estás peor que antes. Si no quieres hablar conmigo, está bien, pero, por favor, habla con alguien porque no puedes seguir así.

—Tienes razón, Martín, de verdad no te preocupes. Te aseguro que estoy bien y voy a estar mejor si no le dices ni una palabra de esto ni a mi papá ni a mi hermano.

Daniel pasó toda la noche analizando cada detalle de su plan de reconquista, principalmente ideando una estrategia para disimular todas las emociones que traía dentro sin explotar.

20

SABÍA PERFECTAMENTE QUE ANDRÉ HABÍA VENIDO A recogerme para marcar su territorio. El ramo de rosas era casi como ponerme un sello en la frente que decía: "Tengo novio, no te me acerques". La verdad lo entendía, y fuera cual fuera la razón por la cual estaba ahí, me emocionaba verlo. Posiblemente las cosas no iban a ser tan complicadas como lo había pensado: André se estaba haciendo a la idea y la situación entre nosotros estaba mejorando, y a Daniel no lo había visto en todo el día. Si mantenía su distancia, a lo mejor lograría pasar los siete meses intacta.

Me estaba convenciendo de que había dramatizado un poco toda la situación, de hecho, la doble entrada de dinero me caía de lujo, y el trabajo en el bar no me molestaba en lo absoluto. Mientras la bestia no interfiriera, todo iba a salir bien. En ese momento me sentía más animada, de hecho, la ropa negra ya no combinaba del todo con mi humor; así que llegando a mi departamento le pedí a André que me la quitara. Así nos deshicimos del atisbo de estrés que quedaba entre nosotros.

Al día siguiente, mientras desayunábamos él, Irina y yo en la terraza, sentí que las cosas por fin habían vuelto a la normalidad. André sugirió que nos fuéramos juntos a la oficina y le dije que me tenía que llevar el coche, porque a las cuatro tenía que estar en el bar. Pensé que me iba a hacer una cara o a contestar sarcásticamente, pero se levantó, me dio un beso y se adelantó al banco. Irina se quedó igual de sorprendida que yo; habíamos practicado más de mil veces cómo íbamos a convencer a André de que no tenía por qué preocuparse, pero no hubo necesidad.

El día en el banco pasó sin ninguna novedad, y a las cuatro en punto llegué al bar. Esperaba correr con la misma suerte del día anterior y no tener que verle la cara a Daniel, pero uno no se levanta todos los días con el pie derecho: no había acabado de cruzar la puerta cuando lo vi parado en la recepción. Respiré hondo y me alisté para el combate.

—Hola, Vane, buen día. Quería darte la bienvenida personalmente —me dijo con una sonrisa de borrego en la cual busqué sarcasmo, pero no lo encontré.

—Hola… —contesté, seca y medio perdida. No entendía dónde, pero había gato encerrado.

—Avísame si necesitas cualquier cosa, quiero que estés cómoda el tiempo que pases aquí.

O se estaba burlando de mí y yo había perdido la habilidad de reconocerlo o estaba metiéndose drogas fuertes.

—Daniel, ¿estás tomado?, ¿te pasa algo? —pregunté confundida.

—No, no me pasa nada, solo que sé que fue difícil para ti regresar y quería decirte que te lo agradezco. Voy a hacer lo posible para que no te arrepientas.

—No sé si estás teniendo una embolia o un episodio de amnesia crónica, pero no me costó trabajo regresar, me obligaste. Y no me puedo arrepentir porque no fue mi decisión, por lo tanto, el agradecimiento está de más. Ahora, si no te importa, voy a mi oficina, que tengo muchas cosas que hacer.

En un principio pensé que el cambio de actitud no duraría ni para la hora del lunch, pero me equivoqué. Toda esa semana estuvo atento, hasta casi enervarme. Me preguntaba mi opinión y tomaba en cuenta mis ideas, y si en algún momento le llevaba la contraria, atoraba la mandíbula y me decía que lo consideraría.

El viernes, durante la junta semanal, sin querer dejé mi teléfono con el sonido activado. Daniel estaba junto a mí cuando entró una llamada de André. Lo puse en silencio en ese segundo y volteé la pantalla, pero no antes de que Daniel la viera. Estaba segura de que en ese instante explotaría toda la ira contenida. Noté de inmediato el cambio de expresión y el gesto que indicaba que algo muy malo iba a pasar. Después de un minuto de silencio incómodo, dijo en un tono de voz apenas audible:

—Apaga tu teléfono, por favor, y que sea la última vez que entras con él a la junta —y continuó como si nada hubiera sucedido.

En teoría las cosas estaban en un estado ideal, tal cual las había pedido o mejor, pero mi personalidad dramática hacía que toda esa calma me diera miedo. Sabía a la perfección que el carácter tranquilo y contenido de Daniel era completamente falso. Era el mismo que tenía cuando estaba con Samantha, totalmente apagado, y como si siempre se sintiera con pánico de alterase, de decir algo incorrecto, o de hacer algo que me fuera a romper. Y puede que parezca una loca bipolar, pero prefería al Daniel alterado y genuino sobre este maniquí con sonrisa de Guasón y menos expresión facial que su mujer, y eso ya era mucho decir. No sabía a qué se debía esa nueva actitud, pero estaba segura de que en algún momento la iba a quebrar; sabía por experiencia que sacarlo de quicio era mi fuerte.

21

LA SIGUIENTE SEMANA LAS COSAS SEGUÍAN IGUAL. EL viernes estaba por salir de la oficina cuando tocaron la puerta Jorge y Eduardo para invitarme a cenar. No había podido convivir con ellos desde que regresé; el primer día me habían saludado, pero era obvio que los dos se sentían incómodos por cómo se dieron las cosas. No quería que existieran tensiones entre nosotros, así que de inmediato cerré la computadora y cruzamos al restaurante italiano que estaba enfrente.

—¿Cómo vas con todo, Vane? —me preguntó Eduardo un poco nervioso mientras caminábamos hacia el restaurante.

—¿Con qué?, ¿con el secuestro laboral que me hizo tu hijo?

—Con eso exactamente —me respondió con una sonrisa.

—Podría estar peor, la verdad. Me parece que voy a sobrevivir.

Una vez que nos sentamos a la mesa, el tema no se volvió a tocar. Jorge me contó que estaba saliendo con una modelo, yo le puse toda mi atención aunque sabía de antemano que esa relación no iba a durar más de una semana. En algún momento de la conversación, Eduardo se levantó para hacer una llamada. Jorge sacó el tema de su hermano y me preguntó por mi otro jefe, pero decidí cortar la conversación en seco y continuar hablando sobre los mitos y realidades de las rusas en la cama, nacionalidad de su última conquista. Eduardo volvió a la mesa, pidió una botella de vino y quince platillos diferentes, lo cual indicaba que la noche iba para largo. Me acababa de meter una almeja a la boca cuando vi acercarse a Daniel; les puedo asegurar que la almeja estaba viva y la sentí dar dos vueltas de carro en mi estómago.

—¿Les importa si me siento con ustedes? Mi papá dijo que estaban aquí y, la verdad, muero de hambre —como siempre, Daniel ni siquiera esperó una respuesta; jaló su silla, se sentó y empezó a servirse de las entradas.

Había algo tan contradictorio en su personalidad que me destanteaba a cada segundo. Tenía una seguridad innata que lo hacía parecer dueño del mundo, era como un imán que atraía a la gente sin ningún tipo de esfuerzo, y un carisma que te envolvía en menos de dos minutos. Por otro lado, nunca desaparecían del todo sus comportamientos inmaduros e inseguros. Parecía imposible juntar a esas dos personas dentro de una misma. Estuve cinco minutos evaluando si debía pararme de la mesa, pero me pareció un poco infantil de mi parte, así que decidí fluir con el vino y ver cómo se desarrollaba la noche.

Al principio a nadie le salían las palabras; después de los primeros tragos de vino, Daniel empezó a llevar la conversación sin ningún problema. Se burló de Jorge y de su reto de tachar el mapamundi completo con una mujer de cada país, Jorge respondió con sarcasmo que iba a seguir buscando hasta encontrar un "mujerón" como Samantha.

—No tienes que ir tan lejos, esas se encuentran en el cuarto piso del hospital de psiquiatría —añadió Eduardo, y yo casi escupo la sopa.

En definitiva, la sensibilidad era algo que no se les daba en esta familia. Creí que Daniel se iba a ofender o por lo menos intentaría defenderse, pero se rio del comentario de su papá y siguieron la conversación como si nada. El ambiente ya estaba mucho más relajado y yo hasta me sentía cómoda, cuando entró la llamada de André y todo lo relajada se me quitó de golpe. Me paré a contestar con voz temblorosa:

—Hola, flaca, ¿qué haces? Salí de la oficina y estoy hambriento, ¿quieres ir por algo?

No mientas, no estás haciendo nada malo. Respira hondo y dile la verdad.

—Hola, flaco, me invitaron a cenar Jorge y Eduardo, estoy aquí con ellos. Te llamo en un ratito que salga y te alcanzo donde estés.

No mentiste, no mentiste, omitir sí se vale, no pasa nada.

—Okey, amor, yo creo que voy con mi abuelo entonces. Nos vemos al ratito, te quiero.

Okey, es un hecho que me voy a quemar en el infierno.

Regresé a la mesa con aspecto fantasmal, pero decidí que irme en ese momento no iba a arreglar mi mentira. Estaba decidida a contarle a André que Daniel también estaba en la cena. No me pude quitar la incomodidad ni la culpa, pero me quedé ahí sentada los cuarenta minutos restantes, en los cuales Daniel, cada vez con más descaro, clavaba su mirada en mí; parecía más alegre que nunca. De vez en cuando hacía comentarios ingeniosos o simpáticos y me volteaba a ver, para revisar si me estaba riendo, buscaba mi aprobación. Lo peor de la situación es que, desgraciadamente, cuando bajé la guardia, me di cuenta de que su cinismo y descaro me causaban gracia, por lo cual varias veces me cachó riendo o festejando sus chistes. Si no ponía una barrera de inmediato, estaba segura de que las cosas no iban a acabar bien.

Cuando Eduardo pidió la cuenta yo ya estaba ansiosa por salir corriendo a contarle a Irina todo lo que había pasado, para que me ayudara a limpiar mis culpas cual padrecito de confesionario. Me despedí de Jorge y Eduardo con un abrazo, y levanté la mano para decirle un muy incómodo adiós a Daniel. Él me jaló del brazo, me dio un beso en el cachete, más largo de lo normal, y me susurró al oído:

—Te extrañaba.

Me zafé como si ese contacto me estuviera quemando, y salí corriendo. Por desgracia, el daño estaba hecho y era imposible negar que su comentario y su cercanía me habían afectado mucho más de lo que deberían.

Salí directo a marcarle a Irina, pero estaba con Diego y no me contestó. Mi coche se manejó casi en automático a casa de André, no tenía ningún plan en mente. Cuando llegué estaba tirado en el sillón, concentrado con sus lentes, mirando la laptop y con una caja de Golden Grahams al lado. Solo de verlo se me hizo un nudo en la panza. Odiaba haberle mentido abiertamente y, lo que era aún peor, mi cabeza me había traicionado al tener cerca a Daniel. Sentí una culpa inmensa y quería abrazarlo y soltarme a llorar, pero como bien me había enseñado mi mamá, ese tipo de arranques tienen como único objetivo limpiar tu culpa y dejar que alguien más se la coma, así que decidí tragármela con papas fritas, poner mi mejor cara dejando a André fuera de esto. Si algo no merecía él era tener que lidiar con mis estupideces y con mi desequilibrio emocional, los cuales me llevaban a boicotear cualquier cosa buena en mi vida. Esta vez no lo iba a permitir, haría absolutamente todo lo necesario para mantener la distancia con Daniel. Lo de este día no volvería a repetirse. Me enfocaría solamente en ser la mejor novia de este mundo.

—Hola, bonita, ¿cuánto tiempo llevas parada en la puerta?

—Entre media hora y cuarenta minutos. ¿Qué se siente tener una stalker para ti solito? —le dije sonriendo, y me fui a acurrucar con él al sillón.

—Qué bueno que llegaste porque empecé un capítulo de *Criminal Minds* pero me dio miedo verlo solo.

Otra cosa que amaba de él: no aparentaba ni filtraba, no tenía que hacerse el macho para probar su masculinidad y cada día mostraba más confianza para abrirse conmigo. Nos quedamos acostados viendo televisión hasta las dos de la mañana. Estar así con él me hacía olvidarme de cualquiera de mis problemas.

22

LA MAÑANA SIGUIENTE DESPERTAMOS JUNTOS Y NOS fuimos al banco. Yo había logrado bloquear cualquier sensación que pudo haber quedado del día anterior. Así, durante la semana siguiente en el bar, le hui a Daniel cual si tuviera lepra. Si veía que se acercaba para decirme algo, corría al lado de Martín para usarlo de escudo; si ya todos se habían ido de la oficina, salía corriendo, aunque dejara trabajo pendiente, con tal de no quedarme sola con él. Yo sé que en la mayoría de los casos huir no es la mejor salida, pero nadie puede negar que en esta situación no existía opción diferente.

El jueves en la noche, Jorge y Eduardo se habían ido a una conferencia, así que apenas se fue Martín a su casa, yo salí volando para evitar a Daniel. Por el acelere, dejé mis llaves adentro de la sala de juntas. Al regresar por ellas, escuché la voz de Daniel al teléfono. No había necesidad de quedarme a escuchar la conversación, así que hice la cosa más lógica: voltearme e irme; pero desgraciadamente mis pies y yo no estábamos en el mismo canal. De pronto lo escuché gritar:

—¡Cada pelea que tengamos va a ser sobre ella! ¡Nunca vas a dejar de atosigarme con ese tema!

Tras eso, ya no pude moverme, no tuve más opción que seguir oyendo:

—Estoy harto, Samantha, te dije hace mucho que no veía ningún futuro para nosotros y tú te encaprichaste con esto y no me dejas ir. Te dedicas a culpar a todo el mundo por el fracaso de esta relación sin asumir la responsabilidad que te corresponde.

Tres minutos de silencio. Yo intentaba adivinar lo que Samantha decía del otro lado de la línea.

—Quieres repetirme otra vez que estoy traumado y que soy un estúpido emocional, perfecto, no tengo problema. Mejor grábamelo en una nota de voz y la pongo todas las mañanas, así ahorramos tiempo. Me encantaría saber cómo te sentirías tú si hubieras pasado por lo mismo que yo. Ya sé que no fuiste tú quien me hizo esto, pero cuando me conociste ya sabías el bagaje emocional que cargaba, así que ahora no puedes hacerte la desentendida.

¿Por qué crecía en mí esa loca necesidad de entrar en su oficina y abrazarlo?, y más importante: ¿por qué no me iba, cruzaba la puerta de salida y dejaba de escuchar conversaciones que no eran de mi incumbencia?

—No pasa un día sin que me reproches lo frío que soy y lo poquito que te doy y, sin embargo, has decidido quedarte con ese poco y no dejarme ir. Perdóname, Samantha, no tengo nada más que ofrecerte.

Sabía que si no me iba, esto no acabaría bien.

—No preguntes cosas sobre las que no quieres saber la respuesta.

…

—Okey, ¿en serio quieres esa respuesta? Sí, a ella sí puedo ofrecerle todo eso y más, porque de ella estoy perdidamente enamorado. Perdón, fue algo que pasó sin querer, y créeme, preferiría sentir esto por cualquier otra persona, pero me pediste que fuera honesto. Si te deja más tranquila, ella ni siquiera reconoce que existo, está completamente enamorada de alguien más y yo siento que me muero cada instante que la veo o que estoy con ella. Así que si piensas que estás sufriendo, créeme que yo estoy sufriendo mucho, mucho más.

Deja de temblar, Vanessa, puede estar refiriéndose a cualquiera, no entres en pánico; lo más probable es que tú no tengas nada que ver en esta conversación.

—Qué te digo, Samantha, así es el amor de jodido. Por eso trato de mantenerlo alejado: tú enamorada de mí, yo de Vanessa, y ella de alguien más.

Camino a mi departamento traté de recomponerme. Había quedado con André de ir a cenar a su casa, pero honestamente no creía lograrlo. Las malditas palabras de Daniel resonaban en mi cerebro: "A ella sí puedo ofrecerle todo eso y más". Dónde estaba esa divina frase cuando a mí se me caía la maldita baba por él, y él estaba empeñado en correrme del bar, restregándome a su novia en la cara y dedicándose a humillarme. Por qué los hombres tenían ese pésimo timing: venir a quererte cuando tú por fin logras salir del hoyo. Es como si olieran que te curaste de la enfermedad y entonces regresaran corriendo a esparcir la bacteria. Yo estaba enamorada de André y estaba segura de eso, quería compartir con él todo lo bueno que sucedía en mis días, cada lugar, chiste o anécdota. Pero esa niña chiquita dentro de mí que buscaba aceptación brincaba de emoción cada vez que oía una palabra de aprobación por parte de Daniel. Él ejercía sobre mí un poder casi enfermizo: me había vuelto tan insegura que cualquier cosa positiva que mencionara alimentaba mi ego y me desestabilizaba por completo. Me rehusaba a dejar que arruinara lo mejor que había en mi vida.

Con esa idea llegué con André, pero con todo y eso fue una cena incómoda, posiblemente la primera: comimos casi en silencio, los dos hablamos sobre nuestros días, pero fue una plática de esas en las que sabes que ambos tienen la mente en otro lado. Por más que me esforcé, no logré romper la tensión en el ambiente. Al final, optamos por quedarnos callados, nos tomamos una copa de vino sin hablar y después decidí irme al departamento con Irina. No iba a aguantar pasar la noche sin explotar con todo lo que pasaba por mi cabeza.

23

POR ALGUNA RAZÓN, ANDRÉ NO ACABABA DE SENTIRSE tranquilo con Vanessa trabajando otra vez en el bar. No quería armarle una escena, ni ella le había dado ningún motivo para desconfiar, pero cada vez que ella regresaba de trabajar casi de madrugada, sentía que el estómago se le retorcía: era una angustia de esas irracionales que acaban siendo una intuición que rara vez falla. Más de una vez Vanessa había asegurado que no quería absolutamente nada con Daniel, y las dos ocasiones que él se atrevió a preguntarle cómo era la convivencia entre ellos dos, ella respondió que hablaban solo de trabajo y lo estrictamente necesario. André no dudaba de su palabra, pero sabía que Daniel la había obligado a regresar al bar en gran parte para reconquistarla; y él, para su desgracia, no podía hacer nada para impedirlo, ya que ella le había dejado muy claro que no le permitiría meterse en sus decisiones de trabajo; pero tampoco estaba dispuesto a seguir volteando hacia otro lado mientras se moría de los celos. Fingir no era parte de su personalidad y obviamente lo estaba haciendo muy mal, ya que la cena de esa noche había resultado un total desastre, así que decidió que ya era momento para volver a hablar del tema y reevaluar.

Al día siguiente pasó a recogerla al trabajo, quería invitarla a cenar y platicar tranquilos. Llegó con un ramo de rosas, en parte para romper la incomodidad de la noche anterior, y en parte para endulzar un poco la conversación que venía. Cuando Vanessa lo vio llegar salió con una sonrisa que le iluminaba toda la cara.

Quedaba claro el alivio que ella sintió de verlo romper la tensión; a él le entró un poco de culpa por tener esas inseguridades. Justo después de que ella salió y le dio un abrazo, vio al imbécil salir detrás, y se volvió a sentir atorado.

—Hola, André, ¿cómo estás? —le estiró la mano con una sonrisa falsa que le provocó unas fuertes ganas de quitársela de un derechazo en la cara, pero se aguantó.

—Bien, Daniel, ¿y tú?

—También. Solo salí a saludar y a darle esto a Vanessa, se le olvidó en la oficina —y le extendió un cuaderno.

—Gracias, Daniel —intervino Vanessa y le arrebató el cuaderno—. Nos vemos mañana.

—¿Y qué van a hacer?

"¿De verdad íbamos a platicar?", pensó Vanessa. "¿Por qué no venía con nosotros y convivíamos todos como familia feliz?"

—Vamos a cenar —contestó seca.

—¿A dónde?

—No sé, Daniel, ¿alguna recomendación que nos quieras hacer? —añadió André sarcástico.

—La verdad sí, ¿te gustan los mariscos?, ¿por qué no lo llevas a donde comimos el viernes pasado, Vane?

Y así, de golpe, paralizó por completo el mundo de Vanessa.

—¡Por favor, André, déjame explicarte!

Habían pasado cuarenta minutos del maldito encuentro con Daniel y, aunque me impresionó el temple de André y la actuación profesional de indiferencia que hizo pensar a Daniel que sabía perfecto a qué comida se refería y que no podía importarle menos su presencia, la realidad era muy diferente. Nos subimos al coche y después de cinco minutos de silencio glacial intenté comenzar a hablar.

—Por favor, ahorita no —me dijo con la voz contenida y una mirada que me provocó un calambre en la espalda por la frialdad.

Manejó a mi casa, sin emitir un solo sonido, y se quedó estacionado, pero como en ningún momento me pidió que me bajara, decidí no hacerlo. Después de varios minutos de silencio, que me parecieron eternos, lo volví a intentar.

—¿Qué, Vanessa?, ¡qué carajos me vas a explicar! Qué explicación existe que te haga ver a ti menos descarada y mentirosa, y a mí menos imbécil. Qué explicación hay en la cual no te estuvieras burlando de mí y de la confianza que te di —dijo levantando la voz por primera vez desde que lo conocía. El dolor reflejado en sus palabras hacía que quisiera tirarme a llorar, pero consideré que ponerme en posición de víctima solamente empeoraría las cosas.

—Quiero que me creas que entre él y yo no pasó nada.

—¿Qué me estás diciendo?, ¿que no se besaron?, ¿no se acostaron? ¿Y yo debería agradecerte por eso? El punto es que cuando se trata de ellos y de tu trabajo, logras justificar cualquier cosa. Aseguras que ya no aguantas, que regresaste porque te obligaron con un estúpido contrato, pero la realidad es que tienes un maldito vicio por ese lugar y mientras estás ahí te vuelves exactamente como él: mentirosa y manipuladora.

—André, me estás ofendiendo sin siquiera escucharme.

—Y creo que si no te bajas del coche lo voy a hacer cada vez más. No es momento para hablar. Sube a tu casa, déjame ir a la mía a aclarar mis ideas y mañana hablamos.

—No quiero acabar así esta conversación.

—Y yo no hubiera querido que me mintieras sobre sentarte a comer en la mesa durante tres horas con tu exnovio-jefe, pero por desgracia no siempre se tiene lo que se quiere. Buenas noches.

Me bajé temblando del coche. Quería matar al perro de Daniel por arruinar todo lo bueno que había en mi vida; quería pegarme por haber mentido de la forma más estúpida y traicionar la confianza de quien menos lo merecía; y, por loco que parezca, también quería matar a André por no entender que era algo sin importancia, que no significaba nada para mí.

Subí al departamento directo por mi botella de vino de catorce dólares. Para cuando llegó Irina yo llevaba cuatro copas empinadas y seis mensajes borrachos a André: "Perdón, mi amor, yo sé que estuvo mal mentir, pero fue una estupidez sin importancia, te amooooo ☺☺☺"; "Andreeeee, contestaaa"; "Vi que ya recibiste el mensaje, no seas niño chiquito y contéstame"; "Te estás portando demasiado inmaduro y estás exagerando, de verdad me está enojando tu actitud"; "Ok, no estoy enojada, mentí"; "Contestaaaaaaaa".

Más vale tarde que nunca, y aunque tarde, Irina me confiscó el celular antes de los otros seis mensajes que me faltaban por mandar. Le conté la historia a moco tendido y en algún punto, a la mitad de su consejo, me quedé dormida.

Me desperté con la peor cruda moral que había tenido en mucho tiempo. Me levanté para ir al banco sin entender muy bien cómo iba a darle la cara a André. No hubo necesidad de pensarlo mucho porque cuando llegué la secretaria me avisó que tendría citas fuera todo el día y que no iría a la oficina. A mí el nudo de la panza se me apretaba más a cada minuto, no había soltado el celular y revisaba la pantalla cada cuatro minutos para ver si había algún mensaje, pero nada. Para cuando llegué al bar no sé cómo me sostenían todavía las piernas. Lo lógico era mostrar total indiferencia cuando me topara al imbécil de Daniel y no dejarle ver que había logrado algo con su estupidez. No lo conseguí, apenas lo vi caminando hacia mí con su sonrisita sardónica estuve a punto de lanzármele a los golpes, cual animal salvaje.

—Hola, Vane, ¿todo bien?

—Sí, todo bien, a pesar de lo que te hubiera gustado.

—¿A qué te refieres, Vane? No entiendo.

Diosito, dame paciencia y en las nalgas resistencia porque ahora sí lo mato.

—Sabes perfectamente a qué me refiero, grandísimo imbécil, ¿crees que todos somos brutos?, ¿piensas que no me di cuenta de lo que trataste de provocar ayer?

—¿Y por lo menos lo logré?, ¿provoqué lo que se supone que quería? —me preguntó sin borrar la sonrisa de su boca.

—Para tu desgracia, causaste menos que nada. ¿Pensabas que le iba a ocultar a André que habías comido con nosotros? O peor aún, ¿de verdad crees que le importa? Afortunadamente, estoy con un hombre seguro de sí mismo y que confía en mí. Entiendo que tú no sabes nada ni de confianza ni de seguridad, son sentimientos que tristemente nunca has experimentado, pero para bendición de las mujeres, no todos son como tú.

—Excelente discurso, bonita, solamente una pregunta técnica: si de verdad no logré nada, ¿por qué tanto estrés? Te ves bastante alteradita para ser una mujer que durmió felizmente con su súper macho —con ese comentario se volteó y me dejó con la palabra en la boca.

Era por completo inhumano tener que lidiar con esta persona todos los días. Tuve que haber hecho muchas cosas malas en otra vida para estar pagando este karma. A veces me preguntaba si todo lo que estaba pasando era resultado de mi berrinche de agarrar mis cosas y largarme del país. Si me hubiera quedado en México, en estos momentos estaría viviendo extremadamente cómoda, trabajando para mi papá y pensando en carriolas, cunas y cortinas como todas mis amigas, sin preocuparme ni por exnovios ni por contratos ni por tipos inestables e inseguros. Por si a mí se me llegaba a olvidar esto, mis papás me hacían el favor de repetir la misma letanía cada vez que hablaba para quejarme de cualquier cosa. Ahora sí que yo solita había tendido mi cama, así que me tocaba dormir en ella, aunque estuviera llena de piojos.

24

PASÉ EL FIN DE SEMANA CON IRINA Y DIEGO, QUE CARGA-
ron conmigo como si fuera una bebé de pecho: la mitad del tiempo lo pasé quejándome de Daniel y la otra mitad llorando por
André, que seguía sin hacer acto de aparición. El domingo estaba
en mi cuarto viendo *Friends*, a ver si por lo menos ellos lograban
sacarme una sonrisa, cuando me llegó un mensaje de André y el
corazón se me paralizó.

"Hola!"

¿Hola?, ¿en serio pretendía empezar la conversación con un
saludo de esos después de cuatro días de extravío?

"Hola", respondí.

"Perdón por desaparecer, pero necesitaba unos días para en-
friarme y pensar las cosas."

"Entiendo que te hayas tomado unos días y espero que se te
haya pasado el coraje, pero no hay nada que pensar porque ya
te expliqué mil veces que fue una tontería sin ninguna importancia."

"No vamos a discutir eso por teléfono, si quieres, mañana
saliendo del trabajo hablamos."

"Ok, te quiero mucho."

"Buenas noches, Vane."

El día siguiente en el banco fue el infierno: André se mantuvo
en su faceta seria y profesional. Tenía una personalidad que provocaba que hasta un presidente se achicara solo de verlo; quienes

no conocían su parte tierna y encantadora lo veían como alguien frío y autoritario, pero a mí era la primera vez que me tocaba verlo en ese rol y nunca pensé que me afectaría tanto. Cuando llegué a la oficina, me saludó con una media sonrisa cordial que podría ser la misma con la cual recibía a la secretaria o al repartidor de Uber Eats. Su cara no revelaba absolutamente nada, ni enojo ni cariño, nada que me diera una pista de cómo iba a ser la conversación, a la que a estas alturas le tenía más miedo que a un tiburón blanco.

A mediodía me mandó a llamar a su oficina para que le entregara unos reportes. Me lo pidió con absoluta amabilidad y yo lo sentí más ofensivo que si me estuviera pintando dedo.

—Claro que sí, señor, ¿algo más? —le respondí con sarcasmo, para ver si lograba provocar alguna reacción de su parte, pero nada. A este hombre era imposible desquiciarlo, estaba tan acostumbrada a la mecha corta de Daniel que la actitud controlada de André era terreno completamente nuevo para mí.

Estaba a punto de azotar la puerta de su oficina cuando lo escuché decir:

—Tengo una cita importante a las cinco de la tarde. Te veo abajo a las seis para ir a hablar.

No parecía esperar una respuesta; para cuando volteé a contestar él ya estaba concentrado en los reportes, así que cerré la puerta tras de mí y me dediqué a contar las horas que faltaban para el veredicto final.

A las 5:59 yo estaba en el lobby del edificio esperándolo y repasando en mi cabeza el discurso que, según yo, terminaría con él pidiéndome una disculpa por haber reaccionado de más. Caminamos al café en silencio, me agarró del codo para cruzar la calle como si tuviera cuatro años, mientras yo me sentía extremadamente incómoda con el silencio. Él parecía más tranquilo y seguro que nunca; se sentó, pidió su café y empezó a hablar.

—A ver, Vane, voy a hablar yo porque puedo adivinar que tu discurso va a empezar con que me quieres mucho y continuará con muchas formas diferentes para convencerme de que es verdad, así que podemos ahorrarnos ese tiempo porque te creo. No solo te creo, estoy convencido de que me quieres, pero para mí eso ya no es suficiente porque con la misma certeza sé que no has superado a Daniel, y antes de que empieces a discutir, termina de escucharme. Yo sé que él llegó a tu vida primero, que cuando yo te conocí sabía el paquete con el cual cargabas. Aunque no lo hayamos hablado de forma tan abierta, ya pasó suficiente tiempo para que cerraras esa puerta y para que a estas alturas yo fuera el único. Posiblemente no sigas enamorada de él, si es que lo estuviste alguna vez, pero sigues envuelta en esa telenovela, en ese drama al que te hiciste adicta, y honestamente no quiero tener el papel secundario de la historia. Siento que merezco y tengo las cualidades suficientes para ser el protagonista y no me pienso conformar con menos. Hay una gran posibilidad de que tú seas la mujer de mi vida, pero no tengo las ganas ni la personalidad para vivir siendo el segundo y tratando de convencerte de que soy el hombre para ti. Este es el momento para que tomes tu decisión.

—¿Cuál decisión, André? No tengo nada que pensar o decidir, ya te dije que mentí por inercia y por bruta. Yo te amo y quiero estar contigo, no entiendo qué tengo que hacer para que me creas.

—No se trata de que yo te crea, sino de que tú abras los ojos y te des cuenta de dónde estás metida y si en verdad te quieres salir de ahí. Sabes que tienes las opciones y mi apoyo al cien por ciento. Si le quieres dar una posibilidad real a esta relación, salte de ahí, renuncia. Vamos a pagar la cantidad que sea necesaria y tú me regresas hasta el último centavo a mí, si eso te hace sentir más cómoda.

—Ya discutimos esto más de mil veces, André, no volvamos a lo mismo, no me pongas en esta situación.

—Me queda claro que para ti es más cómodo ponerme a mí en esta posición, pero tristemente para mí ya no hay alternativa. Entiendo que no puedas hacerlo, pero yo tampoco puedo seguir aguantando.

—¿En dónde nos deja eso a nosotros? —pregunté con un nudo en la garganta.

—Sin un nosotros —contestó con una voz apenas audible; por primera vez en el día se le notó una expresión descompuesta. Se levantó de la mesa, me dio un beso en la frente y me dejó ahí, completamente desconsolada, muy lejos del final que había esperado para esta discusión.

La semana se me hizo eterna. Para el jueves yo sentía que había pasado un mes desde la conversación con André. La energía que me quitaba esquivar los comentarios inapropiados de Daniel en el bar y soportar la indiferencia de André en el banco me estaba drenando por completo. El viernes me desperté añorando el fin de semana y tener dos días para descansar de ver a cualquiera de los dos.

Entré directo a encerrarme en mi oficina a acabar mis pendientes. A lo mejor lograba terminar el día sin ningún sobresalto. Para mi mala suerte, entre mis pendientes había unas cosas que tenía que resolver con André, así que agarré valor y fui a buscarlo a su oficina. Cuando llegué, casi me estrello contra el vidrio: estaba hablando con una pelirroja extravagante a la que nunca había visto. Llevaba un vestidito formal, tan pegado que parecía más apropiado para una pasarela que para el banco. El pelo, caoba brillante, le llegaba casi a la cintura, esperaba que fueran extensiones, si no la vida no tenía sentido; pero lo que más me desquició fue que la mujer al parecer era bastante simpática, porque André estaba sentado en su silla de lo más relajado, soltando una carcajada de las que pensé tenía reservadas solo para mí.

Yo no había logrado esbozar ni media sonrisa en toda la semana y a él se le veía de lo más feliz. Me había borrado de su existencia como si nada hubiera pasado, y en vez de sufrir por mí, como yo por él, me intercambió por una pelirroja alegre y menos complicada. Estuve a punto de entrar a armar una escena, pero me contuve y decidí quedarme afuera, esperando que la roja volteara, rezando para que, cuando lo hiciera, tuviera una deformidad física que acabara con mi teoría: un lunar en la punta de la nariz, una nariz del tamaño de un gancho, dientes amarillos, lo que fuera que me hiciera sentir mejor. Cuando caminó hacia la puerta corrí a la recepción con la secretaria. No solo tenía la cara más bonita que el cuerpo, con unos ojos verdes que la hacían parecer prima directa de la Sirenita, sino que además se despidió de André con una sonrisa que le iluminaba la cara y hacía bastante difícil inventar en mi cabeza que era una perra maldita.

La secretaria se dio cuenta de mi labor de espionaje, se me quedó viendo con algo muy parecido a la lástima y dijo:

—Creo que va a trabajar con nosotros.

No me salieron las palabras, me fui corriendo de regreso a la oficina. Ya no tuve ni la fuerza ni la concentración para terminar con nada, me quedé encerrada hasta que asumí que André se había ido y después me fui directo a mi casa sin molestarme siquiera en aparecer en el bar.

25

ESTABA TIRADA EN LA SALA CON MI BOWL DE PAPAS DE habanero, mi botella de vino y mis clínex cuando llegó Irina con algo que logró ponerle fin a mi miseria: su hermano, quien estaba totalmente seguro de ser mi sobrino, por la muy obvia razón de que apenas iba a cumplir seis años. Era el pilón de la familia, no fue en lo absoluto planeado, pero no había nada que la familia agradeciera más que la noche de calentura y desajuste hormonal que permitió que mi tía quedara embarazada, con anticonceptivos, y a los cuarenta y cinco años. Claro, ella no había compartido esa alegría contagiosa en esos días, pero desde el momento en que nació Alberto, con los ojos color verde manzana, las pestañas negras y los cachetes gordos e invariablemente rojos, todos quedamos enamorados. Siempre fue tratado como un adulto, no le tocaron ni primos de su edad ni papás con la paciencia de hacer actividades infantiles, así que era un niño listo y directo que a sus casi seis años posiblemente podría graduarse de terapeuta, si no fuera porque la mayor parte del día tenía la boca manchada de chocolate e intentaba usar un lenguaje sofisticado con palabras que no sabía pronunciar.

—¡Sorpresa, tía Vane! —corrió a abrazarme mientras yo trataba de limpiarme los mocos con la mano y sollozaba de la emoción al verlo—. ¿Tienes gripa?

—No, mi amor, me enchilé con las papas. Cuéntame, ¿qué haces aquí?

—Cancelaron clases una semana porque tembló. Yo no lo sentí, pero nos sacaron a todos de los salones y un niño de cuarto se desmayó, se llama Marcos.

—No me digas, pobre Marcos. ¿Y cómo fue que te mandaron con nosotras?

—Pues mamá dijo que aprovecháramos que su primo Rubén venía a Miami y me podía traer con él, y así las visitaba a ti y a Iri. La verdad, yo creo que le dio miedo quedarse una semana conmigo en la casa, sin escuela, y como mi nana Mari también se fue a su casa porque se asustó con el temblor, y el jueves tiré unas pinturas en los zapatos nuevos de mi mamá, que creo que costaban mucho dinero porque hasta papá se enojó, pues hoy ya me habían comprado mi boleto y me vine. ¿Qué vamos a cenar?

—Iri, ¿qué vamos a cenar? —pregunté siguiendo a Alberto.

—Ahorita preparo algo —dijo Irina.

Alberto se acercó a mis papas y se llevó el recipiente a la cocina mientras me explicaba:

—Dice mamá que nada de porquerías antes de la cena, y además, estas papas te están haciendo llorar.

Cuando me di cuenta, Alberto tenía toda la boca llena de chile y la nariz de mocos; se había tragado la mitad de mis papas en el camino entre la sala y la cocina. En lo que estaba lista la cena, me contó sobre su vida escolar: que el prefecto de su camión tenía una rana de mascota, y que Álex, su amigo, había ido a China de vacaciones y había comido unos animales que eran como lagartijas. Irina nos avisó que ya estaba lista la comida, en definitiva se veía mucho más sano que mis snacks: sirvió salmón con arroz integral y una ensalada.

—¿Y mi cena? —preguntó Alberto con cara de pánico.

—Ese tercer plato es para el amigo imaginario de tía Vane, escuincle, ¿qué no estás viendo tu comida ahí servida? —respondió Irina sarcástica.

—Tengo seis años, yo no como arroz color café. Quiero otra cosa.

—Si tu amigo José puede comer lagartijas, tú puedes comerte ese arroz —agregué yo.

—Álex, se llama Álex. Por qué no me ponen atención cuando hablo.

—Esto es lo que hay hoy, Alberto, cómetelo y mañana te llevo a McDonald's por lo que quieras —dijo Irina estresada

—McDonald's es de bebés, a mí me gusta BurguerFi.

—Okey, te llevo adonde quieras. Ahora échale cátsup a tu salmón, simula que es una hamburguesa y cómetelo.

—Por qué no mejor me llevas ahorita a BurgerFi, pides una hamburguesa y "sumulas" que es una ensalada.

—¿Sabes qué es simular? —le pregunté, mientras me atragantaba de la risa.

—No, pero si yo lo puedo hacer con el salmón, tú también con la hamburguesa.

En esa ilustre conversación se nos fue la cena. Una vez que terminamos, Irina le dio el iPad a Alberto para poner al niño en "modo avión" y poder hablar de los acontecimientos del día. Le conté todo el drama de la pelirroja, el trauma que me provocaba ser reemplazada por la Sirenita y lo mucho que odiaba a André por cambiarme, pero más a Daniel porque lo culpaba al cien por ciento de la situación. Después de una hora de plática e insultos, nos dieron las doce de la noche y Alberto me pidió que lo fuera a acostar. Le puse la pijama y le di un beso de buenas noches. Cuando estaba por cerrar la puerta lo escuché decirme:

—Tía, ya no llores por tu jefe, vas a ver que se va a arrepentir.

—Perdón, mi amor, ¿qué?

—Te lo digo, a mí me pasó lo mismo cuando era chiquito el año pasado con Andrea que era mi novia, luego me cambió por mi amigo Álex cuando regresamos de las vacaciones de verano, yo creo porque traía muchos dulces de Estados Unidos. Después, cuando mi mamá me cortó el pelo y yo me veía más grande, quiso regresar conmigo, pero yo le dije que no. A ti te va a pasar igual.

La sorpresa me dejó sin ninguna respuesta inteligente, así que solo le dije que sí, que era exactamente lo mismo. Le di un abrazo, le agradecí el consejo y me fui rezando para que arreglar las cosas con André fuera tan fácil como llevarle dulces ricos de Estados Unidos.

El lunes me fui a trabajar sin ningún plan en mente más que sobrevivir el día. Como cada lunes, tuvimos junta, ahí André presentó a la roja como nuestra nueva gerente de ventas y, como dato extra, estuvo sentado en la mesa al lado de ella todo el tiempo. Con mi mente catastrófica, yo ya me estaba imaginando su fiesta de compromiso en la oficina y me comía las uñas de la ansiedad como si fueran mi desayuno. Él parecía no darse cuenta de nada. Acabó de hablar de la agenda de la semana y de lo que cada uno tenía programado y dio por terminada la reunión.

A la una de la tarde me mandó a llamar la recepcionista y me dijo que alguien me buscaba en la entrada. Salí y, para mi sorpresa, eran Irina y Alberto.

—Hola, güera, ¿qué haces aquí? —pregunté algo preocupada.

—No me mates, Vane, te juro que no te pediría esto si tuviera otra opción. Diego chocó y está en el hospital, tengo que ir a verlo y no tengo dónde dejar a Alberto. Ya juró que no te va a molestar, que no te va ni a dirigir la palabra. Le dejé mi iPad con todos los juegos bajados, eso lo debe mantener apagado por lo menos por tres horas. Espero que cuando te vayas al bar ya lo pueda pasar a recoger.

—No te voy a hablar, tía. Iri me prometió que si no te quejas de mí, me compra unos tenis que me gustaron.

La momia de la recepción, que por lo general carecía de cualquier expresión facial, no se pudo resistir a los encantos de Alberto e intervino en la conversación:

—Vanessa, deja que tu sobrino se quede, puede estar aquí conmigo para no interrumpirte en tus cosas; aquí no va a molestar a nadie.

—Gracias, señora —respondió Alberto muy educado, con su más adorable sonrisa que sabía perfecto lo que causaba.

—Pues bueno, niño, si no hay de otra, qué le vamos a hacer. Vete tranquila, Irina, yo me encargo de entregártelo sano y salvo. Y avísame cómo está Diego en cuanto llegues al hospital.

Decidí acabar con los pendientes más urgentes del día para poder llevarme a Alberto lo antes posible, pues estaba muy consciente del desastre que podía causar. Al parecer, y para mi pésima suerte, no me apuré lo suficiente. Estaba a la mitad de una llamada con uno de nuestros clientes más importantes cuando sentí una mirada clavada sobre mí desde la puerta. Volteé y por poco me da un ataque: ahí estaba André parado de la mano de Alberto mientras mordían un chocolate Carlos V y me estudiaban como si fuera una lagartija. La boca de Alberto parecía un arcoíris, con manchas de caramelo de todos los colores alrededor, chocolate hasta en la frente y su camiseta se asemejaba mucho a una pintura abstracta decorada con diferentes colores de betún. ¿De dónde demonios habían sacado un pastel a la mitad de una jornada laboral en un banco? ¿Por qué André le quería causar un coma diabético al niño justamente el día que me lo habían encargado?, y además, ¿por qué me veían como si la loca fuera yo?

Terminé la llamada sin escuchar la mitad de lo que el cliente decía, y mi mirada fue muy transparente porque Alberto se adelantó a decir:

—Es mi dulce del día, tía. En la casa me dejan comer uno todos los días si me acabo la comida.

No había terminado de hablar cuando de la bolsa de los pantalones se le empezaron a salir dos Tutsi pop, un Pulparindo y un mazapán, y todavía se veían bastante llenas.

—¿Y qué estás guardando en los pantalones? ¿Un dulce del día para cada día por el resto de tu vida? —le respondí, sin salir del asombro.

André interrumpió antes de que el niño tuviera la oportunidad de contestar:

—¿Y ahora resulta que él es el regañado?

—¿Perdón?

—¿Dejas sentado a un niño durante tres horas en una recepción, contemplando el horizonte y sin ningún tipo de entretenimiento y además te ofendes porque tiene un dulce?

—En primer lugar, no tiene un dulce, tiene ciento cincuenta; en segundo, no lo dejé sin ningún entretenimiento, tenía un iPad prendido y lleno de pila, con el cual te aseguro que prefiere jugar antes que convivir con cualquiera de nosotros; en tercero, me da gusto que lo defiendas y quieras tanto porque te lo vas a llevar a tu casa, a ver si logras dormirlo después de la sobredosis de azúcar que le acabas de dar. Por último, en la política de la empresa dice muy claramente que los empleados no deben venir con niños al trabajo, por lo cual decidí dejarlo afuera en lo que terminaba mis pendientes, así que, si nos vamos al fondo del asunto, esto acaba siendo tu culpa —argumenté.

—¿De verdad crees que a esto nos referíamos cuando pusimos esa regla? ¿A que dejaras a tu sobrino durante tres horas decorando la recepción como si fuera un árbol de Navidad?

En el fondo de mi cabeza escuché la risa de Alberto, al parecer, estaba bastante divertido con la discusión. André no pareció ponerle atención, ya que siguió hablando como disco rayado:

—Por supuesto que me lo llevaría a mi casa, de hecho, si fuera tu hijo, en este momento le estaría hablando a servicios sociales para que te lo quitaran, ¿qué habrías hecho si le pasa algo?

—¿Como qué? ¿Que perdiera en el nivel ciento cuarenta de Mario Bros? ¿O que se quedara sin pila en el iPad, Dios de mi vida, qué tragedia, cómo no lo pensé? Serían años y años de terapia para que supere ese incidente.

—Tía, deja de gritarle o no va a querer regresar contigo —intervino Alberto como si fuera lo más normal del mundo. Yo sentí que me moría en ese segundo, estaba pensando qué decir para salvar la situación, pero Alberto no había acabado—. Además, no me pasó nada. André me vio cuando salió desde temprano y me llevó a su oficina y me enseñó un juego en su computadora que es de coches chocones y le dije que mi pastel favorito era el de vainilla con chocolate en medio, y él me dijo que le gustan los cuernitos con chocolate, así que mandó a comprar las dos cosas con una señorita. Yo creo que deberías contentarte con él.

Mi cara estaba púrpura de la vergüenza y no parecía que las cosas pudieran ni salvarse ni ponerse más graves, así que sin decir una palabra agarré a Alberto de la mano y empecé a caminar a la salida. Pero si algo he aprendido a lo largo de mi vida es que las cosas siempre se pueden poner peor. Ya íbamos en el pasillo, llegando a la puerta, cuando Alberto vio a alguien de reojo; no pudo evitar gritar señalándola:

—¿Esa es la sorda pelirroja de la que estaban hablando mi hermana y tú ayer? Tienes razón, sí parece la Sirenita, pero tú estás más bonita, yo no creo que André te cambie por ella, tú no te preocupes.

Black out. Ahora sí podía sentir el infarto llegar y mis últimas palabras iban a ser: "Zorra, no sorda". Sentí que estaba en una película en cámara lenta. Logré salir del shock para voltear a ver a André: tenía la quijada en el piso de la sorpresa por lo que acababa de escuchar. Como única consolación vi a la susodicha caminando, ya lejos en el pasillo, muy tranquila, por lo cual pude asumir que no había escuchado las bellas palabras de Alberto, su vida seguía tan tranquila como siempre, aunque la mía estaba a punto de colapsar.

26

PASÉ EL RESTO DEL DÍA EN TRANCE. REPETÍ TODA LA SITUA-ción en mi cabeza más de un millón de veces, tratando de adivinar los diferentes ángulos desde los cuales André podía haberla interpretado. Hasta ese momento solo se me ocurría uno: "Vanessa es una psicótica celosa, no apta para cuidar niños, si fue capaz de contarle a uno de seis años su drama con todo y palabras altisonantes".

Podía irme olvidando de que me viera como su futura esposa y madre de sus hijos. Seguramente se iba a casar con la Sirenita, quien parecía una mujer en su sano juicio y que iba a actuarles obras de Disney a sus hijos y enseñarles canciones de Trepsi, a diferencia de frases como "zorra pelirroja". En mi defensa, yo no tenía manera de saber que este niño en específico tenía oído selectivo, y mientras había decidido no escuchar las cuatro veces que lo llamamos por su nombre para que se metiera a bañar, por tener los ojos perdidos en su aparato, sí iba a oír hasta el más mínimo detalle de mi vida sentimental al grado que podía escribir mi biografía.

Cuando le conté a Irina, ni siquiera logró regañar a Alberto con seriedad, porque se atragantaba de la risa. El niño no acaba-ba de entender qué había hecho mal, para él su crimen más grave había sido darse una dosis de azúcar más alta de la permitida, y no se le notaba muy afectado. Qué bonito parecía ahorita el día cuando mi mayor problema era que Alberto tenía betún en la

179

camiseta y dulces en las bolsas. Con ese pensamiento me quedé dormida, imaginando que la siguiente mañana tendría que ir a la oficina con máscara de luchador para ocultar mi vergüenza; o que despertaría y toda la escena iba a ser producto de mi imaginación. A la una de la mañana el sonido de un mensaje me regresó a la triste realidad: "No estoy saliendo con Mariel, la Sirenita".

Sé que el mensaje tendría que haberme aliviado y de alguna manera rara era un buen detalle de su parte hacérmelo saber, pero su sequedad de las últimas semanas me tenía cansada: la única vez que había decidido dirigirse a mí era para defender los derechos de un niño, y después de no hablarme todo este tiempo escribía un mensaje con ni más ni menos que siete palabras.

"¿Eso es todo lo que vas a decir?"

Typing...

"Te aseguro que cuando decida salir con alguien no me la pienso ligar ni en la oficina ni en tu cara."

Typing...

"Tengo más educación que eso y me extraña que no lo sepas."

Typing...

"Las cosas entre nosotros quedaron claras, si tienes que saber algo te vas a enterar por mí y no espiándome por el vidrio de la oficina."

Typing...

"Y no me había dado cuenta, pero tienes razón, sí se parece a la Sirenita."

Typing...

"Buenas noches."

Lo bueno es que no esperaba una respuesta porque mi cabeza no lograba procesar ninguna lógica. Qué pretendía que contestara: "Qué alivio que no estás saliendo con ella; por qué pensarías en salir con alguien si tú y yo tendríamos que estar juntos; ¿cómo te diste cuenta de lo del vidrio? Tienes razón, Daniel me dejó paranoica, pero tú eres diferente y lo tengo que acabar de entender; sí, tengo muy buen ojo para encontrarle parecidos a las personas".

Al final opté por el silencio y este duró más de lo que me hubiera gustado. Pasaron tres semanas y André apenas volteaba a verme. Ahora sí todo indicaba que lo había perdido, pero mi cerebro se negaba a aceptarlo, así que decidí recurrir a un poco digno y muy desesperado intento de llamar su atención. Empecé a vestirme todas las mañanas como si fuera a una pasarela, más imprudente, imposible: faldas arriba de la rodilla, tops pegados con los que estaba segura se me cortaría la respiración, todo con tal de causar alguna reacción en André. Pero no sucedía nada; en cambio, Daniel, como siempre, no se aguantó su opinión:

—¿Quieres una sudadera, Vane?, me da miedo que te vaya a dar un resfriado.

—Gracias, Daniel, estoy bien.

—¿No te estamos pagando suficiente?

—Definitivamente, no, pero ¿a qué se debe tu pregunta?

—Es evidente que no te alcanza para vestirte. En la última semana no has usado ni una sola prenda que tenga más de veinte centímetros de tela, ¿o te lo estás gastando todo en rímel y maquillaje?

—No sé si creas necesario hacerte un desglose detallado de mis gastos, pero te aseguro que me pagas mucho, pero mucho menos de lo que merezco, tanto por mi trabajo como por aguantar tus comentarios sarcásticos y tu muy retorcido sentido del humor.

—Al parecer, sufres de memoria corta, ¿no recuerdas que Martín te ofreció un muy considerable aumento de sueldo, bajo mis órdenes, cuando regresaste a trabajar? Pero la señorita dignidad se rehusó. Me da pena, pero la oferta expiró.

—No te preocupes, prefiero no vestirme el resto del año que recibir un solo centavo que te ayude a sentir mejor por haberme obligado a volver aquí.

—Tu teoría serviría si en algún momento me hubiera sentido mal, pero a estas alturas deberías haberte dado cuenta de que no soy muy adepto a las culpas —dijo, y muy serio agarró un clínex de su escritorio y me lo pasó—: Ten para que seques las lágrimas de tu tan triste historia, o te limpies el exceso de maquillaje, o en el peor de los casos, para que lo uses como falda, ya que es del mismo tamaño que la que traes puesta y el blanco es tu color.

Algo había cambiado radicalmente en mi relación con él: aunque esta conversación era idéntica a miles que tuvimos cuando entré a trabajar, el efecto era totalmente distinto. Lo que hace meses me hubiera provocado gastritis por una semana, hoy no me causaba ninguna sensación, en todo caso, un poco de risa. Él no había cambiado, pero yo sí, su opinión me había dejado de importar y darme cuenta de eso me impactó.

Las semanas siguientes Daniel optó por un cambio de estrategia. Mientras que en el banco todo era indiferencia y formalidad, en el bar parecía que había pasado de ser la empleada indeseada a la reina de España. Se desvivía por llamar mi atención y aunque en un principio yo apenas y le daba la cara, al paso de las semanas, por pura comodidad, empecé a ceder. Era insoportable no dirigirle la palabra a ninguno de mis dos jefes, y como André no me quería hablar y Daniel no paraba de hacerlo, era más fácil contestarle al segundo que convencer al primero. No éramos mejores amigos, pero sí empecé a relajarme cuando estaba con él, pedía mi opinión para decisiones de trabajo y podíamos convivir en la oficina sin que se desatara una guerra. Dos semanas más: del trabajo a la casa y de la casa al trabajo, sin ninguna novedad.

Un viernes en la tarde tuvimos una cita con uno de nuestros proveedores de alcohol, quería planear la fiesta de su compañía en el bar. Daniel y yo estuvimos de acuerdo en casi todo y la cita fluyó a la perfección, el proveedor se fue y nos quedamos a discutir los detalles. Estábamos en eso cuando su celular sonó y, por instinto, volteé a ver la pantalla no muy discretamente, por lo que Daniel se dio cuenta. Era Samantha, dejó sonar el celular mientras me clavaba la mirada. Volvió a sonar y esta vez ni siquiera hizo el esfuerzo de voltear a la pantalla. El aparató se calló, pero su mirada no se movió ni un milímetro.

Por alguna razón este hombre tenía la capacidad de cambiar el ambiente de un minuto al otro: pasamos de estar relajados a sentir una tensión que se podía cortar con un cuchillo. Quería romper el momento pero no lograba desviarle la mirada, él no parecía incómodo. Empecé a caminar a la salida pero me detuvo.

—Por lo menos dime que estás celosa.

—Daniel, te ruego no empieces, no rompas la paz que estamos construyendo —le dije con una voz apenas audible.

—No voy a romper nada, no te voy a incomodar, solamente no puedo quedarme callado más tiempo. Verte arreglarte así todos los días y pensar que no lo haces para mí me está matando. Tienes que saber que te sigo esperando, que en el momento que tú decidas, dejo todo por ti. Esa paz de la que hablas, yo no la he tenido ni un segundo desde que me enteré de que estabas con él y estas semanas que nuestra relación empezó a mejorar, no puedo dejar de pensar que a lo mejor ya no es así, que posiblemente tú y yo todavía tenemos esperanza, a lo mejor la felicidad todavía no se me escapa de las manos al cien por ciento. Si es así, estoy dispuesto a todo para que te des cuenta de que tu lugar es a mi lado y no con André.

No voy a mentir, su franqueza me dejó temblando, pero me rehusé a volver a caer en la trampa.

—Te ruego, te suplico que si me quieres no vuelvas a hablar de nosotros. Con toda claridad te confieso que en algún momento estuve derretida por ti, e ilusionada con la idea de escucharte decir esas palabras y empezar una relación contigo, pero con esa misma honestidad te confieso que hoy lo quiero a él con más fuerzas de las que te puedas imaginar.

—Y yo te imploro que entiendas que no me pienso dar por vencido.

Me jaló y me dio un rápido beso en la boca, casi inexistente; si no fuera porque los labios me seguían cosquilleando después de salir corriendo de su oficina, hubiera pensado que lo soñé. Ni siquiera se lo conté a Irina, confiando en que si ella no lo sabía, en realidad no había pasado.

27

DECIDÍ QUE LA MEJOR FORMA DE BLOQUEAR A DANIEL Y sus intentos por reconquistarme era no cesar en los míos para causar una reacción en el hombre que realmente me importaba. Aproveché que al día siguiente teníamos una comida semielegante con Bruce y los socios del Banco de México y decidí echar toda la carne al asador. Me puse el vestido esmeralda con escote pronunciado que sabía perfecto que era la debilidad de André, en un desesperado intento por hacerlo reaccionar. Me lo había puesto para ir a cenar unas semanas después de volver de Tulum; mientras comíamos él había estado por completo distraído: le preguntaba una cosa y me contestaba otra, no podía hilar una sola oración. Llegué a pensar que quería cortarme y no sabía cómo. Me paré al baño nerviosa antes del postre y cuando salí, me estaba esperando afuera. Abrió la puerta, me jaló hacia adentro y cerró con seguro. De lo que pasó dentro no voy a dar detalles, ya que muy posiblemente me perderían el respeto. Cuando salimos solamente me dijo: "Creo que es más sano que ese vestido solamente lo uses en la casa y para mí". Así lo había hecho hasta el momento, pero los tiempos desesperados ameritaban medidas desesperadas.

Cuando llegué a la reunión ya estaban todos sentados en la terraza. Caminé hacia ellos como si fuera mi propio desfile de modas: lentes de sol, pelo suelto recién secado, lipstick rojo y tacón de treinta centímetros de altura… todos los socios se levantaron educadamente a saludarme. Sentí un atisbo de esperanza cuando vi a

André perder la compostura por un momento: se desajustó un poco la corbata y parecía que le faltaba el aire. Por desgracia había que aceptar que a mí me faltaba más, solo verle los brazos me parecía la imagen más erótica del mundo y no podía dejar de imaginar en dónde habían estado esas manos y todo lo que estaba dispuesta a hacer con tal de volver a sentirlas.

Los socios volvieron cada uno a su lugar, lo cual me sacó de mi trance y me colocó en la realidad: esperaban que André retomara la conversación en donde la habían dejado antes de mi repentina aparición. Al ver que esto no pasaba, Bruce tuvo que intervenir:

—Vamos a darle un minuto a mi nieto para que se recupere de la impresión. Mientras, yo les voy dando los resultados del último trimestre.

Los socios se atragantaron la risa y André puso una cara de asesino que no supe si iba dirigida a mí o a su abuelo. El cometido se había logrado: lo había sacado de su zona zen, aunque no me dijera nada, por lo menos ya estaba segura de que la indiferencia de los últimos tiempos era fingida. Cuando regresábamos a las oficinas, camino a la mía me detuvo y me dirigió a la suya. Habíamos pasado tanto tiempo sin contacto físico, que cuando me puso la mano en la espalda para empujarme hacia dentro, sentí que me electrocutaba.

—Flaca, ¿cuántos años crees que tengo? —dijo con esa sonrisa que hacía que todo por dentro me temblara.

—¿A qué viene esa pregunta? —respondí desconcertada.

—¿Piensas que soy un puberto que no va a poder contenerse y va a ceder a todo porque le gusta tu escote?

—¿Te gusta mi escote? —contesté, con la sonrisa más coqueta que logré.

—No soy de piedra, Vane, a pesar de lo que piensas. Me gusta tu escote, me gustan tus piernas, me encanta la falda color caramelo que traías ayer y el vestido rojo que te pusiste antier. Me fascina tu sonrisa y me vuelve loco tu cara de desesperación cada vez que sientes que no te estoy poniendo atención. Pero yo no pienso ceder, así que si quieres conseguir algo hay una sola forma, y tú sabes perfectamente cuál es: deja el bar y acepta mi apoyo para lidiar con Daniel y su maldito contrato. Si no, deja de hacerme esto porque vamos a quebrar la compañía si paso un solo día más sin poder concentrarme en los números por verte las pompas.

¡Qué desesperación con este señor y su madurez! No había forma de ganarle, cada vez que abría la boca me hacía sentir como una niña chiquita y caprichosa. Últimamente, además, también me hacía dudar de mi cordura: sé que me había dicho mil veces que entre él y la Sirenita no pasaba nada, pero para mí cada vez era más difícil creerle. Conforme pasaban los días más me convencía de que me había superado, y que no alucinaba al pensar que algo sucedía entre ellos dos; cada vez que los veía se estaban riendo en el pasillo, o ella tocándole el hombro innecesariamente, coqueteándole, y él se veía muy cómodo con la situación. Probablemente sueno como una loca, pero no era difícil pensar que ella se enamoraría de él, de hecho, era lo más lógico.

Lo que realmente me preocupaba era que él comenzara a sentir lo mismo. Por más que yo había tratado de hacer una investigación exhaustiva para averiguar algo negativo de ella, no encontré nada. Busqué cualquier aliado en la oficina que me dijera que era una maldita, o que todos en su departamento la odiaban, que siempre hacía quedar mal a los demás con los jefes o que le apestaba la boca. Lo único que logré averiguar fue que, al parecer, era amiga de todos los niños, la mitad de los hombres de la oficina tenían una leve obsesión con ella y las mujeres la consideraban la joya de la corona.

Un jueves llegó tarde a la oficina; mi desesperación había arribado a tal grado que cualquier cosa que ella hiciera mal (aunque fuera algo que yo hacía cuatro de cinco días a la semana) me parecía una pequeña victoria. Así que cuando no la vi sentada en su escritorio a las 9:30 a. m., la parte más patética de mí no se aguantó las ganas de ir a señalar que "doña perfecta" se había quedado dormida. Cuando fui con su secretaria a preguntar dónde estaba, porque necesitaba pedirle unos reportes, me contestó que ese día llegaba a las once porque iba al psiquiatra. Sí me dio algo de culpa la alegría que sentí en ese momento, no les voy a mentir; enterarme de que no estaba bien de sus facultades mentales era más de lo que estaba esperando saber. Claro, yo no soy un ejemplo de salud mental ni mucho menos, pero como toda persona normal en el siglo XXI, arreglaba mis problemas con alcohol o un Tafil de vez en cuando, si la cosa se ponía dura.

El hecho de que la secretaria me dijera que esta mujer estaba en el psiquiatra como si fuera la cosa más común del mundo me abría la puerta a fantasear con todas las posibilidades: a lo mejor era bipolar y en la oficina solo sacaba su mejor faceta; posiblemente tenía problemas de ira incontrolable; a lo mejor era una psicópata como las de *Criminal Minds* y tenía gente encerrada en su azotea y muñecas con alfileres. Y yo pensando que la loca era yo.

A las diez de la mañana no pude controlar más la curiosidad de saber si André estaba al tanto de que su novia estaba desequilibrada y tuve que ir directamente a investigarlo. Me dirigí a su oficina con cara de pura inocencia y le pregunté si de casualidad tenía idea de dónde estaba Mariel porque quería pedirle unos reportes. Con la sonrisa más sarcástica que le conocía me preguntó cuáles reportes exactamente. Ante mi minuto de estúpido silencio, me contestó con toda tranquilidad que estaba en el psiquiatra. Me di la vuelta para irme, un poquito histérica y decepcionada de descubrir que no era ninguna novedad para él que su amiguita estaba desquiciada, cuando, con una voz que si no me equivocaba sonaba divertida, André dijo:

—Va una vez al mes al área de psiquiatría infantil y organiza diferentes actividades para los niños. Hoy les llevó una obra de teatro; el mes pasado, a un grupo musical, y para el mes que entra estaba planeando que les dieran permiso de salir para hacer una excursión al museo.

Estoy segura de que la expresión en mi cara hizo este momento todavía más divertido para André, así que con muy mal disimulado estrés salí de la oficina azotando la puerta (muy maduro de mi parte, por supuesto). Esto era el maldito colmo, ahora resultaba que aparte de ser una empleada ejemplar, también seguía los pasos de la madre Teresa de Calcuta y en cualquier momento se ganaba el Premio Nobel de la Paz. Si esto era una competencia, tenía que darla por terminada. La única interacción que André me había visto tener con un niño había sido el día que Alberto vino a la oficina, y después de eso estaba convencida de que no solo creía que no tenía la habilidad de cuidar a ningún niño, sino que posiblemente también pensaba que yo era la que los volvía locos.

Mis inseguridades empezaron a sacar lo peor de mí. Me pregunté qué hubiera pensado André de habernos descubierto un día antes de que se fuera Alberto de regreso a México, brincando en la cama cantando al ritmo de "Puto" de Molotov como despedida. En mi defensa, el niño la puso, mi único pecado fue sabérmela, cosa que a él le causó bastante gracia.

El lunes, después de un fin de semana de mucha autodestrucción psicológica, llegué al bar con una actitud bastante deprimente. Desde el primer día, Jorge siempre lograba quitar la amargura a mi carácter ácido, por eso encontrarlo sonriendo de oreja a oreja fue un gran alivio. Al parecer, su última conquista estaba durando más de lo esperado; si no me equivocaba, esa felicidad ya llevaba más de un mes.

—A qué debemos esa alegría contagiosa —le pregunté sarcástica.

—Una buena noche y unos buenos siete minutos esta mañana, si sabes a lo que me refiero.

—Creo que preferiría no saber, pero bien por ti.

—Y tú, ¿a qué debemos esa cara de estreñimiento severo?

—Créeme, prefieres no saber.

—Temo decirte, mi querida amiga, que estás muy equivocada. Hace mucho que no platicamos y no tengo nada que hacer más interesante que escuchar tu drama durante la próxima hora.

Eso hicimos: nos sentamos en la oficina y le conté desde el cambio de actitud de su hermano hasta la indiferencia de André y su muy cálida amistad con la Sirenita.

—Mira, flaca, no quiero ser un traidor a la patria, pero creo que en esto tengo que darle la razón a tu novio. Yo no pienso que sigas enamorada de mi hermano ni mucho menos, suenas muy genuina cuando hablas de André y lo mucho que lo quieres, pero definitivamente hay un círculo que sigue abierto, una parte donde la total indiferencia todavía no es una posibilidad, y aunque ames a André, todavía estás aquí contándome una historia que trata cincuenta por ciento sobre mi hermano. Como hombre te confieso que no lo aceptaría, no digo que sea tu culpa pero es un hecho que si quieres tener una posibilidad real con André tienes que cortar con esto de raíz. Haz lo que sea necesario, si es con una plática, si es intentarlo otra vez con Daniel para asegurarte de que no funciona, cualquier cosa sería mejor que seguir lastimando a todos sin estar al cien por ciento en ningún lado. Mientras lo meditas, como siempre, tengo una noticia que te va a resolver la vida y va a hacer que te enamores más de mí.

—Entonces no me la digas, no puedo lidiar con más problemas emocionales.

—Tenemos una conferencia el miércoles en Orlando y mi papá quiere que vengas conmigo. Es sobre nuevas tendencias en la industria y cree que tú eres la más capaz para retener la información. Salimos el miércoles en la tarde y regresamos el viernes en la noche. No estaba seguro de que aceptarías porque implica faltar al banco, pero como están las cosas, te va a hacer mucho bien. Te reservo el vuelo ahorita mismo.

—Suena muy tentadora la oferta, pero dudo que ver a Mickey y subirme a *Small World* resuelva alguno de mis problemas.

—A lo mejor eso no, pero *room service*, películas de Julia Roberts y tres días de convivir conmigo te puede dar un poco de perspectiva.

Estaba segura de que nada en este momento me podía hacer tanto bien como desconectarme y pasar tiempo con Jorge, así que llegué al banco al día siguiente directo a decirle a André. No pareció hacerle mucha gracia, pero fuera de preguntarme dos veces si íbamos solo Jorge y yo no hizo nada que me hiciera pensar que la noticia le importaba mucho.

28

EL MARTES EN LA NOCHE JORGE ME AVISÓ QUE EL MIÉRCO-les tenía una cita fuera de la oficina, cerca del aeropuerto, así que quedamos de vernos directo ahí. A las seis de la tarde yo estaba lista y emocionada, como si se tratara de un viaje de seis meses por Europa. Me urgía desconectarme de todo y todos, y esta era una oportunidad perfecta.

A las siete Jorge no había aparecido, pero conociendo lo impuntual que era decidí no esperar y meterme a la sala, llegara él o no yo me montaba en ese avión sí o sí. A las 7:20 empezamos el abordaje, pero nada. Le llamé dos veces y me mandó directo al buzón. Lo iba a matar si me mandaba sola a Orlando, pero prefería eso a quedarme. Seguramente me alcanzaría en el siguiente vuelo; Daniel y Eduardo lo querrían matar, pero eso le pasaba por irresponsable. Me fijé en la fila mientras abordaban los últimos pasajeros, empecé a escribir un mensaje de texto, no para que se apurara, solamente para insultarlo por dejarme sola, pero, de pronto, la presencia de mi vecino de asiento guardando su equipaje de mano me desconcertó.

—Hola, Vanessa, Jorge no pudo venir, me pide que lo disculpes, ¿prefieres ventana o pasillo?

Pensarán que se están equivocando, que no puede ser lo que se imaginan, que a una misma persona no le pueden suceder tantas cosas malas, que era otro moreno de dos metros con espalda ancha, muy parecido al otro... pero efectivamente era el mismísimo Daniel en persona.

Traté de contar hasta 150 antes de empezar a hablar, quería calmarme, no iba a darle el gusto de que viera cómo me vetaban de la aerolínea y me volvía persona *non grata* en los vuelos de United Airlines. Lo que sí les aseguro es que si yo fuera terrorista, ese hubiera sido el momento exacto en que hubiera explotado la bomba.

—Daniel, no sé qué truco usaste ni en qué bodega tienes amarrado a tu hermano, porque sinceramente dudo que él fuera capaz de hacerme algo así; te aviso que no pienso viajar contigo a ningún lado —en ese instante me volteé desesperada a llamar a la aeromoza.

—Muy bien, Vane, tú acúsame con la maestra, seguramente van a abrir las puertas del avión y van a hacer bajar a todos los pasajeros porque a ti te incomoda viajar con tu "ex". Por favor, ahórranos la pena. Si de verdad eres tan infantil para no poder hacer un viaje de trabajo conmigo, llegamos a Orlando y tomas un vuelo de regreso. Hasta te lo pago para que no tengas que hacer el gasto.

—Por favor, explícame, ¿quién hace algo así? ¿Cómo llegaste al punto de emboscarme en un viaje sabiendo que estoy con alguien más y no quiero estar contigo?, ¿qué te hace pensar que tienes el derecho de manejar la vida de todos como un show de marionetas?

—A ver, Vanessa, otra vez se te está yendo la mano con el drama. Mi hermano está en la casa vomitando hasta los recuerdos con una infección de la panza, me pidió que te avisara que no podía moverse, que trataría de alcanzarte mañana. Yo decidí que era importante que uno de nosotros estuviera presente, así que vine. Jorge no tuvo nada que ver, así que te pido por favor que no lo hagas sentir culpable y no me metas en un problema con él. Creo que estaría bien que tú también estés presente en la conferencia mañana, pero si de verdad te va a causar un problema y quieres regresarte, hazlo, yo no te voy a detener.

—No hagas como si no supieras que esto iba a volverse una situación incómoda, no puedes realmente creer que no tiene nada de malo que, sin avisar, te hayas aparecido en un avión para venir conmigo a Orlando y que yo piense objetivamente que todo fue por el mero profesionalismo de presentarte en una feria a la que por lo general mandas a tu hermano porque a ti te parece una pérdida de tiempo.

—Vane, yo ya te dije lo que te tenía que decir. Ahora tú puedes hacer lo que quieras, no voy a empezar una discusión más, así que me voy a poner los audífonos como el resto de los pasajeros y voy a darte tiempo para que te relajes.

Hizo exactamente eso y me dejó pasmada y sin entender absolutamente nada. Últimamente todo me hacía dudar de mis capacidades: no sabía si estaba loca, si era una exagerada, si era la única normal. De lo que sí estaba segura era de que, lo pusiera en las palabras que lo pusiera, para André la conclusión iba a ser muy simple: por una razón u otra estaba en un viaje sola con Daniel. Decidí que le llamaría para contarle lo que había pasado, luego le explicaría que al día siguiente pensaba ir a la feria en la mañana y a las seis de la tarde estaría de regreso en Miami. Con esa resolución en la mente logré relajarme un poco. Me puse los audífonos y logré volver a respirar. No tenía por qué actuar como niña y salir corriendo, pero tampoco tentar al diablo y quedarme dos noches en el mismo hotel que Daniel.

29

APENAS TOCAMOS TIERRA INTENTÉ CONTACTAR A ANDRÉ, pero su celular me mandó directo al buzón. Esto causó que mi humor evolucionara de malo a desastroso. Camino al hotel, el recorrido en el taxi lo pasamos en un incómodo silencio. Llegamos a hacer el check-in, estuve a punto de pedir que me dieran el cuarto en un piso diferente, pero decidí que sería darle demasiada importancia. Agarré la llave y me fui directo a mi cuarto, a seguir tratando de comunicarme con André, no iba a estar tranquila hasta que no me contestara y me dijera que no me preocupara, que era un viaje de trabajo y, como dijo Daniel, yo estaba exagerando con este ataque de ansiedad. Sé que en ese momento ya no era mi novio, y posiblemente le daba igual si estaba con Daniel en la misma ciudad, en el mismo hotel o en el mismo cuarto, pero mi cerebro se rehusaba a aceptar esa realidad. Llamé por lo menos siete veces pero nada. A los veinte minutos sonó el teléfono del cuarto, obvio no era, pero por instinto corrí al teléfono con la ilusión de escuchar su voz.

—¡Hola!

—Hola, Vane, ¿vamos a cenar algo? Estoy hambriento y no quiero pedir *room service*, podemos aprovechar y organizar el día de mañana.

—Gracias, Daniel, yo ya pedí —mentí.

—No te creo, pero como quieras. Disfruta tu encierro, mañana a las siete de la mañana en punto nos vemos en el lobby.

Desconecté el teléfono del cuarto por si a Daniel se le ocurría hacer otra llamada amistosa, no necesitaba más interrupciones durante mi noche. Me metí a la tina por una hora, para ver si lograba soltar el cuerpo, relajarme y obtener un poco de perspectiva con lo que estaba pasando. Francamente, me causaba mucha paranoia que André no me contestara, muy posiblemente se había quedado sin pila y no tenía forma de imaginar que yo le iba a hacer dieciséis llamadas para avisarle que estaba emboscada en un hotel en Orlando. Pedí *room service*, dos órdenes de alitas Búfalo, una orden de sliders, un helado y mucho alcohol. Seguí el consejo de Jorge y puse en la tele *Pretty Woman* para ver si Julia Roberts tenía algún consejo interesante que me ayudara a resolver este problema. Aparte de hacerme llorar, no logró nada, así que a las 11:30 p. m. apagué la tele y, semiborracha, me preparé para dormir. Agarré el celular para hacer un último esfuerzo por *stalkear* a André y no tuve que hacer gran cosa: abrí Facebook y la primera notificación que me salió fue: Mariela Valdez está con André Davis, acompañada de una foto de los dos. Parecía que estaban en un restaurante y él la abrazaba de la cintura, distraído, como si no se diera cuenta de que le estaban sacando una foto, lo cual hacía las cosas mucho peores: esto no era una artimaña para darme celos, era simple y sencillamente él con una nueva novia y yo, como una estúpida, intentando encontrarlo para darle explicaciones que nunca me pidió.

Instintivamente apagué el celular y lo aventé al otro lado del cuarto, con todas las fuerzas que pude; me dolió el cuerpo como si tuviera quemaduras de tercer grado, el pecho se me empezó a cerrar y las piernas se me durmieron. Nunca me había sentido tan rota como en ese segundo, nunca me había dolido tanto algo. Quería que el mundo se acabara en ese instante, que no tuviera que despertar al día siguiente y lidiar con eso; quería que la vida fuera como lo era dos minutos antes, cuando en mi ignorancia lo peor que había pasado era que se le había acabado la pila, cuando mis peores miedos todavía no eran una realidad, cuando André aún sentía algo por mí y nada por ella. Enterré la cara en la almohada y empecé a llorar, como si las lágrimas pudieran desaparecer la imagen que me atormentaba. No sé cuánto tiempo pasé en esa posición, pero en algún punto escuché que alguien tocaba la puerta, era como un sonido lejano que no lograba registrar. De repente, el ruido se empezó a escuchar mucho más fuerte y desesperado, así que salí de mi trance, le di otro trago a la botella de vino que estaba en el buró y fui a abrir la puerta. La cara de shock de Daniel recalcó que probablemente me veía casi tan mal como me sentía.

—¿Estás bien?, traté de llamarte mil veces y no respondías —me preguntó realmente preocupado.

Le contesté con un gesto de la cabeza porque dudaba que las palabras me salieran. Él entró al cuarto y me abrazó, casi cargándome, como si fuera una niña, me apoyé en su hombro y seguí berreando desesperada durante diez minutos más y después le enseñé la foto. Contestó que André era un cabrón y que ahorita se veía tranquilo porque todavía no sabía el infierno que era perderme. Aunque su comentario era con toda la intención de ayudar, una parte de mí deseaba que me dijera que seguro yo estaba equivocada, que esa foto podía no significar nada. Necesitaba ir aceptando las cosas tal y como eran. Daniel y yo nos quedamos en silencio un largo rato, acostados en la cama, mirando al techo. Me agarró la mano y yo no se la solté. De repente volteó y me dijo en un susurro:

—Vane, por favor dame una oportunidad. Estoy seguro de que tu lugar es conmigo. Sé que he cometido más errores de los que puedes contar, que soy una persona complicada, pero tú eres la única mujer por la que puedo y voy a cambiar, déjame intentarlo.

Se me acercó y vi el momento exacto en que todo iba a pasar, el instante en que iba a cometer el grave error de dejarme llevar, pero no encontré fuerzas para detenerme. Comenzó a besarme y yo le devolví el beso con la misma fuerza, intentando que sus labios me hicieran sentir lo mismo que antes de conocer a André. Me abracé a él como si fuera mi chaleco salvavidas y traté de cubrir con su cuerpo cualquier otra imagen que tuviera en la cabeza. Sentí sus manos en mis piernas levantando mi pijama y supe que estaba por cruzar un puente sin regreso. Mi cuerpo y mi cabeza no estaban conectados, me dejé guiar, no quería hacer ningún tipo de contacto con la realidad. Él hablaba, pero yo intentaba bloquear su voz y solo concentrarme en las sensaciones que me provocaba al estar así.

—Llevo soñando con esto desde el primer instante en que te conocí; no puedo creer que tuve que esperar tanto tiempo para estar así contigo, para tenerte aquí conmigo. No sabes cuántas veces te imaginé, preguntándome cómo se sentiría tu cuerpo enredado con el mío, pero valió la pena la espera.

No quería ni estaba poniendo mucha atención, pero algo en esa frase me hizo corto circuito.

—¿A qué te refieres con la espera, si estuvimos juntos la noche que nos conocimos? —pregunté extrañada, pero sin separarme de él.

—Nunca te lo dije, pero esa noche no pasó nada entre nosotros. Me dejaste esperando en el cuarto; cuando entré al baño te encontré roncando sobre el lavabo, con pasta de dientes en la cara, así que te quité el vestido para que no durmieras incómoda, te metí a la cama a dormir y me acosté a tu lado. Como al siguiente día despertaste insoportable, decidí no contarte nada para darte una lección.

¡Y ahora lo decía como si fuera una historia simpática que sucedió un día, y me lo contaba con una sonrisa en la boca!, ¡como si no tuviera ninguna importancia que durante un año tuvimos una relación ficticia basada en una noche que nunca pasó!

—No entiendo —empecé a alejarme en estado de shock—. ¿Por qué me dices esto ahorita? —me levanté de la cama. Él me seguía mirando como si no entendiera cuál era el problema.

—Me pareció que era algo bonito que supieras que esta iba a ser nuestra primera vez.

—¿Te parece algo bonito?, ¡qué bueno! —me agarré la cabeza, perdiendo por completo el control—. ¡Te parece algo bonito! ¿Y no te pareció "bonito" decírmelo en el momento en que me viste enloquecer sintiéndome la mujer más ridícula y fácil del mundo por haberme metido con mi jefe? ¿No te pareció bonito pensar en eso antes de contarle a tu hermano que había pasado algo entre nosotros?, ¿o cuando me viste pelear con mi novio mil veces por tu culpa? ¿No encontraste un espacio de tiempo durante todo un año para decirme: Oye, Vane, por cierto, nunca nos acostamos, fue solo una mala borrachera sin consecuencias?

—Vanessa, por favor, cálmate. No es para tanto, nuestra historia es la misma nos hayamos acostado o no. Sigue siendo igual de real e importante, si pasó o no es lo de menos.

—Me impresiona tu manera de pensar, que tu manipulación llegue hasta un punto donde no distingues lo bueno de lo malo, y todo vale según te convenga. No te parece nada grave haberme hecho creer durante un año que dormimos juntos… no puedes entender todo lo que eso me provocó, el verte la cara en la oficina después y tener que reevaluar todas mis decisiones cada día. Soportar toparme a tu novia y sentir la culpa de haber sido "la otra", el cuerno, el tipo de mujer que no quieres que tu esposo conozca. Aparte, lo sabías, en ningún momento te oculté lo que esa idea me causaba y tú lo aprovechaste, usaste mi debilidad para hacer de mi vida un infierno.

—Vane, de verdad, yo nunca lo vi así, no pensé que te estuviera lastimando, nunca te mostraste vulnerable o dolida. Al contrario, siempre fuiste la fuerte, la orgullosa, la que tenía la cabeza levantada. Gran parte de por qué fui un cabrón contigo es porque me frustraba que con nada te derrotaba, nada de lo que hacía podía dolerte, nunca te vi sufrir por mí y yo no lograba entender por qué estaba solo en esto.

—Ese es el problema: no me conoces. Solo entiendes a un tipo de mujer y es la que llora para conseguir lo que quiere, la víctima que se queja de todo sin asumir responsabilidad de nada. Yo no soy esa, yo tomé la decisión de hacerme cargo de lo que había hecho y lidiar con las consecuencias. Pero no te equivoques, me dolieron todas y cada una de las cosas que me hiciste, me mataba verte con tu mujer, y me destruiste cuando trataste de quitarme mi trabajo, simplemente porque te incomodaba mi presencia.

Pero pude lidiar con eso, lo enfrenté de la mejor manera posible; y apenas encontré una salida digna y me alejé de ti, volviste a bloquearme el camino y me obligaste a regresar.

Pude ver que mis palabras realmente le estaban afectando, eran algo nuevo para él. En verdad, durante todo el tiempo él pensó que jugábamos el mismo juego y nunca consideró que había sentimientos de por medio.

—Vane, por favor, perdóname —su expresión era de un genuino dolor, nunca le había visto algún gesto parecido—. No puedo creer lo ciego que estuve y el daño que te hice. No entiendo cómo, queriéndote como te quiero, pude lastimarte tanto.

—No te culpo, Daniel, eso es lo que tú conoces y la forma en que te relacionas. Tienes que entender que, por eso, nunca funcionaríamos juntos, mi personalidad no saca lo mejor de ti y está bien. Tú buscas a alguien más dócil y tranquila, a quien puedas proteger, y esa nunca voy a ser yo. Vas a vivir tratando de cambiarme y yo tratando de adaptarme a lo que tú quieres que sea, para no salir lastimada.

Tras un pequeño silencio en el que Daniel se veía igual de mal que yo, dijo:

—Me está matando decir esto y hay muchas cosas que todavía no entiendo, pero algo que me queda claro es que tengo que dejarte ir, aunque sea lo más difícil que me toque hacer en esta vida.

Tenía lágrimas en los ojos y yo no pude contener las mías. En ese momento se había roto algo entre ambos, y pude ver que era el final: de nuestros juegos, de nuestras peleas, de nuestra relación. Nos abrazamos y no nos soltamos durante varios minutos.

Aunque me quebró el dolor de la despedida, una parte de mí se sentía liberada. Por primera vez pude exponerme vulnerable ante él y expresarle con claridad cómo me sentía. Por fin ese capítulo se iba a cerrar y los dos podríamos continuar con nuestras vidas.

30

DURANTE EL REGRESO DEL VIAJE MI CABEZA NO PARÓ DE dar vueltas. Tenía demasiadas cosas que pensar: era obvio que el siguiente paso era renunciar al bar y, esta vez, Daniel iba a dejarme ir. Por otro lado, la idea de enfrentar a André me atormentaba, quería portarme con la mayor madurez posible para no destruir mi vida personal y profesional en un solo día, una vez más. Nunca pensé que el resultado de mis múltiples desastres amorosos iba a terminar así, dejándome más sola que un perro. Por otro lado, sabía que había hecho lo correcto rechazando a Daniel, ya que independientemente de que volviera o no a estar con André, él no era para mí y jamás íbamos a funcionar como pareja. Estar consciente de eso me daba cierto consuelo.

El lunes, lo primero que hice fue presentarme en el bar a renunciar oficialmente. Poner mi vida en orden, después del caos en el que la había convertido, no iba a ser fácil, pero por algo se empieza. Apenas llegué, me di cuenta de que Daniel ya había mencionado algo porque el silencio era fantasmagórico. Todos estaban igual de tristes que la primera vez que me fui, pero esta vez nadie me pidió que me quedara. Martín me esperaba en la oficina, con los papeles listos para firmar. Ni siquiera Clara, quien no hizo más que abrazarme y desearme suerte, trató de convencerme.

Me encontré a Jorge en el pasillo de salida. Durante el fin de semana me había llamado varias veces, pero no le contesté porque me había encerrado a llorar los dos días siguientes tras regresar de Orlando. No prendí mi celular hasta el domingo en la noche, por miedo a encontrar más fotos de la pareja feliz en las redes. Era obvio que Jorge asumió que estaba enojada, porque corrió a alcanzarme:

—Vane, por favor déjame explicarte: yo no tuve nada que ver con lo de Orlando, de verdad, nunca pensé que Daniel se atrevería a ir...

—Yo sé, corazón, no te preocupes. De todas formas, fue lo más sano y tenías razón, tenía que cerrar ese círculo con tu hermano. Por primera vez en todo este tiempo siento que al fin lo logré. Lástima que fue un poco tarde, porque acabé perdiendo también a André.

—¿Y por qué estás tan segura de eso?

Le conté sobre la foto y me dio la respuesta que estaba esperando: me sugirió aclarar las cosas, la foto podía no significar nada, podía haber un millón de explicaciones para lo que había visto. Jorge, por sus múltiples amoríos, era un ejemplo de que esas cosas pasaban, y no tenía por qué significar que lo había perdido. Intenté creerle y con un mínimo de esperanza me fui al banco a enfrentar a André.

Llegué al banco a las once de la mañana y conforme entraba, mi pánico se iba multiplicando. André estaba sentado en su escritorio y su expresión no delataba absolutamente nada. Yo tenía tanto miedo de lo que podía pasar al concluir esa conversación que me dieron ganas de darme la vuelta y salir corriendo, pero antes de que pudiera hacerlo, él empezó a hablar:

—Vane, sé por qué estás aquí, y quiero empezar por pedirte una disculpa, no por lo que hice, pero sí por la forma en que te enteraste.

No, por favor no, que sea una disculpa por no contestar, y que yo no me enteré de que se quedó sin pila. Por favor, que no estuviera admitiendo que estuvo con ella y, además, que no se arrepentía de ello. Pensé en salirme para no seguir escuchando, así podía convencerme de lo que yo quisiera en mi cabeza, pero antes de que pudiera hacerlo, André continuó:

—Sé que me llamaste mil veces para recibir una explicación y te la merecías. Honestamente no sabía qué decir y pensé que era algo que debíamos hablar en persona. Estoy consciente de que te dije que si en algún momento pasaba algo, ibas a escucharlo por mí y esa era mi intención. No sé ni cómo ni por qué Mariel subió esa foto y me etiquetó, por eso te pido perdón. Tampoco me pareció prudente hablarte y arruinar tu viaje, pensé que lo mejor era que te enteraras por mí al regresar.

—¿Enterarme de qué?

No sé por qué preguntaba eso, claramente no me iba a confesar que habían ido a jugar billar. Sabía perfecto cuál iba a ser la respuesta, y no sé qué bien me podía hacer confirmarlo, pero mis palabras parecían tener voluntad propia.

—Vanessa, por favor.

—Necesito escucharlo de tu boca, André.

—No sé qué sentido tiene esto, pero si una admisión es lo que necesitas, está bien: estuve con ella.

No pensé que hubiera algo peor que imaginarlo, pero escucharlo de su boca se sentía más grave que cualquier cosa que pudiera imaginar: el pecho estaba por explotarme y en cualquier segundo me iba a quebrar. Si lo veía a los ojos no podría resistir, así que me quedé en silencio, mirando fijo a la pared detrás de su escritorio.

—Por favor, voltea a verme, Vanessa. Di algo, necesito que me hables.

—No te llamé para eso —mencioné en un susurro.

—¿Qué?

—Te había hablado para decirte que Daniel me emboscó, para darte estúpidamente una explicación de por qué estaba con él en Orlando, pensando que te importaba, pensando que te lo debía.

—¿Te emboscó? ¡Qué raro, Vanessa! —comenzó a gritar—. ¿Por qué no me sorprende que otra vez hayas acabado con él?, y que, para variar, tú no tuviste nada que ver. A ti todo te pasa, tú nunca tienes la culpa de nada.

—¿Cómo? ¿De verdad vas a voltearme las cosas? Estamos hablando de ti y de lo que hiciste.

—Tienes razón, estamos hablando de mí, de cómo me cansé de esperarte. De cómo ya no puedo escuchar una explicación más de por qué tú y él acabaron juntos; en la oficina, en el viaje, en la comida. Aunque me duele la forma en que te enteraste de lo que pasó y nunca ha sido mi intención lastimarte, no creo que tenga que disculparme por mis acciones. Decidí estar con ella y yo sí pienso tomar la responsabilidad de lo que hice. Soy hombre, tengo orgullo y necesidades, y no podía esperar toda la vida a que tú tomaras una decisión. Ella estaba ahí y no soy de piedra.

—Ni se te ocurra jugar esa carta: como eres hombre no te pudiste aguantar, como si eso lo justificara. Yo también soy mujer y tengo orgullo, y me he sentido rechazada por ti cada minuto del último mes. Mientras tú no volteabas ni a verme, él se desvivía en atenciones hacia mí. La diferencia entre tú y yo es que yo también tuve la posibilidad, estuve encerrada con él en un cuarto de hotel después de ver tu maldita foto, y en ese momento en vez de dejarme llevar, a diferencia de ti, lo detuve y decidí aguantarme, porque sabía lo mucho que eso te lastimaría. Por desgracia, tú no pudiste hacer lo mismo por mí, aun sabiendo que esto iba a romperme en mil pedazos.

—¿Estás buscando una felicitación? —se agarró la cabeza, frustrado, como si no creyera lo que estaba escuchando—. ¿Qué esperabas, que estuviera agradecido contigo por no acostarte con él? ¿Que corriera a darte un abrazo por hacerme el gran favor? Vanessa, deja de hacer miserables a todos en este estúpido y enfermo triángulo amoroso. Ya te di la excusa que estabas esperando, ya puedes correr a sus brazos sin sentirte culpable, hasta puedes convencerte de que fui yo el que jodió esta relación. Yo sí me acosté con Mariel, te lo estoy diciendo claro y en la cara, esto debe hacerte muy feliz. Por fin me cansé, por fin ya no quiero nada de ti ni contigo.

—¿En serio piensas que esto es lo que quería? —le contesté con la voz quebrada—. ¿Esta es la cara de alguien que consiguió lo que buscaba? Si te rendiste y decidiste que ya no valía la pena luchar por esta relación, está bien, estás en tu derecho. Pero no te atrevas a fingir que yo te obligué a estar con ella, como si este fuera el final que yo estaba buscando, porque te puedo asegurar que nada de todo lo que ha pasado con Daniel, nada de lo que él me hizo o yo le hice, nada me ha dolido tanto como esto.

—Te lo creo, pero desgraciadamente nunca nada te dolió lo suficiente como para dejar tu orgullo y alejarte de él. Y te voy a pedir que nunca, absolutamente nunca, me vuelvas a comparar con él. De verdad no quiero empezar con esto, todo lo que digamos a partir de ahora va a ser para lastimarnos y me rehúso a entrar en esa dinámica. Muy a pesar de mí todavía te amo, pero tengo claro que no se debe amar a alguien en quien no se confía. Desgraciadamente yo no confío en ti, así que voy a intentar convertir este amor en cariño, en vez de en coraje, pero no lo hagas más difícil. Es mejor que te vayas, por primera vez creo que no tenemos nada más que decirnos.

No encontré ningún argumento que pudiera arreglar lo que estaba descompuesto, así que, con el alma destruida, salí de su oficina.

31

LAS PRIMERAS SEMANAS DESPUÉS DE QUE ANDRÉ ME corriera de su oficina fueron, sin lugar a dudas, las más difíciles de mi vida. Por primera vez no me parecía tan ridícula la idea de que alguien pudiera morir de amor: no había logrado dormir más de tres horas por día, tenía pesadillas, me despertaba llorando y no había forma de sacarme de mi cama más que para ir al banco en el peor de los estados; desgraciadamente no me podía dar el lujo de quedarme sin el único trabajo que me quedaba. Hacía todo en modo avión y estaba totalmente muerta por dentro. Después de un mes de esta patética rutina decidí que ya era momento de dejar mi acto zombi y seguir con mi vida; mejor dicho, Irina lo decidió por mí. Entró a mi cuarto un sábado en la mañana, me abrió las cortinas, me desconectó la tele y, sin la más mínima sensibilidad, me arrastró de la cama.

—¿Sabes qué es esto? —me dijo mientras metía su mano en lo que algún día fue mi divino pelo y ahora era algo muy parecido a un nido de ratas.

—¿Una papa?

—¡Sí, una papa!, tienes papas en el pelo —exclamó a gritos—. Y no sé qué más porque no me atrevo a meter la mano más adentro. Hueles a encierro y no te has puesto una gota de maquillaje en un mes. He sido muy paciente porque entiendo que estás pasando por algo difícil, pero verte ir a trabajar a un banco en pants y con un chongo es donde pinto mi raya: se acabó el festival de depresión, y no me interesa si tengo que sacarte de aquí con una grúa, hoy es el día límite, hoy vas a terminar el día con un pelo decente, si es que todavía pueden salvártelo; te vas a poner ropa bonita y maquillaje que disimule tu cara de muerta, porque este look de pordiosera ya no da para más.

—No me voltea a ver, Irina, ¿para qué me arreglo si André no me voltea a ver? —le respondí con la voz entrecortada.

—Claro que no te voltea a ver, ¿quién quiere ver la imagen de la depresión encarnada? Nadie en este mundo te ama más que yo y, honestamente, ni yo quiero voltearte a ver, ¿por qué lo haría él? Sé que lo que más te molesta es causar lástima, entonces no entiendo qué estás haciendo. Las mujeres normales sueñan todos los días con encontrarse a su ex y verse espectaculares, se visten pensando que a lo mejor se lo cruzan en un café y que, al verlas, se va a arrepentir de todos sus pecados por haberlas dejado. Tú tienes esa oportunidad todos los días, cada mañana podrías hacer que él llore del arrepentimiento de haber volteado a ver a la Sirenita pudiendo tenerte a ti, pero en vez de eso, diario te le presentas pareciendo una indigente a la que dan ganas de echarle unas monedas en su sombrero para que vaya a comprarse un lipstick y un cepillo. Y yo te lo estoy permitiendo, lo cual es aún peor, así que esto se acaba en este momento. Te metes a bañar ¡ya!, tenemos cita en el salón en una hora.

—No quiero.

—No me importa.

—No voy a ir.

—¿Quieres que le marque a tu mamá?

Está de más decir que casi patiné a la regadera.

El peluquero compartía opinión con mi prima, porque me vio entrar y se mordió la mano entera. Nunca me había considerado una modelo, pero llamar la atención por fea tampoco era algo a lo que estuviera acostumbrada, así que me puse en sus manos a ver si había alguna esperanza para mí. Gracias a Dios la hubo: dos tratamientos, un corte de pelo y cuatro horas invertidas me hicieron salir del salón medio decente. Irina y yo pasamos el día de shopping: cremas, mascarillas, maquillaje, lipsticks y delineadores de todos los colores; y rematamos con la ropa que, para mi sorpresa, era una talla más chica que el mes pasado. Mentiría si dijera que no me levantó el ánimo parecer una persona decente otra vez. La mitad de dignidad que todavía faltaba, como bien me dijo mi prima, tendría que fingirla. Definitivamente, no pensaba pasar ni medio minuto más inspirando lástima a André mientras él vivía su final feliz de cuento de Disney.

El lunes llegué a trabajar sintiéndome otra persona: no era la misma de hacía dos meses, cuando me desvivía por llamar la atención con escotes exuberantes y vestidos cortos, ni la loca de semanas anteriores que parecía no haber tocado el agua en semanas. Estaba muy satisfecha con el resultado obtenido gracias a Irina: llevaba unos jeans blancos con una camisa azul claro, el pelo lacio hasta los hombros con unas capas al frente, las cuales, según el santo peluquero del sábado, resaltaban mis facciones; mi cara pálida e hinchada había sido sustituida por una piel hidratada gracias a cuatro mascarillas que me había aplicado el fin de semana y un poco de chapas, rímel y mi lipstick de Dior, por el cual casi había tenido que empeñar un brazo, pero que, según yo, hacía toda la diferencia.

Por primera vez en mucho tiempo me volví a sentir yo misma. Cuando entré a la oficina, percibí la sonrisa solidaria de toda la gente, esa cara de: nos da gusto ver que sobreviviste y no saliste en las noticias con un titular de "Mujer loca asesina a su gato". A la hora del lunch las de contabilidad me invitaron a comer y empezaron a salir las ofertas para presentarme desde al sobrino de una, futbolista de profesión y cantante por pasatiempo, hasta el amigo del exesposo de la otra que era chef, gordito y bastante simpático.

Regresamos a la oficina con el mismo tema, estábamos todas reunidas viendo un *slide show* en Facebook de las ofertas disponibles para mí, cuando entró André con Mariela detrás. Se hizo un silencio fantasmal y a mí se me subieron las tripas a la garganta, pero logré disimularlo. André pareció no reconocerme y tuvo que voltear otra vez para cerciorarse de que era yo. Lo vi ponerse rojo y después bajar la cabeza, por lo menos todavía le daba pena que lo viera llegar con su novia nueva. Nadie se atrevió a hacer un comentario al respecto; todas volvimos en silencio a nuestros lugares, ellas dejando de lado su papel de casamenteras, y yo me fui a mi oficina con una sola cosa en mente: sobrevivir a esos celos que estaban a punto de matarme.

André no quería continuar atormentándose imaginando lo peor, de hecho, estaba poniendo todo su empeño en superar a Vanessa, y le había resultado más sencillo cuando pensaba que ella la pasaba igual de mal que él: cuando se aparecía en las mañanas en la oficina sin una gota de maquillaje y con ojeras que le hacían pensar que padecían del mismo insomnio. Pero todo indicaba que su periodo de duelo estaba más que terminado. Llegó a la oficina tranquila y segura de sí misma, no se notaba que quisiera llamar su atención, lo cual le afectaba todavía más: verla cómoda y decidida. Sabía perfectamente que ella no era de las que se mostraba débil ni manifestaba lo que en realidad sentía, pero ni siquiera verlo con Mariel causó una reacción en ella.

La única conclusión a la que pudo llegar era que Vanessa había logrado seguir con su vida, a diferencia de él, que sentía que ya no tenía una. Le daba pena admitirlo, pero desde el día de la discusión en su oficina, durante tres noches había soñado que Vanessa y Daniel habían vuelto, tenía esa imagen metida en la cabeza y no lograba sacársela. Se despertaba de madrugada con ganas de estrellar su puño contra la pared. Luego, verla en la mañana y no poder desquitarse con ella le resultaba por demás difícil, no lograba perdonarla y la persona que había pagado los platos rotos de su amargura era quien menos lo merecía, Mariel, quien no dejaba de buscarlo, trataba de complacerlo en todo, se portaba en extremo amable mientras él no hacía más que desquitar en ella todas sus frustraciones. Le contestaba mal, era impaciente y se desesperaba sin ningún motivo.

Ese día la había invitado a comer para hablar, le fue franco y le dijo que, aunque no regresara con Vanessa, no era justo para ella estar con él cuándo tenía la mente en otro lado. Mariel respondió que se encargaría de que la olvidara y que, con paciencia, iba a lograr que se enamorara de ella. Si alguien sabía que las cosas no funcionaban así era André, había jurado que con su paciencia iba a conseguir que Vanessa lo amara y olvidara a Daniel, pero lo único que logró fue reventarse el corazón en mil pedazos y hasta la fecha seguía intentando juntar las piezas.

Al final del día, Vanessa entró a su oficina a entregarle unos reportes. Su mal humor se había acumulado, así que cuando la vio no fue particularmente efusivo:

—¿Qué necesitas?

Vanessa pareció sorprenderse con su respuesta, se acercó insegura a entregarle los papeles.

—Esto está mal, estos no pueden ser los números de este mes, por favor revisa las cosas antes de entregármelas.

—Lo revisé, así me dieron los números en Excel.

—Pues obviamente no lo hiciste bien porque tu resultado es incorrecto. Por favor, acaba eso y hazlo bien, antes de salir corriendo a tu otro trabajo, porque esto es urgente.

—No entiendo a qué se debe tu comentario. Que yo recuerde, nunca he descuidado mi trabajo ni por el bar ni por ningún otro motivo.

—Bueno, pues no empieces hoy. Ve a corregir eso y cuando termines me lo dejas afuera con la secretaria, por favor.

El resto de la semana André continuó hosco y cortante; aunque su caballerosidad no le permitía portarse abiertamente grosero, cada vez que me hablaba lo hacía con unas apenas contenidas ganas de matarme, cosa que me sacaba de quicio, porque ni siquiera podía reclamarle, ya que oficialmente no estaba haciendo nada incorrecto. Me parecía ridículo que él fuera el indignado cuando precisamente fue quien decidió dejarme por su princesita, sin voltear atrás ni para ver si yo estaba viva o muerta.

El jueves fue el clímax de la incomodidad cuando, casualmente, acabamos encerrados en el mismo elevador la pelirroja, André y yo. Los tres pisos que recorrimos se sintieron como 130. La Sirenita no podía dejar el silencio suceder en paz y decidió hablar, ni más ni menos, que conmigo:

—Me gusta tu corte de pelo, Vanessa, te ves mejor.

—¿Mejor que cuándo? —pregunté sarcástica—. ¿Que antes o que después de que te acostaras con mi ex?

Mariel palideció y volteó a ver a André, para ver si él le soplaba la respuesta, pero estaba atragantándose con el café y fingiendo demencia. Al salir del elevador me pareció distinguir un atisbo de sonrisa en su cara, y ya sé que me conformo con poco, porque solo eso me hizo el día.

···✳ ∞ ✳···

El viernes André tenía intención de tirarse en su sillón y desaparecer por el fin de semana, pero sus amigos tenían planes diferentes. Después de ignorar las siete llamadas que le hicieron, en vez de darse por vencidos como cualquiera, ellos decidieron aparecer en su casa con dos botellas para empezar la noche; aparte habían hecho una reservación en un restaurante chino que se había puesto de moda y a donde estaba yendo todo Miami cada fin de semana. A André no se le podía ocurrir un plan peor, pero después de unos tragos ya no tuvo fuerza para oponer resistencia.

Llegaron al lugar y, tras su tercer vaso de whisky, André había empezado a relajarse. Sus amigos invitaron a las vecinas de mesa a acompañarlos y ellas aceptaron muy alegres. Aunque no iba a negar que la estaba pasando un poco mejor de lo que esperaba, no tenía interés alguno de hacer el papel de conquistador, así que se quedó platicando con una de ellas que le contó que festejaban su despedida de soltera y, por lo mismo, tampoco tenía ninguna intención que no fuera platicar. Ella le habló de cómo conoció a su futuro esposo y André decidió que como todos sus conocidos ya estaban mareados con la historia de Vanessa, ella podía ser su nueva víctima. Empezó a hablar, en eso estaba cuando de repente alguien le tocó el hombro. Volteó para descubrir que tenía detrás al diablo personificado. Se levantó de inmediato, iba a empezar a hablar cuando el cabrón de Daniel se le paró enfrente, lo empujó y le dijo:

—Eres un imbécil.

André podía presumir con orgullo que la última vez que se había peleado a golpes fue en su época de adolescente rebelde, pero, por desgracia, en ese momento su madurez se había ido al demonio junto con su corazón y su fuerza de voluntad, así que esa palabra fue lo único que necesitó para cumplir con el sueño recurrente de reventarle la cara a Daniel. Sucedió en un segundo, nadie lo vio venir: Daniel estaba tirado en el piso con la nariz ensangrentada, desconcertado. Cuando reaccionó, se levantó y se le fue encima a André, golpeándolo de regreso. André empezó a tirar golpes adonde llegaran y Daniel hizo lo mismo, uno de sus puños logró aterrizar en la mejilla de André, quien estaba por responderle con otro puñetazo, cuando se dio cuenta de que tenía a todos sus amigos sujetándolo. Inmediatamente llegó alguien que, por el parecido, no podía ser sino un hermano de Daniel.

—Daniel, ¿qué te pasa? Contrólate, pareces un animal —le gritó el hermano.

—¿Yo, un animal? Animal es este imbécil que me quitó a Vanessa y en menos de un mes ya está aquí viendo en qué faldas meterse. ¿Para qué carajos la querías?, ¿solamente para demostrar que podías, que eras mejor?

—Daniel, lárgate de aquí antes de que te mate a golpes. Eres un maldito cínico —respondió André.

—No puedo creer que la dejé ir pensando que tú eras un mejor hombre para ella, ¡qué estúpido fui!

—¿Dejarla ir, desgraciado? ¿Encerrarte con ella en un cuarto de hotel para tratar de quitármela de la manera más baja te parece dejarla ir? Jugaste sucio, como siempre, y terminaste ganando, pero le estás arruinado la vida, ¿lo sabes, verdad? La tienes trabajando para ti, obligada, porque según tú la amas, pero nunca se te ha ocurrido darle su lugar como tu mujer, tratarla como se merece, aceptarla como es.

—No tienes idea de lo que estás diciendo. Le rogué para darle su lugar; daría lo que fuera para que fuera mi mujer, pero dejé ir mi oportunidad, cuando me decidí ya la había perdido. Y aunque me niego a creerlo, ella está convencida de que está enamorada de ti, casi se muere cuando vio tu foto con la otra. Tuve que consolarla porque jamás la había visto llorar así, estaba completamente desolada, la destruiste y la lastimaste más de lo que yo nunca lo hice. Y a pesar de todo eso, decidí dejarla ir porque no quería seguir siendo un obstáculo para ella. El lunes que volvimos de Orlando me presentó su renuncia y he reunido todo mi valor para no volver a buscarla. Ahora me doy cuenta de que fue un error, no te la mereces.

André no lograba procesar lo que acababa de escuchar. Sujetó a Daniel del cuello, se le acercó a la cara y le dijo en tono casi inaudible:

—Ni se te ocurra volver a acercártele, porque te juro que ahora sí te mato.

Se dio la media vuelta y se fue a su casa a tratar de entender todo lo que acababa de escuchar.

32

EL FIN DE SEMANA ME FUI CON IRINA A KEY WEST. ELLA había acabado su primera colección completa y su primer desfile sería el siguiente jueves. Decir que estaba nerviosa era muy poco; y aunque Irina no era como yo, que me quejaba hasta hacerle sangrar los oídos a los demás y arrastraba a todos con su estrés, yo sabía detectar perfectamente sus señales. A diferencia de otras personas que se tiraban en su sillón y comían, a Irina le daba por ejercitarse como si fuera maratonista profesional: corría tres horas al día, se metía dos horas al gimnasio, apenas y probaba bocado y dormía un promedio de dos horas por noche. Al día siguiente volvía a empezar, operando perfectamente, cosa que mi cerebro no podía concebir. Yo dormía seis horas una noche y al otro día hacía miserable la vida de todos a mi alrededor, gritaba, lloraba, estaba irritable y tenía cambios de humor que podían diagnosticarse como bipolaridad.

Por eso el viernes que yo iba saliendo al trabajo a las siete de la mañana y la vi con sus mallones de ejercicio, lista para ir a correr después de que a las cuatro de la madrugada seguía trabajando en la máquina de coser, decidí que era suficiente. Estábamos en situación de emergencia, la jalé de regreso a su cuarto, la obligué a intentar dormir dos horas más y en ese momento reservé el hotel para irnos durante la semana. Tuve que lidiar con un poco de protesta de su parte, pero logré convencerla de que desde allá podía resolver todos los detalles que hicieran falta.

Planeamos regresar el siguiente miércoles temprano, un día antes del desfile. Ese viernes, al llegar a la oficina me encontré con Bruce, le comenté que quería tomarme la semana para estar con mi prima y, ya que me tocaba trabajar en los reportes de cierre de mes, lo podía hacer en la computadora desde donde estuviera, incluso más concentrada. Bruce no tuvo ningún inconveniente.

En cuanto acabó mi turno, Irina y yo agarramos la carretera y pasamos los días siguientes tiradas tomando el sol, oyendo reguetón, hablando estupideces y tomando vino. Diego había mandado tres docenas de rosas al hotel y a mi prima no se le borraba la sonrisa; hablaban todo el día y, aunque por algún motivo todavía no quería ponerle un título a la relación, estaban más emparejados que muchos matrimonios con diez años de casados.

El viaje logró distraerme y hacerme olvidar a André, pero por otro lado también me di cuenta de la falta que me hacía: extrañaba nuestras conversaciones tontas que duraban horas, los veinte minutos que pasaba todas las noches describiéndome su cena cuando no estábamos juntos, y no podía ver la playa sin pensar en Tulum, en él y en lo feliz que habíamos sido en aquel viaje. Pero decidí no arruinar el mío con Irina y pensar en el sueño de mi prima cumplido, en vez de en el mío destruido.

André todavía no sabía qué le diría a Vanessa cuando la viera, nunca en su vida se había sentido tan ansioso de encontrarse con alguien. Necesitaba respuestas a todas sus preguntas, entender por qué le había mentido y no le había dicho de su renuncia al bar. Necesitaba abrazarla o insultarla, pero verla al fin. El lunes llegó a la oficina listo para dejar todo claro de una vez por todas. Desde las nueve de la mañana lo comían las ansias, y a las once se sentía a punto de explotar. Pasó frente a la oficina de Vanessa al menos cinco veces, pero nada. Para la una de la tarde, en lugar de haberse resignado, seguía dando vueltas desesperado. Estaba a punto de abrir la puerta de su oficina para ver si encontraba algo que le diera una pista de dónde se encontraba, cuando escuchó la voz de su abuelo detrás de él y casi se infarta del susto.

—Ya puedes dejar de buscarla, no va a venir.

—¿Y por qué? —preguntó André, intentando sonar lo más desinteresado posible.

—Me pidió unos días.

—¿Para qué?

—No pregunté.

—¿Dónde está?

—Ni idea.

—¿Cuándo regresa?

—No me acuerdo.

—¿Se puede saber por qué disfrutas tanto mi miseria, abuelo?

—Porque eres un necio, un tonto, y te lo advertí —respondió Bruce sonriente.

—¿Tú sabías que renunció al bar y no me dijiste?

—¿Y qué importancia tiene eso? ¿Eres tan burro que necesitabas que renunciara al bar para darte cuenta de que te quería? ¿No la viste llegar a trabajar durante un mes pareciendo un trapo? ¿La habías visto pasar tanto tiempo sin sonreír? ¿No notaste cómo se le transformaba la cara cada vez que te veía con la pelirroja? Y ahora, que te enteraste de que renunció, esperas que ella esté lista, arregladita y sentadita en su oficina, esperando para recibirte con los brazos abiertos.

—Abuelo, no me pintes como el malo de la película. Ella se fue de viaje con Daniel, no me dio mi lugar y hasta ahora no se ha dignado a avisarme que se salió de trabajar allá, ni me ha dado una explicación. Tampoco la pintes como una princesa inocente, porque no lo es.

—Tienes toda la razón… lo que no tienes es a la mujer que amas; así que espero que la razón te acompañe en las noches, que te sea suficiente cuando te acuerdes que dejaste ir a la única mujer que has amado. Si para ti es más importante tener razón que tenerla a ella, vas por el camino correcto.

—No entiendes nada, abuelo, tú no sabes cómo son las cosas. Yo no me puedo aferrar a alguien que en cualquier momento me deja y no vuelve a voltear atrás.

—¿De verdad crees que no entiendo? Si alguien entiende el miedo que le tienes al abandono soy yo. Daría lo que fuera por que no hubieras tenido que pasar por lo que pasaste con el cabrón de tu papá, pero desgraciadamente eso no puedo resolverlo ya.

—Por favor, no saques ese tema que no tiene absolutamente nada que ver.

—Claro que tiene que ver y debemos dejar de tratar esa parte de tu vida con pinzas y enfrentar las cosas como son. No pude evitar que él destruyera tu infancia, pero por nada en el mundo pienso permitir que su fantasma arruine tu futuro.

—No tiene nada que ver con eso, abuelo. Vanessa me saca de control, me desconcierta. No soy yo cuando estoy con ella y esa sensación me da miedo.

—Al contrario, Vanessa te hace ser tú mismo, pero ha pasado tanto tiempo, que ni siquiera te reconoces. Te hace soltar carcajadas que desde que tu papá se fue no te había escuchado. Vanessa saca a ese niño que no tiene miedo de ser quien es, que puede enojarse, gritar, estar de buenas o de malas como cualquier ser humano. Entiendo que esa sensación de vulnerabilidad te dé pánico, porque nadie mejor que yo sabe el trabajo que te costó construir esas miles de barreras para no volverte a exponer. Te convertiste en el perfecto caballero, pero no te permites sentir una sola emoción con intensidad, sea buena o mala, y esa no es una manera de vivir.

—Yo estaba bien así, abuelo, era feliz antes de conocerla y créeme que lo de mi papá estaba más que superado. Nunca lo necesité y tú fuiste más padre de lo que cualquiera hubiera deseado; pero es verdad que desde que Vanessa apareció en mi vida empecé a reconocer emociones que hace mucho no sentía: una felicidad plena y completa que lo cubría todo, una necesidad de protegerla a toda costa, y unos celos que hasta miedo me da de lo que me harían capaz. No sé si eso sea sano.

—Yo tampoco lo sé, pero es lo que más deseo en este mundo para ti. Es lo que te mereces, y creo que es la única forma de vivir. Mereces un amor que te vuelva loco, que te quite la paz y que sea lo único que te la dé, que te haga llorar de felicidad, del coraje, de la risa; con alguien que valga la pena. Créeme que si algo me han enseñado mis años de vida es a leer a la gente, y te puedo asegurar que no sé qué tan fácil vaya a ser recuperarla, pero si lo logras, ella es de las que no se va; será tu pareja de por vida, en las buenas y en las malas, y puede lograr que vuelvas a ser tú mismo, que confíes y te entregues por completo. Así que escúchame cuando te digo que por esto sí vale la pena luchar.

—¿Dónde está, abuelo? —contestó André con un nudo en la garganta.

—Me encantaría responderte, pero no tengo ni idea. Me pidió esta semana para estar con su prima y, como ya tenía los reportes de fin de mes y no la íbamos a necesitar aquí, no investigué mucho, así que te tocará esperar a que regrese.

—Sabes que no soy bueno con eso.

—Todos los días se aprende algo nuevo.

33

EL MIÉRCOLES REGRESAMOS BRONCEADAS Y RELAJADAS.
Mi prima estaba lista para trabajar en los últimos detalles del
desfile y yo para ayudarla en cualquier cosa que necesitara. Llegamos al departamento y cuando entré a mi cuarto vi un vestido
colgado que me paralizó el cuerpo y me enchinó absolutamente
todo. Irina lo había hecho para que yo lo usara en el desfile, solo
de verlo daban ganas de llorar: era todo bordado a mano en
color dorado, con algunos detalles en chaquiras y un escote en V
que cubría solo lo justo y necesario, pues llegaba un poco arriba
del ombligo. Se me salieron las lágrimas, no solo por lo espectacular que era, sino por el significado que tenía, el empeño que
había puesto mi prima en diseñar algo tan especial para mí. Yo
sabía el esfuerzo que le había costado cada vestido de la colección, y este desfile definía su futuro, con el cual había soñado
desde que era una niña. Junto con ella, yo también crecí con esta
ilusión, Irina había trabajado y luchado sin parar para conseguirlo.
Verla llegar hasta aquí me aseguraba que todo había valido la
pena: mudarnos a pesar de que nuestras familias lo consideraban
una locura, sufrir para pagar las rentas cada mes, tener dos trabajos… cada segundo de sacrificio se resumía en este momento.
Ver a Irina cumplir sus sueños era cumplirlos yo también. Me
puse cursi, le di este discurso y brindamos por el futuro y por lo
único que teníamos seguro: que ella y yo estábamos juntas para
lo que viniera.

El jueves me desperté más nerviosa que en mi fiesta de quince años. A las nueve de la mañana ya estábamos en el Fontainebleau de South Beach, el hotel donde sería el desfile. A las once, dos modelos se habían reportado enfermas y no iban a llegar, los escenógrafos estaban teniendo problemas para instalar la tarima y las luces transformaban los colores de los vestidos, cosa que yo no lograba ver, pero según Irina era un desastre total y hacían que el dorado pareciera amarillo. Muy pocos problemas estaban en mis manos resolver, pero me acordé de que en la oficina habían mencionado que la hermana de Mariel era modelo. Por mucho amor que le tuviera a mi prima, llamarle directo a la pelirroja era algo que no pensaba hacer, ni aunque mi vida dependiera de eso. Pero me comuniqué con quien en algún momento consideré la momia de la recepción y que a estas alturas, por el cariño que no admitía sentir hacia mí, ya era algo parecido a una amiga. Le pedí que hablara con Mariel para pedirle el teléfono de su hermana y a los diez minutos ya estaba en la línea con la cuñada de André.

No le dije a Irina porque no tenía idea de quién iba a llegar, pero cuando la vi entrar los ojos casi se me salen de las órbitas: era súper parecida a Mariel, pero sutilmente distinta y más espectacular, si eso era posible. Tenía el pelo color castaño claro, los ojos verdes y la piel apiñonada.

Cuando Irina la vio, casi llora de la emoción, literalmente la abrazó, cosa que no le tomé a mal porque ella no sabía que era del equipo enemigo. Le dijo que era la modelo ideal para el vestido rojo, que se lo fuera a probar; por supuesto, ella era la modelo ideal para el vestido rojo, el amarillo, el negro, el azul y para estar desnuda. De repente me regresó una punzada de celos respecto a Mariel, su hermana y hasta su mamá, por parirlas. No era tanto el tema físico, pero por más que había intentado convencerme de que no tenían chiste o personalidad, no podía negar que todo indicaba que eran un encanto y con una estabilidad mental que yo creo que ni con años de terapia alcanzaría.

Como a las seis de la tarde las cosas al fin fluían mejor: las luces se habían arreglado, las modelos estaban completas y la tarima quedó instalada. Mi prima y yo nos fuimos a cambiar, ella se puso un vestido strapless color esmeralda, que resaltaba el color de sus ojos y era lo suficientemente sencillo como para lucir la espectacular joya de la misma piedra que su papá le regaló para la ocasión. Cuando la vi salir, la mandíbula se me cayó al piso, estaba impactante, se veía, por mucho, mejor que cualquiera de sus modelos: sobria y elegante, con actitud de mujer a quien el mundo se le abre para dejarla pasar.

En cuanto a mí, gracias al bronceado de la semana, no hubo necesidad de ponerme mucho maquillaje: me hice una cola alta en el pelo, me puse un lipstick rojo y solo un poco de iluminador en la cara. Cuando me vi al espejo me sorprendió ser la misma persona de hacía algunas semanas; por desgracia, el cambio había sido solamente físico, porque aunque había superado el drama y las quejas, todos los días me despertaba sintiendo una punzada de dolor con el cual podía vivir, pero nunca ser completamente feliz. Era como tener una espina clavada en el zapato. Pero me puse los tacones con todo y las espinas, ensayé mi mejor sonrisa y me fui decidida a celebrar la noche de mi prima y, por extensión, la mía.

Para el jueves, André ya no funcionaba, sentía que tenía la vida en pausa. Veía una mínima esperanza de recuperar a Vanessa, era a lo único a lo que se aferraba, pero también sabía que si no lo lograba, entre más se ilusionara, más duro iba a ser el golpe. Hablar con su abuelo le había hecho ver todo desde una perspectiva diferente. Saber que Vanessa había renunciado al bar y a Daniel en cuanto regresó del viaje le daba un poco de esperanza, pero verla reaccionar tan devastada al enterarse de que él se había acostado con Mariel lo hacía dudar sobre si lograría recuperarla.

Intentó ponerse en su lugar y, aunque le costaba trabajo admitirlo, por más que la amara, él nunca hubiera superado si ella y Daniel hubiesen tenido algo. Solo le quedaba esperar que

Vanessa fuera menos orgullosa, pero mientras lo descubría estaba viviendo como zombi: hacía malabares para no entusiasmarse demasiado con la idea de volver con ella, pero tampoco quería matarse de la depresión al darla por perdida. Una cosa era esperar un día entero y otra, muy diferente, que ya fuera jueves y él todavía no tuviera idea de cuál era su paradero.

Estaba viviendo en el limbo. Si por lo menos tuviera una pista o un mínimo radar de la ciudad, país o continente donde se encontraba, iría por ella. Lo único que su abuelo le había dicho era que se había tomado unas vacaciones, lo cual podía abarcar cualquier sitio del planeta. De cualquier manera, el jueves fue a la oficina de su abuelo, a punto de reventar de la desesperación.

—Abuelo, te lo ruego, intenta recordar algo más, repasa la conversación en tu cabeza palabra por palabra. Te tuvo que haber dicho otra cosa, por qué se iba, qué iba a hacer, cuándo planea regresar, lo que sea…

—Créeme que mi memoria funciona a la perfección, tomo múltiples pastillas para asegurarme de ello. No me dijo absolutamente nada más: mencionó que se iba a tomar la semana, asumo que el lunes estará de regreso. Yo creo que puedes sobrevivir hasta entonces.

—Imaginarías que puedo, pero la verdad es que no. No aguanto un minuto más, no puedo dejar de pensar que cada segundo que pasa ella se aleja un poco más, y que aunque suene ilógico, cada hora el riesgo de perderla es mayor. Ese pensamiento no me deja en paz ni un instante.

André salió de la oficina mirando al piso, con un gesto de total desesperación. De pronto, chocó con Mariel.

—No te ves bien —dijo ella, en parte para sí misma.

—No estoy bien.

—¿No se te va a pasar, verdad? No puedo seguir esperando que, con los días, empieces a olvidarla y te des cuenta de que puedes ser feliz con otra persona, ¿cierto?

—Honestamente, Mariel, no sé si podría, pero no quiero. No quiero querer a nadie más, no quiero pensar ni despertar ni vivir con nadie que no sea ella. Vanessa es la mujer que escogí y es por quien pienso luchar —en cuanto pronunció esto, se volteó y continuó su camino…

—Espera —lo llamó Mariel.

—Mariel, perdóname, hoy no estoy del mejor humor para seguir hablando.

—Iba a decirle algo a tu abuelo y sin querer escuché la conversación.

—Mariel, yo…

—No me tienes que explicar nada —dijo con una sonrisa resignada—. Al parecer, no puedes esperar ni un minuto más para hablar con ella, así que estoy segura de que vas a querer ver esto.

Le extendió el celular, donde había una nota de una página de sociales.

"Todo listo para el desfile de la nueva diseñadora Irina Holt en el Fontainebleau Hotel esta noche. Irina estudió en la Universidad de…"

Al fondo de la imagen salía una foto de Irina sonriendo, sostenía un vestido que a André le pareció haber visto en el piso de casa de Vanessa, a medio terminar. El corazón se le empezó a acelerar y se quedó viendo la imagen como atontado.

—Mi hermana va a modelar y me imagino que Vanessa estará ahí.

—Gracias, Mariel —André le dio un beso en la frente y salió corriendo.

34

FALTABA UNA HORA PARA EL DESFILE Y LA ADRENALINA EN el camerino era algo indescriptible. Irina corría por todos lados, arreglando cada detalle: "Es mucho maquillaje", "cámbiale los aretes", "no es un circo, quítale esa boca roja". Y Vanessa iba detrás de ella de un lado a otro, siguiendo instrucciones. Afuera comenzaba a escucharse ruido, mayormente de la prensa que empezaba a instalarse. Irina estaba al borde de un ataque cardiaco, había perdido unos aretes y no los encontraba por ningún lado, cuando de repente un monigote de seguridad llegó por ella.

—Disculpe por molestarla, señorita Irina, pero tenemos un problema afuera.

—Y yo tengo un problemón aquí adentro, Luis, resuelvan lo suyo ustedes solos.

—Créame que si pudiera no la molestaría.

Irina salió con una cara que garantizaba que el que tendría un problema iba a ser Luis por interrumpirla. Pero al salir, por primera vez en las últimas horas, algo le causó gracia y estuvo a punto de soltar una carcajada. André era detenido por dos changos de seguridad, tenía ya un ojo morado y trataba de zafarse cual león enjaulado.

—¿Qué está pasando aquí?, ¿alguien me puede explicar? —preguntó Irina intentando parecer seria.

—Irina, por fin estás aquí. Diles a estos señores que te conozco, que me dejen pasar.

—Que te suelten lo puedo considerar con mucho gusto, pero que te dejen pasar, eso sí no se va a poder, perdón. Es una noche importante para ella y para mí y no eres bienvenido.

—Créeme que voy a entrar a hablar con Vanessa, así tenga que atropellarte, Irina.

—Pues entonces atropéllame. Perdón, André, pero no entiendo qué tienes que venir a hacer aquí, apenas estoy sacándola de la miseria en la que se encontraba por tu culpa, es muy injusto que tan solo vuelve a respirar decidas aparecerte.

—Qué bueno que lograste que Vanessa volviera a respirar, ¡felicidades! Pero ¿qué hacemos conmigo? ¿Cómo resuelves que, desde que la conocí, no respiro si no está cerca? Mi vida está vacía, y aunque me dé pena interrumpirlas en su burbuja de felicidad, pienso hacer absolutamente todo lo que esté en mis manos para recuperarla.

—¿Burbuja de felicidad? En serio que no entiendes nada, André, y lo que más coraje me da es que yo abogué por ti, intenté convencerla por todos los medios de que contigo podía dejarse ir, que eras completamente diferente a toda la manada de cabrones con los que se había relacionado antes… y resultó que a la primera oportunidad que tuviste, brincaste a la cama de la pelirroja sin detenerte a pensar siquiera un segundo en ella. Lo peor, ¿ahora se te acabó tu temporada de diversión y estás listo para regresar a joderle la vida? Las cosas no son así, André, perdóname, pero se te hizo tarde y ahora estás haciendo que se me haga tarde a mí, así que, por favor, vete.

—Irina, yo sé que me equivoqué en algunas cosas, al igual que ella, entiendo que ahorita soy el responsable de su dolor, pero créeme que yo también me voy a encargar de arreglarla. Pienso dedicarme en cuerpo y alma a hacerla feliz, estoy seguro de que con el tiempo vas a volver a creer que en verdad soy diferente. Ahorita no tengo ni tiempo ni ganas de convencerte, solo contéstame una pregunta y te lo juro, si la respuesta no es lo que quiero escuchar, me voy, tú la conoces mejor que nadie en el mundo y solamente quiero saber dónde estoy parado: ¿tengo la más mínima esperanza?, ¿algo de dónde agarrarme? Si me dices que sí, de todo lo demás me encargo yo.

Irina ya estaba caminando al camerino... de pronto, se volteó.

—Que te ama, es un hecho; que te va a perdonar, no lo sé. El único dato que te puedo dar es que cada vez que ve a una pelirroja, llora, una manía bastante rara que le dejaste. Como bien sabrás, el orgullo es uno de sus peores defectos. No sé si las cosas a este punto tienen arreglo, pero la responsabilidad no puede quedar en mí —tras decir esto, abrió la cadena y dejó pasar a André—. Una cosa más: puedes entrar; si ella quiere que te quedes, bien, pero si no, en ese mismo segundo te vas de aquí.

Yo me encontraba a punto de un colapso nervioso, el desfile comenzaría en treinta minutos y mi prima seguía afuera, arreglando no sé qué. Las modelos empezaban a incomodarme con sus preguntas, para las que no tenía respuestas, y para colmo estaba haciendo de maquillista para la hermana de Mariel, quien me pidió que la ayudara con su lipstick, que había quedado mal. En eso estaba cuando escuché a Irina de regreso en el camerino:

—¿Dónde carajos estabas? —me volteé a decirle, pero en la puerta no estaba Irina sino André, vestido con un esmoquin con el que parecía un dios griego, una barba de una semana, la cual era mi debilidad, y con un ramo de rosas en la mano. El cuerpo entero me empezó a temblar y tuve que sostenerme del tocador para no desmayarme.

—Hola, Vanessa.

La voz no me salió, me quedé en shock. Todas las modelos se concentraron en nosotros, sin ninguna discreción. Era mi turno de decir algo, pero se me había olvidado cómo articular palabras.

—¿Podemos hablar?

Otra vez el nudo que se me formaba en la garganta me impidió pronunciar cualquier cosa. ¿Cómo podía convertirme en una muñeca de trapo solo con verlo?

—¿Qué haces aquí? —logré pronunciar después de lo que parecieron veinte minutos de silencio.

—¿Puedo empezar por decirte que eres lo más bonito que he visto en mi vida?, y que al verte, se me olvidó todo lo que tenía pensado decirte. Me sorprende que puedas ser todavía más perfecta de lo que te he imaginado en mi cabeza todo este tiempo —comentó con una voz ronca, mientras caminaba hacia mí.

—Por favor, no te acerques —lo detuve sin levantar la cabeza del piso, por miedo de verle los ojos y perder la cabeza—. No me has dicho la razón de tu visita —repetí mientras me temblaban las rodillas y una lágrima traicionera me corría por la mejilla.

—Necesitaba verte —agregó. Ya estaba a mi lado, me limpiaba la lágrima con la yema de su dedo. Supe que estaba a punto de quebrarme en mil pedazos.

—¿Por qué me haces esto? —le pregunté desesperada—. ¿Por qué hoy?, sabes lo importante que es para mí y para mi prima este momento.

—Porque no aguantaba ni un minuto más, Vanessa, ni un segundo más de toda esta estupidez. Necesito que me expliques muchas cosas.

—¿Todo lo que no quisiste escuchar cuando me corriste de tu oficina diciéndome que no confiabas en mí? ¿Esas cosas que me moría por explicarte y tú no quisiste oír? Y te parece que justo ahora es un buen momento para venir a pedir explicaciones.

—¿Por qué no me dijiste que habías renunciado al bar, que por fin habías decidido dejar a Daniel?

—¿Cuándo querías que te lo dijera? ¿Antes o después de saber que te habías metido en la cama con Mariel? Que yo renunciara al bar no era de tu incumbencia, tú me dejaste muy claras las cosas ese día, tanto con tus palabras como con tus acciones. Lo que yo hiciera o dejara de hacer con mi vida ya no era ni es tu problema.

—¿Cómo puedes decir eso? Entiendo que estabas enojada por lo de Mariel y lo respeto, pero tú eres mi problema: todo lo que haces es mi problema, a dónde vas y con quién es mi problema... a estas alturas ya deberías saberlo mejor que nadie.

—André, te lo suplico, vete —le rogué desesperada—. No me hagas más daño, no me tires otra vez, no me hagas regresar al primer paso; estoy tratando de avanzar.

—Vanessa, por favor, las cosas no pueden quedarse así. Tenemos que encontrar la manera de resolver esto. Si de verdad me amabas, como dijiste, es imposible que me hayas olvidado en tan poco tiempo.

—¿Ahora sí me crees que te amaba? ¿Por qué? ¿Porque renuncié al bar? ¿Porque al fin obtuviste lo que querías? Y como ya te vengaste con Mariel, ¿piensas que estamos a mano? Quieres que entienda, pero el que tiene que entender eres tú: tienes que entender que desde aquel día soy un maldito zombi —en este punto ya estaba llorando sin frenos—. Me duele hasta respirar, pararme de la cama todos los días es un reto y hasta este momento no he tenido la suerte de pasar una noche completa sin que se aparezca tu cara en mis sueños. Lo peor es que en ellos no estás solo, estás con ella.

—Vanessa, tú sabes que eso no fue una venganza, sino una estupidez. Me rehúso a pensar que es lo que nos va a destruir —su voz comenzaba a oírse resignada, creo que era la primera vez que me veía así de vulnerable y eso lo había dejado sin armas para luchar.

—No, André, lo que nos destruyó, citando tus palabras, fue que: "No se debe amar en lo que no se confía". Tristemente entre tú y yo eso se rompió. Ahora vete, si arruinas esta noche para mi prima, nunca te lo voy a perdonar.

—Me iré porque no quiero seguir dándote excusas por las cuales no llegues a perdonarme, pero sí te voy a decir que pienso que eres una cobarde, que no te has cansado de buscar razones para que esto no funcione. Espero que en un futuro, cuando pienses en nosotros, te creas tu propia historia, esa que te cuentas de que nuestra relación se rompió porque no hay confianza, o por Daniel o por Mariel. En las relaciones pasan cosas, buenas y malas, la cuestión es que no tienes el valor para estar adentro de una, de ponerte vulnerable y exponerte. Nadie mejor que yo sabe lo que cuesta, pero si para ti no vale la pena tomar este riesgo, a lo mejor tengo más fe en esta relación de lo que realmente se merece. Me quedo tranquilo de que por lo menos en mí no quedó, este fue mi último intento. Mucha suerte con tu vida y con tu orgullo, yo hoy cierro este capítulo, no puedo ni quiero esperarte más. Por favor, no vuelvas a buscarme.

Después de eso dio un paso acortando la distancia que nos separaba, se acercó tanto que pensé que iba a besarme, pero cuando estaba a unos centímetros de mi boca, se inclinó y dejó las rosas en el tocador que estaba a mis espaldas y yo me quedé ahí parada, temblando, completamente destruida.

Mi prima me abrazó y me permití llorar desesperadamente durante cinco minutos. Después le llamó al maquillista para que compusiera mi cara, ya que parecía personaje de película de miedo. Me trajo un shot de tequila para bloquear lo que estaba pasando y luego comentó que me tenía una sorpresa afuera.

—Yo creo que ya fueron suficientes sorpresas por hoy, ¿no?

—Estoy segura de que esta sí te va a gustar.

Abrió la puerta y ahí estaba Alberto, su hermano, más hermoso que nunca, con un trajecito negro y una flor en la bolsa del saco, su pelo peinado hacia atrás con una tonelada de gel y una sonrisa que me derretía el corazón.

—¡Hola, tía Vane! —corrió a abrazarme y no lo solté durante tres minutos—. ¡Cuidado, que me estás despeinando! —me gruñó.

—Perdón, mi amor, no vaya a arruinar tu peinado.

—Me veo guapo, ¿verdad?, ya me lo dijeron todas. Ven, tía, ¡huéleme!, ¡huéleme! —se puso de puntitas, para que su cuello quedara a la altura de mi nariz—. Mi papá me puso un poquito de su perfume.

—Impresionante, mi amor, así vas a conquistar a todas las modelos.

—No, tía, yo ya tengo novia, es de primero y no me gustan otras.

—¡Qué caballero!, ojalá todos fueran como tú.

—Tú también te ves guapa, tía, yo más, pero tú también.

—Bueno, ya le enseñaste tu traje, tu peinado, tu olor y tu modestia, ahora vámonos para afuera, con mamá, que estamos a punto de empezar —intervino Irina.

—¿Qué molestia?

—Modestia, guapo, modestia. Camina para afuera y luego te explico.

35

CINCO MINUTOS DESPUÉS MI PRIMA ESTABA TRAS LA COR-
tina, lista para empezar, completamente controlada y serena. Yo,
en primera fila en el público, me sentía a punto de explotar de los
nervios. Empezó a sonar una canción de Maroon 5 a todo volumen
en las bocinas y la primera modelo abrió pasarela con un vestido
color turquesa, uno de mis favoritos. Atrás salió otra y empezaron
a caminar todas, componiendo un arcoíris de telas que cambiaban
sus tonalidades con las luces, sumado a la música era un espec-
táculo impresionante, demasiado para lograr describirlo.

Todo lo acontecido se me borró de la mente, solo podía concentrarme en lo que sucedía en el escenario: cada tela, cada paso,
cada modelo creaba una sensación completamente diferente. El
público reaccionaba de la misma manera, en un completo silencio,
solo se escuchaban exclamaciones de sorpresa entre vestido y vestido. De pronto, paró la música y salió mi prima. El aplauso estruen-
doso del público me sacó del trance, todos los asistentes se pusieron
de pie para ovacionarla. Solo se veían los flashes de las cámaras de
la prensa y su sonrisa que iluminaba el lugar. Dio las gracias a su
equipo, a las modelos, al público y su familia y, luego, cuando estaba por terminar, dijo:

—Quiero agradecer también a mi hermana, a mi equipo en la
vida, a la que ha estado conmigo en cada paso del camino, lleno
de alegrías y frustraciones. Nada de esto sería lo mismo sin ti, te
amo, Vane.

No tuvo que decir nada más antes de que yo estuviera, otra vez, llorando como un bebé.

Durante toda la noche traté de enfocarme solamente en mi prima y su festejo, aunque necesité toda la voluntad del mundo; no podía dejar que mis pensamientos se fueran a donde no debían: a André y su sonrisa, a lo que me había dicho antes del desfile, a su cercanía, su olor... ya tendría tiempo para revolcarme en mi miseria. Por eso puse mi mejor cara, me dirigí a la barra y me tomé dos tequilas más para anestesiarme y continuar la celebración.

Me producía una enorme felicidad ver a Irina festejar con Diego, quien por fin la había convencido de oficializar su relación y estaba siendo presentado en ese momento con mis tíos, que quedaron completamente embobados con él y su carisma; no era de extrañarse, después de conocer a Steve los dos habían querido colgarse de una lámpara. Además, Diego era genuinamente un encanto: ligero, divertido, extrovertido y, lo más importante, estaba absolutamente enamorado de mi prima. Ver a Irina cumplir sus sueños, lograr todo lo que se había propuesto y por lo que había trabajado incansablemente, admirar su valentía para encontrar su vocación y no dejar que nada la detuviera hasta alcanzarlo me hizo darme cuenta de muchas cosas. Fui a abrazarla para despedirme de ella y recalcarle lo orgullosa que me sentía, y por primera vez me inspiró a tomar una decisión que era completamente mía, no por demostrarle nada a nadie ni por buscar aprobación.

Ser testigo de la realización de mi prima también me hizo darme cuenta de que yo llevaba un tiempo rebotando de un lugar al otro, sin pensar en qué quería, en mi sueño, mi pasión o mi vocación. Sabía que no quería regresar a dar clases, pero, siendo realistas, trabajar organizando eventos o en un banco tenía mucho más que ver con la circunstancia y mucho menos con mis talentos. Aunque había trabajado fuerte para mantener ambos trabajos, no tenía esa sensación de realización que tanta falta me hacía. Era tiempo de ponerme los pantalones, de responsabilizarme por las cosas que había vivido desde que llegué a Miami, incluyendo mis relaciones amorosas y el desastre que había hecho de ellas. Si en algo tenía razón André era en que estaba siendo una cobarde y por muchas más razones de las que él había mencionado.

Pedí un Uber al departamento. La cabeza no paraba de darme vueltas. El conductor, posiblemente por lo que dicta el protocolo, me preguntó cómo iba mi noche y, como yo no podía guardarme todo lo que estaba pasando por mi cabeza, decidí que mis 16 dólares de viaje bien valían un trayecto con terapia incluida. Le conté sobre la decisión que había tomado impulsivamente hacía quince minutos y le especifiqué que él era el único que sabía, cual si se fuera a sentir honrado por mi voto de confianza. Casi al final del viaje le pregunté qué opinaba, a lo que me respondió que su único comentario era que lo debía calificar con cinco estrellas y mucha propina por la paciencia de escucharme durante veinte minutos sin pausa, casi lo mismo que hubiera dicho mi terapeuta, solo que más agresivo y significativamente más barato.

Llegué al departamento directo a comprar mi boleto, aprovechando la adrenalina y el poco alcohol que aún tenía en mi cuerpo, para no perder valor. Empaqué una maleta, le dejé una nota a Irina porque asumí que no dormiría en la casa y, al día siguiente, pasé a ver a Bruce para presentarle mi renuncia oficial antes de irme al aeropuerto. Él, como siempre, lo tomó con mucha más comprensión de la que merecía. A las dos de la tarde ya estaba montada en un avión camino a Tulum, irónicamente, el lugar que más me podría hacer pensar en André, quien muy probablemente después de esto no querría volver a escuchar de mí; pero si de riesgos se trataba, este era el primero que debía tomar.

Mi destino fue el hotel de Lucci y Paola, los amigos de André; llegué sin ningún plan en mente, sin saber qué iba a hacer ahí o cómo pensaba pagarles. Apenas entré, me recibieron con la misma calidez que la vez anterior. Esa noche en el restaurante les platiqué sobre la situación en la que estaba, y de la necesidad que tenía de encontrarme, de decidir sobre mi vida y dejar de apoyarme siempre en la gente de mi alrededor, por más increíble que esta fuera. Tenía que elegir un rumbo y después escoger quién me acompañaba. Me dijeron que para eso estaba en el lugar correcto; se ofrecieron a darme asilo con la condición de que les ayudara en la cocina y la recepción.

La primera semana no resultó muy productiva en mi búsqueda. Era posible que mi vocación sí fuera estar tirada en una playa, tomando sol y hablando con la gente, pero parecía poco realista. Para la segunda semana, estaba sentada con Paola el sábado en la noche, después de haber cerrado el restaurante; íbamos en la tercera copa de vino cuando de pronto me dijo:

—¿Te has dado cuenta de que lo que más te gusta es hablar?

Estaba claro que ya la traía mareada con tanta historia, pero de todas formas me parecía un poco agresivo el comentario.

—Perdóname, sé que te traigo agotada, si quieres ya te puedes ir a dormir.

—No lo estoy diciendo por eso, *pazza*, aunque honestamente sí estoy agotada, pero es claro que tu mayor talento es contar historias, ¿no es así como conseguiste tus dos trabajos, contándole a Jorge primero, y luego a Bruce, tus crisis existenciales? ¿Por qué no intentas escribir tu historia, cómo te sientes y lo que has vivido desde que llegaste a Miami? No es que yo sea terapeuta graduada, pero si la mitad de la población tiene un diario, me imagino que para algo debe de servir, y el tuyo quizás hasta sería entretenido de leer.

Me vino a la mente mi diario rosa fosforescente, el que tenía Post-it con frases de autoayuda por todos lados, corazones en cada esquina, en donde anotaba todos mis planes, todo lo que estaba segura de que iba a lograr, en el cual escribía cada noche lo espectacular que era la vida, lo bien que me sentía y lo claras que eran mis metas. Entonces tenía la completa certeza de que me iba a comer al mundo; lo empecé a los quince años, poco antes de conocer a Gerardo, mi primer novio, y era un hábito que en su momento disfrutaba sobremanera. No existía noche que me durmiera sin escribir algo, se veía todo tan claro, cada día estaba más enamorada, mi familia era perfecta; mi relación, ni se diga.

Hacía planes a futuro: en mi ingenua imaginación Gerardo y yo nos íbamos a casar, yo iba a entrar a la carrera de Educación, Gerardo estudiaría Negocios y juntos íbamos a empezar una fundación que casi casi iba a salvar el mundo.

Aunque no lo crean, en algún momento fui esa persona, la incómodamente alegre, a la que la gente de alrededor ve y piensa: "Qué va a ser de esa pobre niña cuando se le rompa su burbuja"; y supe también el momento exacto en que dejé de escribir, cuando me di cuenta de que no me iba a comer al mundo, sino que, si no me despertaba, el mundo me iba a comer a mí. Cuando Gerardo me dejó por la bailarina, ni más ni menos que mi antítesis; cuando mi mundo se cayó a pedazos y mis planes eran todo menos claros. Desde ese momento comencé a ver la realidad con otro lente, todo lo que me rodeaba me empezó a parecer falso. De pronto, seguir escribiendo y hacer introspección se sentía como una manera de revolcarme en mi miseria, lo cual no parecía muy inteligente. ¿Quién quiere hacer contacto con sus emociones cuando están así de jodidas? En vez de eso cerré la página, me deprimí un par de meses y después de un tiempo recuperé mi vida, pero con otra visión: con un cinismo que no dejaba muchas ganas de escribir ni de analizar, sino de tomar la vida como fuera llegando. Tuve algunos otros novios, buenas amigas, una vida cómoda, pero nada que me apasionara lo suficiente como para ponerlo en palabras. Al final pienso que por eso me mudé, para seguir buscando afuera esa emoción, esa pasión por la vida. Pero ponerme a desentrañar mis emociones se volvió un deporte de alto riesgo, no es que fuera insensible, pero para qué buscar lo que no se te ha perdido. Si me dedico a analizar qué hay dentro, después de todos estos años, no me quiero ni imaginar las telarañas que podría encontrarme.

—No me lo tomes a mal —continuó Paola—, pero tampoco parece que te haya ido muy bien con tu estrategia de hacer como que las telarañas no están ahí, que no las veas no significa que no existan; digo, al final estás aquí, igual que como empezaste, con muchas experiencias, muchas historias, pero sin encontrar lo que buscabas. Además, con una relación que valía la pena, perdida, todo con tal de no asomarte a ver qué hay detrás de ese sarcasmo y ese disfraz de mujer empoderada. Es mucho más valiente ser honesta, hablar de lo que sientes y hacer contacto con la realidad, que pensar que eres muy digna porque tú puedes con todo y dormir con tu orgullo en vez de con compañía. Hazme caso y al menos inténtalo, aunque sea te va a ayudar a encontrar claridad, que es justo lo que necesitas: una guía para planear tus próximos pasos. En el mejor escenario, podrías encontrar lo que viniste buscando: tu vocación. En esta vida hay muchas cosas para contar y poca gente que pueda hablar de lo ordinario como algo extraordinario, así que piénsalo.

Esa noche no dormí, la idea de Paola no paraba de darme vueltas, sentía una combinación de adrenalina, ilusión y un miedo inmenso por volver a escribir sobre mí después de tanto tiempo; ahora era una mujer completamente diferente a la que cerró aquel diario tantos años atrás. Por otro lado, me di cuenta de que parte de la razón por la cual siempre me alejaba de la estabilidad, por la cual cambiaba de un lugar a otro, de un trabajo a otro era porque tenía una necesidad interna de vivir historias, de conocer mundos y perspectivas distintas, de encontrar la pasión por la vida. Escribir me iba a dar exactamente eso, la posibilidad de experimentar diferentes realidades, personajes, lugares y formas de pensar sin tener que boicotear mi vida en el camino por el miedo a que se volviera monótona.

Empecé a darle forma a todo lo que había sucedido, desde el momento en que me subí al avión rumbo a Miami con la ilusión de encontrar mi independencia, hasta mi primer encuentro con Jorge en la escuela; lo que había sentido la primera vez que vi a Daniel, esa atracción sin sentido, y luego ese berrinche y adicción de tenerlo cerca.

Todos los días usaba cada minuto libre para escribir. Cuando no estaba en el restaurante o en la recepción, estaba con mi laptop pegada a mí; escribía sin parar, hablaba poco con Irina, ni siquiera a ella podía explicarle con exactitud lo que estaba pasando o lo que sentía: estaba apasionada por escribir, como si ahí fuera a encontrar la respuesta a todo. Sin darme cuenta, llevaba ya un mes en Tulum y gran parte de mi historia narrada. De repente, llegué al capítulo que no tenía cómo plasmar, ese que no era un recuerdo sino la realidad que me atormentaba, la consecuencia que tendría que pagar por tardar tanto en verme al espejo. No me atrevía ni siquiera a mencionar su nombre, esto era lo que tanto temía cuando decidí volver a escribir: remover los sentimientos que llevaba tiempo tratando de enterrar. Busqué todas las excusas y trabajo extra para no empezar; pero si a lo que había venido hasta aquí era a crecer y enfrentarme con mis emociones, no había forma de esquivar lo que seguía, hablar de ese amor que era tan grande que las palabras le quedaban cortas.

Esas semanas de desahogo fueron el equivalente a un retiro espiritual en donde solo te dejan meditar, hacer yoga y comer productos veganos. Aunque no tenía ni el menor interés de ir a uno por el momento, estaba convencida de que esto tenía el mismo efecto. Por primera vez en mucho tiempo estaba tranquila; seguía indescriptiblemente triste por haber perdido al hombre de mi vida, pero estable: no vivía acelerada y mi cabeza no daba vueltas a mil por hora. Estaba un sábado con Paola, disfrutando nuestro ritual de café mañanero, cuando me llamó Irina en modo de mamá preocupada:

—Vane, pienso que ya te tuve toda la paciencia de la que soy capaz. Ya llevas casi dos meses sin aparecer, ni siquiera a mí me has querido explicar bien qué carajos estás haciendo ahí; tengo pánico de que si me aparezco te voy a encontrar con una bata blanca haciéndola de chamana en viajes de ayahuasca. Necesito entender qué haces y cuándo piensas regresar; me mandaron a Alberto un mes porque mis papás se fueron a su segunda luna de miel, te imaginarás que si me haces agarrar un avión con todo y el niño para ir a verte no voy a llegar del mejor humor, así que por favor dime algo que me deje tranquila.

—Te prometo que estoy bien, estoy trabajando en algo, pero apenas le voy dando forma y no creo estar lista para compartirlo.

—No me importa si estás lista, si me vuelves a decir que te estás encontrando a ti misma voy a explotar, ¿sí sabes que eso es lo que dice la mayoría de la gente antes de perderse y pensar que la respuesta está en la naturaleza y los hongos?

—Estás loca, y como siento que estás más neurótica de lo normal y lo que menos quiero es que te aparezcas aquí con Alberto a montar una escena, voy a mandarte algo. Es demasiado personal y todavía no sé ni qué voy a hacer con eso ni qué significa, pero por lo menos te va a dejar más tranquila con mi metodología para "encontrarme". Es solo para ti y creo que no estoy lista para recibir comentarios.

—Prometo guardar silencio absoluto, espero que me ayude a tranquilizarme. Te extraño y Alberto también.

—Yo más a ustedes.

36

ANDRÉ IBA EN LA CUARTA *DATE* EN EL ÚLTIMO MES, UN promedio de una por semana, todo para que no se dijera que era un egoísta que no quería darle bisnietos a Bruce. Honestamente, estaba agotado; el día del desfile había decidido dar por terminada su historia con Vanessa, había aprendido que no podía obligarla a ver lo que ella no estaba lista para entender, y seguir intentando era darse golpes contra la pared. Se permitió dos semanas de duelo y después, tras mucha presión social por parte de sus amigos, se abrió un perfil en Hinge.

La primera cita fue un desastre total, novatada de principiante. Ella tenía veinticuatro años y mentalidad de quinceañera. La llevó al rooftop de moda y ella pasó la mitad de la noche en su celular, y la otra mitad le enseñaba a él las selfies para que le dijera cuál filtro se le veía mejor. Su segundo match había vomitado en el Uber de regreso. Para la tercera, decidió renunciar a la app y salir con la amiga de la novia de uno de sus amigos; con ella las cosas no habían estado tan graves, así que decidió darle una segunda oportunidad. A pesar de todo, el sábado en la noche en vez de marcarle para salir había preferido pedir Uber Eats y quedarse en su casa viendo un partido de soccer. En medio de un penal llegó su comida, se paró rápido a abrir y, para su sorpresa, se encontró con Irina parada en la puerta; luego de un segundo de shock solo le dijo:

—Evidentemente, no eres mi sushi, bye —y trató de cerrarle la puerta en la cara.

—Por favor, óyeme un minuto —gritó ella antes de que alcanzara a cerrar del todo.

—De verdad no quiero ser grosero, pero no me interesa saber absolutamente nada de ella, muchas gracias. A menos que vengas a presentarme una línea de vestidos, por favor vete, y dile que si tenía algo para decir, aunque sea hubiera tenido los pantalones de pararse ella aquí y no mandar recadera. Es claro que dos meses no son suficientes para madurar —dijo, y con eso dio un portazo.

Se volvió a tirar en su sillón y a los tres minutos sonó otra vez el timbre. Se levantó una vez más con la ilusión de que esta vez sí fuera su sushi, pero se volvió a encontrar a Irina, ahora con Alberto de la mano.

—Hola, André —le dijo el niño soltándose de la mano de Irina y entrando al departamento como si hubiera sido invitado.

André se le quedó viendo a Irina con una mirada asesina y balbuceó sin que el niño oyera:

—¿Tomaron un curso de manipulación profesional en la familia o así venían hechas desde chiquitas?

Alberto estaba sentado de lo más cómodo en el sillón, sin importarle la conversación. Irina traía en la mano un cuaderno impreso engargolado, como de cuarenta hojas, con un Post-it con el nombre de André pintado con plumón indeleble.

—No sé qué es, pero no lo quiero —comentó André muy determinado.

En ese oportuno instante apareció el repartidor con el sushi en la mano. Alberto se levantó del sillón y corrió a recibir la comida:

—¿Vamos a cenar aquí? —preguntó emocionado, volteando a ver primero a Irina y después a André.

—No —contestó Irina—, ya casi nos vamos.

—Pero me dijiste hace ochomil horas que ya casi cenábamos, tengo hambre.

—¿Por qué cada vez que te veo o veo a tu prima con Alberto me dan ganas de llamar a servicios sociales para que vengan por él? —reclamó André.

—Porque es un escuincle berrinchudo y muy consentido por mis papás; no te preocupes por él, que de hambre no se va a morir.

André volteó a ver a Alberto y le preguntó:

—¿Te gusta el arroz?

—El café que prepara mi hermana no, pero el blanco sí —respondió el niño.

—Qué suerte porque el que pedí es blanco.

Caminó hacia la cocina y sacó dos platos: uno para él y otro para Alberto, dejando claro que Irina no era merecedora de su cena. Luego se acercó a ella y le espetó:

—No tengo ningún inconveniente en cenar con Alberto y que me platique de su vida, sus mascotas y sus novias de la escuela, pero si es plan con maña, no te va a funcionar, mencionas su nombre y se van.

Efectivamente cenaron los tres, a Alberto no le paró la boca ni un segundo: contó de su miss de la escuela, del devastador rompimiento con su novia de primero y que ya había empezado con clases de karate. Irina estaba en completo silencio, preguntándose cómo se le ocurrió que llevar al niño iba a ser una buena idea para ablandar a André. Cuando acabaron de cenar, ya camino a la puerta, Irina le dejó en la mesa del estudio el cuaderno y, al salir, le dijo:

—Tú me pediste un día que confiara en ti y te dejara entrar al desfile porque había cosas que ella tenía que escuchar. Ahora te pido que confíes en mí, Vane no tiene ni la menor idea de que estoy aquí y si sabe que te estoy dando esto, posiblemente arriesgue mi relación con ella. Solo piensa si yo haría eso si no es porque estoy convencida de que mereces saberlo.

André cerró la puerta, dejó el cuaderno donde Irina lo había puesto e intentó concentrarse en el final de su partido. Una vez que acabó, le escribió a su última *date* para volver a salir al día siguiente. Se rehusaba a caer de nuevo en esta espiral.

Durante los primeros días, a diario se decía que iba a llegar a tirar el cuaderno, estaba harto de verlo ahí como un fantasma que lo recibía en la puerta de su casa, retándolo a no abrirlo.

Un par de semanas después, sentado en su terraza a las ocho de la noche, tomándose su segundo whisky, decidió que un maldito papel no podía jugar tan chueco con su cabeza, así que lo abrió, lo empezó a leer y lo primero que le llamó la atención fue la forma en que estaba escrito: era como escuchar a Vanessa hablar, con tono entretenido, sarcástico, honesto. Pensó que si no se tratara de ella y de su vida, a lo mejor lo disfrutaría. Cuando llegó a los capítulos sobre Daniel, el estómago se le revolvió; pero, por otro lado, lo ayudaba a entenderla un poco más: a ella, su dinámica y esa relación enfermiza que no se parecía en nada al amor.

Llegó a la parte donde estaba el Post-it con su nombre y tembló; nunca había acabado de entender cómo había vivido ella su historia, si lo culpaba por lo que pasó con Mariel o si tomaba responsabilidad por la parte que le correspondía; si lo iba a tratar como un recuerdo bonito al que había superado o tenía un recuerdo completamente diferente al suyo de lo que había sido su relación.

Se tomó el último trago de su whisky y empezó a leer:

Y así, sin darme cuenta, por estar encerrada en mí misma, por mi necedad idiota de seguir el drama, por no volverme a exponer, ser esa niña inocente que cree que puede tenerlo todo, me boicoteé. Imagino que no soy la única que lo hace, posiblemente es una condición humana, pero qué jodidamente triste se siente.

No me dolía solo porque lo amo más de lo que las palabras pueden explicar, ni porque es el ser humano al que más admiro en esta Tierra; tampoco porque verlo o pensar en él me hacía temblar y mi cuerpo no quería separarse del suyo ni un solo segundo. No era porque cada vez que me veía me hacía sentir la mujer más hermosa, inteligente y capaz de este mundo, o porque era mi mejor amigo, mi cómplice, con quien quería compartir cada chiste o anécdota que me pasaba en el día. Era principalmente porque después de todo este tiempo me di cuenta de que era la persona que mejor me conocía en este mundo; fue rompiendo mi armadura poco a poco, me hacía sentir amada y completamente aceptada.

No es que no viera mis defectos, que de más está decir que no son pocos, ni que aguantara mis tonterías o mis caprichos sin decirme nada; era que podía ver más allá de eso, conocía mi necedad y miedo al compromiso que bordeaba en la locura, sabía sobre mi indecisión y tenía la paciencia de llevarme a un restaurante y esperar una hora para que escogiera qué ordenar, para terminar igual comiéndome lo suyo. Sabía que era egoísta con el control de la tele y medio maniática con mis horas de dormir, pero ahora me daba cuenta de que me amaba, no a pesar de eso, sino en parte por eso, por mostrarme ante él tal como era y dejarlo mostrarse ante mí también sin ninguna máscara. Fue la relación más genuina y honesta que había tenido en mi vida y por eso siempre le iba a estar agradecida.

Me enseñó que ser vulnerable no es un error, que de la persona que amas y te ama nunca te debes esconder ni defender. Que podía ser tan yo como quisiera: intensa, escandalosa, opinionada, independiente, a veces grosera y medio borracha; además, sabía que atrás de todo eso había también una niñita sensible que lloraba tres días después de ver El rey león, y que adelantaba las partes tristes de las series porque no las aguantaba. No me hacía escoger entre ser una mujer o la otra, y aunque no todo le gustaba, sí lo respetaba.

Él me ayudó a volverme a enamorar de mí misma, pero no podía dejar de sentir ese dolor en el pecho, ese nudo en el estómago al pensar que, a pesar de todo lo que hizo por mí, él ya nunca llegaría a conocer a esta persona en la cual me he convertido. Resultaba irónico ser hoy la mujer que siempre había querido, pero tener que vivirlo sin el hombre que amaba. No era el mismo dolor que sentí hace dos meses, con el que piensas que ya no vas a sobrevivir ni una noche más; este era diferente, más sutil pero más triste, como si faltara una parte de tu cuerpo y tuvieras que acostumbrarte a vivir sin ella.

No pasa ningún día sin que me haga falta; cada día que como un croissant de chocolate o que pruebo un buen vino, cuando escucho una canción de Fonseca, todos y cada uno de mis días *quisiera hablar con él, compartirle algo, decirle que los ravioles nuevos que Lucci agregó en el menú por la temporada de trufas son lo mejor que he comido en mi vida, y que me encantaría que los probara; que conocí a un guitarrista colombiano y lo odié de inmediato porque me recordó a su papá... pero la realidad es que parte de mi proceso era aceptar las consecuencias de mis actos y tomar responsabilidad.*

Si no salía ahora mismo corriendo a buscarlo, no era por cobarde, ni por miedo al rechazo o a mostrarle todo lo que sentía, sino por amor, por respetar su decisión y no volver a pedirle que se adaptara a mis tiempos y mis necesidades. Lo había perdido, y ahorita lo único que me quedaba era agradecerle y darle el crédito de haber dejado su huella en mi vida.

37

VANESSA TENÍA CLARO QUE NO PODÍA QUEDARSE VIVIEN-
do en Tulum indefinidamente, pero, para ser honestos, tampoco
había prisa por regresar. Nunca pensó que la vida de hippie le iba
a sentar tan bien, el intercambio con Lucci y Paola de estancia y
comida a cambio de trabajo le estaba funcionando mucho más de
lo que imaginó: estaba negra del sol, había subido un par de kilos
entre el vino y la espectacular comida; todavía no lograba pasar
un día sin pensar en André, pero no perdía la esperanza, escribía
diario y, aunque no sabía si iba a lograr algo con eso, lo disfrutaba mucho más de lo que imaginaba.

El sábado, su día libre, tras haberse tirado todo el día en la
playa, se sentó en el restaurante a ver el atardecer con su copa de
vino y unos platillos llenos de carbohidratos. Estaba con la silla
volteada hacia el mar, con un trozo de pasta en la boca, cuando
sintió una sombra detrás de ella acercarse; le tocó el hombro y de
inmediato se le estremeció el cuerpo al escuchar la voz con la cual
llevaba soñando todas las noches decirle:

—¿Me puedo sentar? Me dijeron que hay unos ravioles nuevos en el menú que no me puedo perder.

Agradecimientos

Hay mucha gente sin la que este libro se hubiera quedado en una simple idea, en monólogos y garabatos sin terminar. Por ello, no puedo dejar de agradecer a todos los que hicieron esto posible.

Gracias a Penguin Random House por confiar en mí, publicar mi primera novela y hacer este sueño realidad. Crecí devorando novelas románticas y la editorial siempre me garantizaba que estaba por leer algo extraordinario. Recibir un correo por parte de esta increíble casa para avisarme de que querían contratar los derechos de *Enredos de amor en Miami* es, definitivamente, uno de los momentos más memorables de mi vida.

A Ángela Olmedo, mi editora, a quien desde el primer momento empecé a volver loca, mandándole correos cada semana para saber si ya tenía una respuesta sobre las posibilidades de publicación. Como ella sabe, la paciencia no es mi mayor virtud, pero la suya sí y se lo agradezco enormemente. Durante todo este proceso me ha acompañado con paciencia, respetando mi opinión y compartiendo su enorme conocimiento conmigo. Prueba de ello son las doscientas vueltas que le dimos juntas al título hasta quedar satisfechas con el resultado final.

A Fernanda Álvarez, la primera persona dentro de Penguin Random House en leer la novela y en hacerme los primeros comentarios positivos. Me llenó de esperanza de que mi libro podría llevar el sello de esta casa editorial.

A Dana Cuevas Padilla, mi correctora de estilo, una pieza clave para la publicación de esta obra. Corregir mi redacción, respetando en todo momento mi voz, parecía tarea imposible. Gracias, Dana, este es un logro compartido.

A León Achar: gracias por tu enorme generosidad y por empujarme en la dirección correcta.

Gracias también a mi espectacular familia. A mi papá que, desde que tengo uso de razón, pasaba horas conmigo en Barnes & Noble mientras yo acumulaba millones de novelas para leer durante el año; por llevarme y recogerme cada semana de mis clases de escritura en el infernal tráfico de Polanco, por apoyar todos mis sueños y darme todos los recursos posibles para cumplirlos.

A mi mamá, que me provocó el amor por la lectura y la novela romántica desde que era una niña. Nunca voy a olvidar lo que sentí al leer *Los puentes de Madison County*, la primera novela que me regaló y con la cual me enamoré perdidamente de las historias de amor. Mamá, gracias por festejar mis logros sin ninguna objetividad, desde que leíste el primer capítulo de esta novela estabas lista para ir conmigo a recoger un Pulitzer. Esa absoluta confianza que depositas en mí es la que me da seguridad para atreverme a todo.

A mis hermanos, primos y amigos, por hacer que la vida parezca un *reality show* de comedia con sus locuras; son una inspiración para mi vida y mi escritura. Jessica, Alexis e Irene: no me imagino lo aburrida que sería una vida sin ustedes.

Finalmente quiero dedicarle un reconocimiento especial a mi prima Irene, que es tan autora de este libro como yo. Gracias por las interminables risas, por festejar mis historias tanto que me hiciste sentir que eran suficientemente valiosas como para ponerlas en papel. Por convencerme de escribir, terminar y publicar este libro, sin dejar de empujarme ni un solo minuto hasta verlo hecho realidad, por leer cada capítulo treinta veces y ayudarme a encontrar el camino de la historia cuando lo estaba perdiendo. Gracias por tu constante compañía: compartir la vida contigo es el privilegio más grande que me pudo tocar. Gracias por ser siempre mi equipo.

Enredos de amor en Miami de Vanessa Cohen
se terminó de imprimir en marzo de 2022
en los talleres de
Litográfica Ingramex, S.A. de C.V.
Centeno 162-1, Col. Granjas Esmeralda, C.P. 09810
Ciudad de México.